Loup rebelle

Tome 4
Aloha Shifters : Les Perles du désir

Anna Lowe

Contents

Chapitre 1

— Donc, t'as rencard avec Sophie ? demanda Dell.

Chase roulait sur la voie rapide qui longeait la côte, restant sous la limite de vitesse des soixante-dix kilomètres-heure et ignorant le sourire insolent de Dell.

Oui, il avait rendez-vous avec Sophie, et il comptait les heures, les minutes et les secondes. En fait, il aurait eu moins de mal à se transformer en loup à montrer ce qu'il ressentait qu'à mettre des mots dessus. Il aurait remué furieusement la queue, puis tourné sur lui-même pour faire éclater sa joie. Après ça, il aurait roulé sur lui-même quelques fois et bondi comme un kangourou alcoolisé.

Mais il était sous forme humaine, ce qui compliquait les choses. Les humains aimaient parler. Il trouvait ce principe étrange, parce qu'ils ne pensaient pas toujours ce qu'ils disaient. D'accord, Dell était un ami et un camarade métamorphe, cependant il avait du bagou, alors que Chase, eh bien... pas tellement.

Compagne, murmurait son loup, en rêvassant à nouveau.

— Ouaip, chuchota-t-il d'un air absent.

Chase sourit en conduisant. Il adorait le sourire franc de Sophie et la façon dont il s'illuminait quand elle le voyait. Ses épais cheveux châtains qui étaient tressés de manière différente tous les matins. Ses yeux de biche méfiants qui semblaient ne briller et n'étinceler que pour lui. Des iris d'un vert forêt qui lui rappelaient les bois de sa jeunesse.

Il poussa un soupir éperdu d'amour, vérifia l'horloge du tableau de bord et revit son compte à rebours à la baisse. Huit heures, trente-deux minutes et cinquante secondes jusqu'au moment le plus important de sa vie.

— Qu'avez-vous prévu de faire ? demanda Dell.

Chase se gratta l'oreille, un des plaisirs simples de la forme humaine, parce qu'il n'avait pas besoin de s'asseoir et d'essayer de l'atteindre avec sa patte arrière. Puis, il haussa les épaules. Les détails de son rendez-vous n'avaient pas d'importance, tant qu'il passait du temps avec Sophie. Elle avait parlé d'aller se promener. Ou de rouler jusqu'au Nakalele ? Quoi qu'il en soit, ce serait forcément génial.

Sauf que depuis ce matin, son humeur était assombrie par une impression de danger imminent. Il le reniflait dans l'air. Était-ce pour de vrai ou une fausse alerte ? Ayant grandi totalement parmi les loups, il était souvent troublé par le monde des humains. Et depuis que ses frères et lui avaient pris leur retraite des forces spéciales pour s'installer à Maui, ils avaient lutté pour trouver un équilibre entre la paix et le besoin de rester aux aguets. Le monde était rempli d'ennemis sans pitié qui pouvaient frapper n'importe où, n'importe quand.

Aujourd'hui était-il un de ces jours ? Chase renifla l'air salé, essayant de se faire une idée.

— Tu vas l'emmener déjeuner ? continua Dell. Oh, je sais. Vous pourriez aller au *Lucky Devil*.

Le métamorphe lion ricana.

— Hors de question, gronda Chase.

Il avait beau ne pas connaître grand-chose du monde humain, il savait quand même qu'il ne fallait pas emmener la femme qu'on aimait pour un premier rendez-vous sur son lieu de travail.

Huit heures, trente et une minutes... murmura son loup.

— J'y suis bien allé avec Anjali avant qu'on soit ensemble.

Dell afficha alors un de ces sourires d'amoureux transi.

— Hé, hé. Je t'ai dit ce que Quinn, le meilleur bébé du monde, a fait ce matin ? C'était trop mignon. On se réveille, Anjali et moi, avec la petite couchée sur mon torse, et...

En temps normal, Chase aurait écouté, cependant son esprit ne cessait de dériver vers Sophie. Dès qu'ils s'étaient rencontrés, il avait su qu'elle était sa destinée. Un regard, un reniflement, et son sort avait été scellé.

Les humains avaient du mal à identifier la personne avec qui ils étaient censés passer le reste de leur vie, et la moitié du temps, ils se trompaient. En revanche, les loups métamorphes le savaient, du plus profond de leurs cœurs aux tréfonds de leurs âmes. Ils étaient absolument, *totalement* sûrs, comme les humains ne pourraient jamais l'être.

Le problème, c'était qu'il avait rencontré Sophie des mois plus tôt, et qu'il n'avait toujours pas trouvé le moyen de lui expliquer. Les humains ne comprenaient pas le principe de compagnons, et puisqu'il n'était pas exactement un as de la rhétorique... Ses frères et Dell l'avaient encouragé, l'avaient incité à passer à la suite avec Sophie. Le truc, c'était qu'aucun d'euxne se rendait compte que le contrôle qu'il avait sur son côté humain était extrêmement ténu. Son loup était comme un fou en présence de Sophie, et il avait peur d'aller trop loin, trop vite.

— Et là, Quinn roule sur elle et dit : « Ba-ba ». Baba, c'est pas trop chou ? Donc je réponds « Qua-Quinn », et elle relance « Ba-ba », et là, Anjali dit...

Dell divagua encore avec une autre de ces histoires qui pouvaient se résumer par : « J'aime tellement ma compagne et mon bébé ». Non pas que Chase pouvait l'en blâmer. Bon sang, s'il avait lui-même eu une compagne et un enfant...

Il se racla la gorge et se concentra sur la route. Ce rêve ne se réaliserait jamais s'il ne gagnait pas le cœur de Sophie. Et il ne pouvait pas gagner le cœur de Sophie s'il ne faisait pas bonne impression pour leur premier rendez-vous. Et il ne ferait pas bonne impression s'il restait si fébrile. Bon sang, qu'est-ce qui le déroutait autant ?

Il renifla l'air à nouveau, puis interrompit vivement Dell.

— Tu sens ça ?

— Je sens quoi ?

— Comme si quelque chose clochait. Comme un truc qui ne serait pas à sa place.

Dell renifla les alentours et secoua la tête.

— La vie ne peut pas être plus belle, mec. Tu es juste nerveux au sujet de ton rencard. T'inquiète. Ce sera génial.

Chase était nerveux, oui, mais ça n'avait pas de rapport avec cette impression de catastrophe imminente.

Dell lui claqua l'épaule.

— Relax, mon loup.

Chase se renfrogna. C'était le cœur du problème. La majorité des métamorphes étaient dominés par leur côté humain, alors que lui avait grandi dans la nature, en tant que fils d'une vraie louve. Il n'avait rejoint ses frères dans le monde humain qu'à l'adolescence. Et même après toutes ces années, il était parfois submergé.

— Bref, et là, Quinn a fait un truc des plus incroyables, continua Dell. Elle m'a fait un bisou et a dit : « Pa-pa ». Pas « ba-ba », mais « Pa-pa » ! C'est pas génial ?

— Génial.

Chase ralentit le pick-up défoncé, se préparant à se garer en périphérie de la ville.

Pour une ville humaine, Lahaina était assez jolie. Pas trop grande, pas trop bruyante. C'était parfois bondé de touristes, néanmoins la majorité des gens étaient décontractés et amicaux. Pas comme certains endroits où il avait été.

Ce qu'il y avait de mieux à Lahaina cependant, c'était que c'était là qu'il avait rencontré Sophie, et qu'il pouvait l'y retrouver presque tous les jours. Elle tenait le food truck qui vendait des smoothies dans le parc en bord de mer, et quand il était passé devant, des mois plus tôt…

Sa poitrine se réchauffa alors qu'il revivait le moment. C'était comme si la gravité avait soudainement triplé tout à coup, parce qu'il avait à peine pu bouger sauf pour tourner la tête. Avant même de repérer Sophie, il était tombé amoureux, juste en suivant les vibrations qu'elle avait renvoyées. Elle avait été comme un rayon de soleil brisant l'amoncellement de nuages, l'emplissant de tout ce qu'il avait toujours désiré. L'espoir. L'intérêt. Une nouvelle soif de vivre.

— Hé, arrête de rêvasser, le réprimanda Dell quand la voiture commença à dériver sur la chaussée. J'ai une compagne et un enfant qui m'attendent, tu sais.

Chase reporta vivement son attention sur la route.

— Désolé.

Pas désolé, se plaignit son loup. *Pas pour avoir songé à ma compagne.*

En quelques secondes, ses pensées retournèrent vers Sophie. Dernièrement, il s'était senti plus à l'aise en ville que chez lui, simplement parce qu'elle y était. Non seulement il pouvait la voir, mais en plus il pouvait lui parler. Ils avaient même dansé une fois, et son âme s'emballait encore quand il y repensait. Il avait pu fermer les yeux, la tenir près de lui et humer son odeur paradisiaque. Donc peut-être que durant leur rendez-vous, ils devraient danser à nouveau.

Ou marcher, renchérit son loup intérieur. *Ou hurler à la lune. Ce serait sympa.*

Il soupira. Hurler à la lune était hors de question. Mais marcher, ce serait bien.

Sauf pour cette sensation dérangeante qui ne cessait d'empirer.

Ils se garèrent et commencèrent à parcourir la dizaine de rues qui les séparait de leur service du midi au *Lucky Devil,* le restaurant en bord de mer où Chase travaillait comme videur et Dell gérait le bar. Chase regarda à droite et à gauche. À première vue, tout semblait normal en ville. Les commerçants émergeaient des bâtiments de style Far West de chaque côté de la route et installaient leurs enseignes colorées. Un drapeau hawaïen flottait au-dessus d'un toit avec ses rayures ondoyantes rouges, blanches et bleues. Les rues étaient humides et propres, tout juste vaporisées et nettoyées. La routine matinale habituelle, en somme.

— Pourquoi t'es si pressé, mec ? demanda Dell.

Chase se renfrogna. Il trottinait presque, sans savoir pourquoi. Sauf que son destin lui disait d'avancer... et vite.

Dell éclata de rire, et continua de sa démarche tranquille alors que Chase filait devant.

— Oh, d'accord. Tu veux prendre un smoothie avant d'aller travailler. Un smoothie et un aperçu de ta nana. Je sais ce que c'est, mec.

Chase se mit presque à courir, laissant Dell derrière lui. Comment aurait-il pu savoir ce qu'il éprouvait ? Depuis qu'il avait rencontré Anjali, il avait pu passer des heures avec sa compagne destinée. Il pouvait commencer et terminer sa journée en la regardant dans les yeux. Chase n'avait pu passer que peu de temps avec Sophie, une ou deux fois par jour. La voir était le paradis, et lui dire au revoir était un enfer. La seule raison pour laquelle il avait pu se retenir si longtemps, c'était parce qu'il pouvait la sentir non loin de lui quand il était au travail.

Il chercha avec son esprit, repérant ce point lumineux et ensoleillé qu'était la jeune femme. Il ne pouvait pas vraiment la voir ni lire dans ses pensées, cependant il pouvait la sentir, et c'était toujours agréable.

Il ferma les yeux une seconde, puis se renfrogna. Tout ce qu'il pouvait capter, c'était l'aboiement désespéré de ses chiens.

Mauvais. Mauvais. Mauvais, hurlèrent-ils, alertes.

Son pas vacilla avant qu'il ne se reprenne et ne fonce tout droit. Que se passait-il ?

— Hé, mec. Qu'est-ce qui presse ? l'appela Dell dans son dos.

Chase se mit à sprinter de toutes ses forces. Les feuilles luxuriantes du parc de la ville flottaient comme n'importe quel autre jour, pourtant plus il se rapprochait, plus il pouvait sentir la panique des chiens.

Mauvais. Mauvais. Va-t'en.

Chase était à fond et dévala au coin, avant de s'arrêter brutalement. Sophie était là, à côté d'un arbre où étaient attachés les chiens. Il y avait bien le food truck dans lequel elle travaillait, à quelques pas de là. Tout était parfaitement normal, pas vrai ?

Et soudain, *boum !* Une explosion déchira l'air et Sophie fut projetée en arrière. Sa Sophie, propulsée comme une poupée de chiffon. Un écho d'une scène qu'il avait vue bien trop souvent en zone de guerre ; cependant il n'avait jamais, jamais imaginé que cela se produirait à Maui.

— Sophie ! hurla-t-il en se précipitant vers elle.

Chapitre 2

Sophie avait commencé sa matinée de travail en fronçant les sourcils devant son téléphone. De tous les gens qui auraient pu lui envoyer des messages sortis de nulle part pour prendre de ses nouvelles, David Orenn était la dernière personne à laquelle elle se serait attendue. Ou qu'elle aurait choisie.

Salut, Sophie. Je suis en visite en Maui. Il faut vraiment qu'on se revoie. Tellement de choses à rattraper. Ah, la belle époque.

Elle se renfrogna. Si leur enfance avait été si géniale, pourquoi essayait-elle autant d'oublier cette époque ? Ainsi que lui, le voisin qui avait toujours eu tendance à aller trop loin.

Ses mains griffèrent l'air en écho à ce jour où elle avait échappé à ce baiser forcé. Elle cogna ensuite le téléphone avec ses doigts, effaçant le message. David avait beau être intéressée par elle, ce n'était pas réciproque.

Elle redressa les épaules et se rappela de sourire. Ce serait une belle journée à Maui, et rien n'allait gâcher ça. Elle avait rendez-vous avec Chase Hoving, l'homme sur qui elle craquait depuis des mois, et toute l'île semblait célébrer la nouvelle avec elle. Le soleil scintillait sur l'océan, les palmiers tanguaient doucement, et la brise matinale était claire et fraîche.

Alors pourquoi ses chiens étaient-ils si énervés ?

— Coco, Darcy, Boris... Chuuut ! lança-t-elle en claquant des doigts.

Chaque jour, elle les emmenait à Lahaina avec elle, et en général ils étaient parfaitement contents de s'étaler à l'ombre d'un arbre non loin pendant qu'elle travaillait dans son food truck, *Sunshine Smoothies*. Les bons jours, elle mixait deux cents smoothies aux fruits, donc il y avait beaucoup de préparation à faire.

Pourtant les chiens ne cessaient de grogner et de tirer sur leurs laisses, et elle n'eut d'autre choix que de sortir du camion pour aller les calmer. Personne ne s'était jamais plaint de leur présence dans le parc en bord de mer, cependant s'ils continuaient ce vacarme, elle aurait des problèmes, c'était certain.

— Coco ! Boris ! Darcy ! Du calme !

Les chiens, qu'elle avait récupérés dans un refuge, ne regardèrent même pas dans sa direction. Ils étaient tous concentrés sur quelque chose, ou quelqu'un, à l'arrière du fourgon.

— Je vous ai dit qu'il n'y avait rien, marmonna-t-elle.

Ils aboyaient depuis cinq bonnes minutes, depuis le moment où elle avait entendu quelque chose griffer l'extérieur du food truck. Même maintenant, alors qu'elle vérifiait une deuxième fois, elle ne vit rien qui sortait de l'ordinaire. Une équipe d'éboueurs progressait dans le parc comme tous les matins, vidant les poubelles et ratissant les grosses feuilles des fruits à pain ;

Elle agita un doigt vers les chiens.

— Ça suffit maintenant !

Coco remua docilement la queue. Darcy cessa de gronder, mais continua à montrer les dents vers le danger imaginaire. Malgré tout, c'était un comportement assez normal pour lui, qui voyait tout le monde comme un ennemi. Boris aboya une fois de plus puis contempla Sophie pour avoir son approbation.

— Vous voulez bien vous taire ?

Elle essaya de se montrer sévère, mais c'était difficile. Coco, un petit roquet galeux marron, avait été négligée par le passé, et ça se voyait dans son désir désespéré de faire plaisir. Darcy, un Jack Russell, était né pour se battre malgré sa petite taille. Boris était un lévrier docile et élégant, qui lâchait très rarement le moindre jappement. Alors, qu'est-ce qui pouvait bien l'énerver ?

Sophie se tourna et s'immobilisa. Quelle était cette ombre derrière le food truck ? Une pointe de peur la traversa avant qu'elle ne se ressaisisse. Bon sang, elle ne serait pas paranoïaque. Le monde n'était pas l'endroit rempli de danger qu'on lui avait fait croire étant enfant. Il y avait aussi de la beauté et de l'espoir. Ce n'était qu'une question de perspective. Et elle était déterminée à garder un point de vue positif sur la situation, quoi qu'il semble se passer.

— Tu vois ? Tout va bien.

Elle caressa les chiens, les calmant doucement. Boris et Coco se tournèrent autour, rivalisant pour la meilleure position près des jambes de Sophie. Darcy, de son côté, continua à scruter le lointain avec un regard de haine et de colère.

— Tout va bien, les loulous.

Elle lissa leurs poils hérissés.

— Maintenant, écoutez. Vous devez rester tranquilles, sinon je ne peux pas vous amener au travail.

Même Darcy se calma, et Coco cala sa queue entre ses jambes. Ils pouvaient ne pas comprendre ses paroles, néanmoins il saisissait l'avertissement dans son ton.

— Alors, tranquille. Ça va être une super journée. Une belle journée. Vous voulez savoir pourquoi ?

Coco agita la queue et se rapprocha.

— Eh bien, déjà, on est à Maui, ce qui est cool, expliqua-t-elle. Ensuite, j'ai rendez-vous avec Chase.

Sa poitrine se gonfla à cette pensée. Un rendez-vous. Un vrai... avec Chase ! Elle reluquait depuis des semaines cet homme calme et tranquille au regard mystérieux.

Coco pencha la tête, et ses oreilles retombèrent comme pour dire : « Des semaines ? »

Sophie soupira. D'accord, plutôt des mois. Elle avait essayé de trouver le courage de demander à Chase de sortir avec elle, cependant il avait été plus rapide qu'elle.

« Sophie, tu veux sortir avec moi ? » avait-il lancé en tanguant d'un pied sur l'autre, le visage un peu rougi. Les mains profondément enfouies dans ses poches, il avait mordillé sa lèvre, plein d'espoir.

Il pouvait passer du guerrier musclé au jeune garçon timide et innocent en un clin d'œil, et les deux facettes étaient bien réelles.

« Ce serait très sympa », avait-elle réussi à répondre dans l'euphorie qui lui avait brûlé les joues et avait fait s'emballer son rythme cardiaque.

Elle serra Boris, profitant de la joie du moment. Chase voulait sortir avec elle... avec elle !

Donc, oui. Ce serait une super journée. Peut-être la meilleure de sa vie. Parce que, franchement, elle ne craquait pas juste pour Chase. Elle était folle amoureuse, et ce depuis le premier jour. Dès qu'elle l'avait vu, tout son corps s'était échauffé. Ses yeux noisette s'étaient verrouillés sur elle, et il s'était coupé dans son élan pour la regarder depuis l'autre côté du parc. Elle l'avait dévisagé en retour, son cœur tambourinant dans sa poitrine et sa respiration devenant saccadée. Quelqu'un aurait tout aussi bien aligner des dizaines d'aimants pour les piéger tous les deux dans leur champ de force. Donc, waouh. Peut-être que l'amour au premier regard existait vraiment.

Dans sa tête, Sophie pouvait imager une dizaine de façons différentes de commencer une conversation brillante avec Chase. Mais tristement, elle n'était pas comme les héroïnes de ses livres préférés, qui trouvaient toujours quelque chose d'intelligent à dire. Dans la vraie vie, sa bouche s'asséchait, sa langue fourchait et elle pouvait à peine pépier. Par chance, Chase non plus n'était pas aussi doué avec les mots que ses *book boyfriends*. En fait, il parlait à peine, même si ses yeux s'illuminaient et s'enflammaient quand il la regardait. C'était une sacrée bonne chose pour son travail au smoothie truck...

« Salut » avait-il dit quand il était venu ce premier jour.

En vérité, Dell l'avait poussé dans sa direction, cependant chaque pas après le premier avait été de sa propre volonté. Des pas rapides et empressés qui avaient été plus révélateurs que ses mots.

« Salut », avait-elle répondu, reconnaissante que le comptoir dissimule ses genoux tremblants.

Ils étaient juste restés là un moment, se regardant dans les yeux. Tombant profondément, désespérément, éperdument amoureux.

Ils n'auraient peut-être pas été plus loin que « Salut » sans l'ami de Chase, Dell, qui était arrivé à côté de lui et avait commandé un smoothie. Tout détendu et nonchalant, comme si ça avait été n'importe quel jour et pas le moment le plus merveilleux de la vie de Sophie.

« J'aimerais un Tourbillon Tropical, s'il vous plaît. Et toi, Chase ? »

C'était ainsi qu'elle avait appris son nom. Dieu seul savait qu'elle n'aurait jamais eu le courage de lui demander. Et même après ça, il lui avait fallu trois autres semaines pour parvenir à lui lancer : « Salut, Chase. »

Deux syllabes au lieu d'une. C'était un progrès, pas vrai ?

Il avait souri d'une oreille à l'autre et murmuré en retour : « Salut, Sophie. »

Donc oui, ils avaient pris leur temps, parce qu'elle avait appris à la dure les erreurs qu'une fille pouvait commettre. Une erreur comme David.

Elle fourra son téléphone et les mauvais souvenirs qui l'accompagnaient au fin fond de sa poche et se concentra à la place sur le bon.

Elle avait été méfiante au début avec lui, comme avec tout le monde. Mais plus elle avait appris à le connaître, plus elle avait fait confiance à ses sentiments. Être en sa présence la rendait heureuse et à chaque fois qu'il souriait, elle avait l'impression d'être sur des montagnes russes. Il travaillait à quelques rues de l'emplacement de son camion, ce qui signifiait qu'elle pouvait le voir presque tous les jours. Et les jours où elle ne le voyait pas... eh bien, elle rêvait de lui. Beaucoup.

Elle n'était peut-être pas du genre audacieux et confiant, mais Chase non plus... sauf quand elle l'avait vu avec ses amis dans un de leurs moments les plus sombres. Les plaques militaires autour de leurs cous dévoilaient un passé dans l'armée, et ça se voyait aussi à leurs regards vigilants et leurs corps musclés. La plupart du temps, ils étaient assez décontractés, mais de temps à autre, quelque chose les mettait sur le qui-vive. Quelque chose de brut et bouillonnant planait au-dessus de leurs épaules, poussant les promeneurs à s'écarter d'eux.

Toutefois, lorsque ce qui les avait dérangés passait, ils redevenaient ces types sympas et normaux que tout le monde appréciait. Dell était le barman ô combien populaire du *Lucky Devil*. Son sourire hollywoodien et son allure féline faisaient partie de son succès, et les femmes se pâmaient presque en le voyant. Chase travaillait à la sécurité à l'entrée, et il était tout aussi beau, mais d'une manière totalement différente. Son attrait provenait de son attitude calme et sans prétention, ainsi que de son look brut de décoffrage ; sans parler de son corps fin et ciselé. Il donnait toujours l'impression d'être revenu à la civilisation après une longue expédition de survie dans une contrée sauvage. Ses cheveux châtains étaient légèrement ébouriffés, et ses yeux noisette semblaient surpris par le brouhaha environnant. Parfois, son discours était un peu maladroit et ses manières douloureusement prudentes, comme s'il était terrifié de tout gâcher.

— Il est si chou, disaient la plupart des femmes.

— Adorable, lançaient d'autres.

Comme un Tarzan de l'ère moderne qui s'adaptait lentement à la civilisation après des années dans la jungle, pensait Sophie.

Merci Seigneur il ne craquait pas pour les femmes qui battaient des cils et essayaient de l'attirer dans son lit. Chase ne semblait être intéressé par personne… à part elle.

Les joues de Sophie rougirent. Le gentil, poli, doux Chase l'aimait bien. Elle qui était si quelconque ! Et elle avait rendez-vous avec lui cet après-midi même.

Elle donna une dernière caresse à chacun des chiens.

— Je dois me remettre au travail.

Elle se redressa et bascula la tête en arrière, se délectant du soleil tout en touchant le médaillon en forme de cœur qu'elle portait toujours autour de son cou. Elle reprit le chemin du camion, le sourire aux lèvres.

Mais les poils à l'arrière de sa nuque se hérissèrent soudainement, et une voix sombre et profonde murmura au fond de son esprit.

Non. Arrête-toi.

Non quoi ? voulait-elle demander.

Elle s'arrêta, examinant le fourgon. Le soleil scintillait sur les portières argentées et se reflétait dans les courbes des bonbonnes de propane au bout. Rien ne semblait sortir de l'ordinaire, mais quelque chose clochait.

— Ne sois pas ridicule, marmonna-t-elle.

Elle était venue à Maui pour échapper à la peur et au doute avec lesquels elle avait grandi. Elle avait pour mission de bannir tous les côtés négatifs de sa tête.

Mais Coco gémissait et Boris tira sur la jambe de son pantalon pour la retenir. Darcy s'étendit et montra les crocs vers un ennemi invisible.

— Stupides chiens, dit-elle en soupirant.

Enfin, c'était ce qu'elle avait prévu de dire. Elle avait à peine lâché le premier mot qu'une explosion déchira l'air. Le camion se souleva et le tonnerre rugit dans ses oreilles. Une vague de chaleur traversa l'air, la projetant en arrière. Elle vola au loin et percuta durement le sol. Les chiens devinrent hystériques alors que le monde autour d'elle s'assombrissait. Ils aboyaient, encore et encore, lui donnant le tournis.

— Sophie ?! Sophie ! hurla quelqu'un.

Mais elle ne voyait que des étoiles, et ne ressentait que de la douleur.

Chapitre 3

Une vague de chaleur ballotta le corps de Chase et un tas d'horribles images submergèrent son esprit. Il avait été témoin d'un sacré nombre d'explosions, et aucune d'elle n'avait été bonne. Pas même celles posées par le camp des gentils.

Mais, merde. Elles n'avaient explosé qu'en zone de guerre. Comment cela pouvait-il arriver ici ?

Une femme cria. Des bruits de pas précipités. Chaque oiseau dans le figuier non loin prit les airs, jacassant d'inquiétude.

— Sophie !

Il se précipita.

Elle se remit sur pieds dans des mouvements brusques et maladroits, cependant ses genoux cédèrent sous elle. Il la rattrapa et la soutint.

— Chase ? murmura-t-il en empoignant son bras.

Son cœur cognait si fort dans sa poitrine qu'il en sortait presque. Elle était en vie ! Il ne l'avait jamais vue avec des yeux si écarquillés ou les mains tremblant si violemment, mais elle était en vie.

Sophie chancela vers l'épave en feu qu'était devenu son camion à smoothie.

— Oh, mon Dieu. La caisse. Je devrais récupérer l'argent.

Il la retint. Hors de question. Si son livre préféré avait risqué de prendre feu, il y serait allé pour elle. Un chien, évidemment. Mais de l'argent ? Hors de question.

Un des chiens s'était roulé en boule de terreur alors que Darcy enrageait. Les flammes tourbillonnèrent autour du fourgon, émettant des crépitements malveillants. De ce qu'il pouvait voir, la plus petite réserve cylindrique de propane avait explosé. La plus grosse était toujours là, engloutie par le feu.

— Waouh.

Il fit reculer Sophie.

— Attends, protesta-t-elle.

Un mur de chaleur les atteignait comme la main de la mort. La seconde bonbonne allait exploser, et quand ça arriverait...

À couvert! hurla une voix dans sa tête. *Maintenant!*

Il se retourna et plaqua Sophie au sol, couvrant son corps du sien.

— Cha...

Elle ne put terminer sa phrase, la seconde explosion l'étouffant.

Le souffle aplatit Chase et il ferma les yeux, se disant que la douleur ne comptait pas. Ni le filet de sang chaud qui dégoulina de ses oreilles ou l'angle étrange de ses bras alors qu'il recouvrait Sophie autant que possible. De petites explosions retentirent dans son esprit. Lentement la douleur s'estompa, et il n'entendit rien à part sa propre respiration.

Il cligna quelques fois des yeux et prit une profonde inspiration. Wouah. Que venait-il de se passer?

— Chase, murmura Sophie.

Ou alors, peut-être qu'elle criait? Il ne pouvait le dire. Elle pleurait, sans aucun doute, ce qui lui arrachait le cœur. Une langue baveuse lapa un côté de son visage, et il la repoussa.

Dans l'ensemble, il devait avoir l'air misérable, cependant avec Sophie qui lui berçait la tête... eh bien, tout lui semblait plutôt agréable. Vraiment agréable, d'une certaine façon, même si son corps n'était pas d'accord. Elle avait relevé ses cheveux dans une tresse qui faisait le tour de sa tête comme une couronne. Il avait envie de tendre le bras et de la toucher.

— Est-ce que ça va? demanda-t-elle en prenant son visage en coupe.

Il sourit presque, parce qu'il était au paradis, ou pas loin. Il aurait pu la regarder dans les yeux pendant toute l'éternité. Mais d'un autre côté, il y avait eu deux explosions de l'enfer, et il ne pouvait pas rester étendu là à attendre une troisième.

Quelqu'un courut avec un extincteur et commença à vaporiser frénétiquement. Des sirènes retentirent au loin. Si Chase avait pu se couvrir les oreilles et ramper au loin, il l'aurait fait. Les sirènes étaient supposément une bonne chose parce que ça signifiait que de l'aide arrivait. Il avait appris ça la première saison qu'il avait passé loin de la vie sauvage pour vivre avec ses demi-frères. Mais les sirènes, avec leurs lumières aveuglantes, étaient bien là pour un esprit canin comme le sien et il voulait hurler, comme le faisait un de chiens présentement.

Il roula sur le côté et se mit à genoux, puis se releva avec le soutien de Sophie.

— Je vais bien. Les chiens ?

Sophie poussa un cri aigu et couru pour enlacer le plus proche.

— Oh, Coco. Tu vas bien ?

La chienne gémit, même si Chase ne pouvait discerner aucune trace de blessure, et quand il se cala sur les pensées de l'animal, il vit de la terreur, pas de douleur. Dès que Sophie serra Coco dans ses bras, cette dernière expira et se calma.

Chase afficha un petit sourire. Oui, il connaissait très bien cette sensation.

— Mon pauvre bébé.

Sophie se pencha vers Boris, le dernier arrivant de sa meute grandissante.

Le lévrier gémit aussi, mais surtout, il occupait toute l'attention. Darcy, de son côté, grognait avec un air menaçant vers le food truck.

Les métamorphes loups pouvaient lire les esprits des chiens, à un certain degré. Du moins, quand il y avait quelque chose à lire, ce qui n'était pas grand-chose si on s'éloignait des basiques « J'ai faim », « Je suis content » et « Ce buisson est le meilleur des buissons parce que je l'ai marqué avec mon pipi ». Chase avait un avantage, ayant une louve pure sang comme mère, ce qui rendait les choses plus faciles pour lui que pour la plupart. Pourtant, Coco et Boris étaient assez inutiles, pour le moment. Tout ce qu'il parvenait à obtenir d'eux était un mélange de peur avec le bonheur d'avoir l'attention de Sophie. Darcy, en revanche, était un petit dur à cuire. Aussi dur que les soldats les plus endurcis que Chase avait rencontrés, et son esprit était un peu plus clair.

Méchant homme. Méchant homme, aboyait-il encore et encore.

Chase s'agenouilla et suivit ce que regardait le chien, mais il ne vit que des flammes.

Allez, toutou. Dis-moi, pressa-t-il en caressant Darcy.

Il montra les crocs et leva la tête avec une expression mauvaise qui disait : « Je te le dis seulement parce que ça va aider ma gentille dame ».

Chase lui lança un regard sévère, lui rappelant qui était en haut de la chaîne alimentaire. En vérité, il admirait la dévotion du Jack Russell pour Sophie. Il était clair que ce petit avait souffert de beaucoup de maltraitance par le passé... ou, maintenant qu'il y pensait, il avait été témoin des abus sur une autre de ses « gentilles dames » par un connard de mari. Quoi qu'il ait vécu, cela avait été suffisant pour qu'il brûle de colère et de haine. Mais Sophie restait l'héroïne de Darcy, son ange étincelant, et il ferait n'importe quoi pour elle.

Alors, dis-moi, insista Chase. *Tu veux être un bon chien, pas vrai ?*

Être un bon chien était le summum du but de la vie d'un chien pour la plupart, et Darcy déglutit comme s'il prêtait le plus solennel des serments.

Darcy est un bon chien. Darcy aime la gentille dame.

Alors, aide-moi avec ta gentille dame. Qu'as-tu vu ?

Le regard du chien s'assombrit et une série d'images désorganisées traversèrent son esprit.

Méchant homme.

Chase vit une silhouette se pencher sur les bonbonnes de propane pendant que Sophie travaillait, ignorant le danger dans lequel elle se trouvait.

Pagaille.

La silhouette tripotait quelque chose. Un détonateur ? Chase ne pouvait le dire, parce que Darcy n'avait capté que ce qu'un chien pouvait comprendre.

Fait mal à ma gentille dame.

Les flammes tourbillonnèrent, et Darcy grommela dans sa barbe. S'il avait été assez gros, il aurait protégé Sophie de son corps comme l'avait fait Chase.

Ce dernier était désespéré de trouver plus d'informations, cependant il ne put obtenir plus. Il tendit la main pour frotter les oreilles de Darcy et il eut le cœur déchiré quand le chien grimaça et recula. Pourquoi ne pouvait-il pas comprendre qu'il ne lui ferait aucun mal ? Il soupira, lui donnant de l'espace, et se contenta de le remercier avec l'éloge ultime.

— Bon chien.

Darcy gronda jusqu'à ce que Sophie le rejoigne et gratte son menton.

— Pauvre poussin, murmura-t-elle.

Chase la toucha dans le dos, lui assurant que Darcy allait bien.

— Wouah. Est-ce que ça va tous les deux ? demanda Dell en se précipitant à leurs côtés.

— Une explosion de gaz. La bonbonne a juste pété ! hurla un passant à un autre alors que le camion de pompiers arrivait. Une sorte de panne.

Dell jeta un regard à Chase et posa directement une question dans son esprit.

Une panne ?

Chase commença à secouer la tête quand ses oreilles se mirent à sonner. La bonbonne n'avait pas explosé toute seule. Quelqu'un l'avait trafiquée ou avait posé un détonateur.

Dell fronça les sourcils.

Qui ? Pourquoi ?

Chase examina la foule grandissante. C'était ce qu'il voulait savoir. Mais les pompiers couraient partout, leur faisant signe à Sophie, Dell et lui de reculer, et il ne pouvait pas penser clairement.

— Attendez. Les chiens.

Sophie batailla avec les laisses et Dell l'aida ; il ne leur fallut pas longtemps pour tous se retrouver blottis contre la digue pendant que les pompiers vaporisaient de la mousse sur l'enfer qui consumait le fourgon.

— Oh, mon Dieu, souffla Sophie.

Chase n'avait pas à lire dans son esprit pour savoir qu'elle imaginait ce qui aurait pu arriver si elle n'était pas sortie.

Elle se tourna vers lui exactement au même moment que lui, et en l'espace d'une nanoseconde, ils s'étreignirent. Chase tangua d'avant en arrière, luttant contre le picotement de ses yeux.

Est-ce que ça va ? demanda Dell en utilisant le lien mental que seuls les métamorphes proches partageaient.

Chase ferma les yeux. Oui, parce que Sophie allait bien. Non, parce qu'il s'en était fallu de peu. Et s'il la perdait ?

Il raccrocha sans dire un mot. Les chiens étaient entassés autour de leurs pieds, formant une barrière de poils.

— Hé, les gars, murmura Dell aux animaux. Donnez-leur un peu d'espace.

Mais les chiens ne bougèrent pas, et même un félin comme Dell devait comprendre pourquoi. Ils protégeaient la femme qu'ils aimaient. Prêts à donner leurs vies pour Sophie si c'était ce qu'il fallait.

Tout comme moi, jura Chase en la tenant près de lui. *Tout comme moi.*

Chapitre 4

Le cœur de Sophie tambourinait dans sa poitrine et son esprit s'emballa de pensées terrifiantes. Et si elle avait été encore dans le camion quand la bonbonne avait explosé ? Et si les chiens avaient été blessés ?

Mais dès qu'elle tomba dans les bras de Chase, elle ne ressentit que du soulagement. Elle enfouit son visage contre son épaule, prenant des inspirations de plus en plus longues et profondes. C'était comme si Chase était fait pour elle, parce que tout lui semblait à sa place. Son épaule était exactement à la bonne hauteur, et ses bras se refermaient confortablement autour de son cou. Son torse se gonflait et se creusait en rythme avec le sien, et ses bras la gardaient au chaud et en sécurité. Elle inspira, savourant son parfum frais et boisé. Les chiens se serrèrent autour de ses chevilles, et le feu crépita au loin ; pourtant son esprit restait agréablement vide.

— Euh, les gars... murmura Dell.

Chase ne bougea pas, et Sophie ne voulait pas non plus. Mais la police se précipita vers eux et elle recula avec réticence.

— Mademoiselle... mademoiselle... appela un officier de police.

Chase s'avança, bloquant le passage. Les chiens firent de même, montrant les crocs, et le cœur de Sophie se réchauffa. Elle avait été seule pendant si longtemps. Une moins que rien sans personne pour se soucier qu'elle existe ou non. Là, elle était entourée d'amour. Un mur solide d'amour qui lui montrait à quel point elle était spéciale.

L'officier de police recula, n'étant plus du tout aussi sûr de lui qu'une minute plus tôt.

— Doucement, tout le monde. J'ai besoin que vous vous écartiez à une distance de sécurité, mademoiselle. Et j'ai aussi besoin que vous rappeliez vos chiens.

Il baissa rapidement les yeux sur le trio, cependant il se concentra surtout sur Chase.

— J'aimerais vous poser quelques questions, s'il vous plaît.

Sophie jeta un œil au feu déchaîné et se mordilla la lèvre.

— Bien sûr, parvint-elle enfin à dire, gardant une poigne ferme sur la main de Chase.

Ils reculèrent de quelques pas. D'autres officiers et pompiers arrivèrent, dressant des barrières et tenant la foule grandissante à distance. Le premier policier nota son nom, son adresse et résuma ce qu'il s'était passé. Mais les quelques questions se transformèrent en déluge, et pas juste de la part du premier agent de police, mais d'un autre, et d'un troisième. Sophie dut répéter ce qu'il s'était passé, encore et encore, et elle se retrouva à fondre en larmes. Coco lui bondit dans les bras, tremblante de peur, et Sophie ne la comprenait que trop bien.

— Avez-vous remarqué des choses inhabituelles ce matin ?

Elle ricana presque. À part l'explosion qui aurait pu la tuer ?

— Quel est votre rôle dans tout ça, monsieur ? demandèrent-ils à Chase, qui gronda une réponse sèche.

— J'ai entendu l'explosion et je suis arrivé en courant.

Sophie pressa sa main. Il rendait les choses si faciles. Pourtant elle n'avait jamais eu personne pour courir vers elle.

— Avez-vous remarqué une odeur ou quelque chose d'anormal ? insista le policier.

— Vous êtes sûrs de n'avoir vu personne ? lança un autre.

Elle fit de son mieux pour répondre, cependant les questions étaient incessantes, et elle avait l'impression que toutes les sirènes retentissaient dans sa direction. Chase était à ses côtés, comme s'il était sur le point de craquer, et elle craignait pour la suite, si ça arrivait. On avait ordonné à Dell de rester à l'écart, et les questions continuaient, encore et encore, jusqu'à ce qu'un officier aille un peu trop loin.

— Avez-vous ajusté ou trafiqué d'une quelconque façon les bonbonnes ce matin, ou un autre jour ?

Sophie le dévisagea.

— Trafiqué ? Qu'est-ce que vous insinuez ?

Le policier, un *haole* costaud et brûlé par le soleil, cligna des yeux et recula d'un pas.

Sophie mit les mains sur les hanches. Elle avait envie de crier : « Non, je ne suis pas un paillasson. J'essaie juste d'être gentille. Mais si vous allez trop loin, c'est ce que vous récolterez. »

Même Chase tourna la tête vivement et pendant un instant, Sophie se sentit sur le toit du monde. Cependant quand son regard se posa sur l'épave brûlante du food truck, elle faillit s'écrouler au sol. Le camion était détruit. C'était un miracle que personne ne soit blessé. Mais quand même. Le feu était une chose menaçante et maléfique, et il abîmait le joli paysage de Lahaina. Était-ce sa faute, d'une façon ou d'une autre ?

Par chance, une femme policière, une belle native que Sophie reconnut comme étant une amie de Chase, arriva avec un sourire appuyé.

— Je suis l'officier Dawn Meli. Les gars, laissez-moi gérer ça.

Les autres s'éloignèrent, laissant respirer Sophie. Chase se détendit un tout petit peu.

— OK, prends une profonde inspiration, dit-elle. Et recommence depuis le début. Juste une fois, s'il te plaît.

C'était plus facile de lui parler à elle, car elle semblait vraiment écouter. Quand Sophie eut terminé, l'officier Meli songea à plusieurs scénarios.

— Est-ce que ça aurait pu être un accident ?

Sophie réfléchit. En théorie, oui, cependant le pick-up et tout le système étaient vérifiés régulièrement.

— Un acte criminel ? Vous avez des concurrents ?

Sophie se renfrogna. Quelques-uns. Mais un qui en viendrait à une telle violence ?

— Pas que je sache. Mais je suppose qu'il vaut mieux demander au propriétaire, M. Lee.

La policière nota le nom puis baissa la voix.

— Et vous ? Avez-vous eu des soucis ? Des menaces ?

Chase serra les poings.

— Pourquoi quelqu'un ciblerait-il Sophie ?

L'officier leva les mains.

— Je ne dis pas que c'est le cas, mais je dois poser la question. Quelqu'un qui chercherait à se venger ?

Sophie blêmit.

— Non. Impossible.

— Un ex-petit ami qui pourrait se sentir ignoré ?

Dans une autre vie, Sophie aurait bien aimé, toutefois depuis qu'elle avait rencontré Chase, la seule chose qu'elle aimerait, c'était passer plus de temps avec Chase.

Elle secoua la tête, et l'autre femme insista :

— Et l'argent ? Des soucis de ce côté ?

Le ventre de Sophie se noua. L'argent ? Elle évitait ce sujet depuis un moment, n'étant pas trop prête à gérer une nouvelle qu'elle venait de recevoir.

Elle répondit avec soin.

— Je ne dois rien à personne, si c'est ce que vous insinuez.

Quand Meli hocha la tête et continua, Sophie expira. Quelques questions supplémentaires, et l'officier referma son carnet.

— Très bien. C'est tout pour l'instant. Merci de votre coopération. J'aurais besoin que vous veniez au poste pour un rapport complet cet après-midi.

Un poids s'abattit dans le ventre de Sophie. Un rapport encore plus complet que celui qu'elle venait de faire ?

La policière sourit néanmoins, promettant que ce ne serait pas si terrible. Elle se tourna ensuite vers Chase :

— Tu prendras soin d'elle ?

Y avait-il une pointe taquine dans sa voix ? Sophie n'en était pas sûre.

— Bien sûr que oui, grommela Chase en réchauffant la jeune femme de l'intérieur.

Dell revint alors avec les chiens, riant tandis que Darcy tirait sur sa laisse.

— Un vrai tigre que tu as là.

Sophie étreignit Darcy, espérant qu'il n'avait mordu personne.

— J'ai besoin des clefs de la voiture, demanda Chase en tendant la main.

Dell avait l'air sur le point de protester, cependant son ami gronda et il leva un sourcil interrogateur.

— Tu es sûr, mec ?

Chase prit les clefs et empoigna fermement la main Sophie.

— Je peux très bien me débrouiller.

Il fit un petit geste et les chiens le suivirent au pas, comme s'il était leur alpha. Sophie fit de même, les genoux encore un peu tremblants. Chase lui fit traverser la foule et plusieurs journalistes qui l'auraient harcelée si Dell n'avait pas été juste derrière.

— J'ai tout vu ! annonça-t-il assez fort pour que tout le monde entende. Posez vos questions.

L'attention de tout le monde se riva sur lui et Sophie expira de soulagement. Chase jeta un regard en arrière avec un soupir.

— C'est bon. Dell est doué pour ce genre de choses.

— Eh bien, heureusement qu'il est avec nous.

Elle couvrit la main de Chase avec les deux siennes.

— Mais surtout, heureusement que tu es là.

Il rayonna puis l'entraîna à travers le flot de badauds qui se dirigeaient vers le feu. Peu après, ils arrivèrent au pick-up.

— On va où ? demanda-t-il.

Elle cligna plusieurs fois des yeux. Tout d'abord, vers le pick-up. Parfois, Chase conduisait une Ferrari rouge de luxe. D'autres fois, ce pick-up Toyota défoncé. Le plus amusant était qu'il ne semblait pas remarquer la différence, et elle l'adorait pour ça. Enfin, elle l'adorait pour plein de raisons.

Petit à petit, elle se força à se reconcentrer. Où voulait-elle aller ? Chez elle, ou dans son petit endroit calme pour réfléchir ? Et puis, une seconde... Elle devait considérer Chase aussi.

— Et le travail ?

Il pencha la tête.

— Le travail ?

Il ne le dit pas, cependant ses yeux avaient l'air de vouloir lui rappeler que malheureusement, son lieu de travail avait explosé.

Elle rit.

— Non, le tien.

— Dell me trouvera un remplaçant.

Elle l'examina une seconde. Ce serait agréable d'avoir des amis qui surgissaient pour vous aider au pire, ou au meilleur des moments. Soudain ses yeux dérivèrent vers les plaques militaires qui pendaient à son cou. Dell en avait aussi. Elle n'avait jamais vraiment demandé où ils avaient servi ni quand, néanmoins il était clair qu'ils avaient traversé beaucoup de choses ensemble.

Il attendit sa réponse en silence, et le cœur de Sophie gonfla à nouveau. Il était si calme. Si posé. Si pressé de l'aider. Qu'avait-elle fait pour le mériter ?

Il se racla ensuite la gorge.

— Ça te dérangerait de nous conduire un peu plus haut sur la côte ?

Son regard disait qu'il la conduirait jusqu'à la lune pour la décrocher si elle le lui demandait, et elle tomba à nouveau amoureuse. Il se pencha ensuite et souleva Boris comme s'il était un sac de patates avant de le poser sur la banquette arrière. Coco grimpa sur les genoux de Sophie, suppliant pour le rejoindre. De son côté, Chase se tourna vers Darcy, qui grognait.

— Grogne autant que tu peux, petit, murmura Chase. Mais c'est moi qui commande ici.

Une seconde plus tard, un Darcy grondant se soumit pour se faire soulever par Chase et poser à l'arrière. Le petit terrier n'ose pas le mordre, cependant sa dignité était clairement blessée.

— Bon chien.

Sophie le caresse tout en sécurisant chaque laisse.

— Tu es un bon chien.

Ça sembla aider, et une minute plus tard, Chase, les chiens et elle étaient sur le chemin de l'autoroute, roulant vers le nord.

— Tu habites ici ? demanda-t-il après quelques kilomètres.

Elle montra par-dessus son épaule.

— Non, par là-bas, mais si ça ne te gêne pas de rouler...

— Ça m'est égal, dit-il doucement.

À chaque kilomètre qui passait, Sophie se détendait un peu plus. Chase également. L'eau turquoise et le ciel d'un bleu pur étaient-ils aussi apaisants pour lui que pour elle ? Appréciait-il cette sensation d'espace ouvert autant qu'elle ? Les hôtels et les immeubles encombraient la première partie de la côte, mais une fois dépassé le complexe hôtelier de luxe de Kapalua Bay, on se retrouvait à nouveau en pleine campagne. Vers l'intérieur des terres de Maui, le côté *mauka*, les pentes remontaient de plus en plus, atteignant un voile de nuage. Du côté *makai* se trouvait le beau glissement de Honolua Bay, et au loin, la forme longue et élégante de Molokai.

La route se creusa et tourna, et juste quand Sophie pensait à demander à Chase de s'arrêter un moment, il mit le clignotant et fit exactement ça.

— Ça te va ? dit-il.

— C'est parfait, murmura-t-elle en regardant vers l'océan.

Un enchevêtrement de roses sauvages se trouvait près du pick-up, et elle pouvait sentir leur parfum paradisiaque. Derrière, le Pacifique s'étendait en un point lointain et flou où elle ne pouvait plus le différencier du ciel.

— C'est pour ça que je suis venue à Maui, murmura-t-elle.

Chase pencha la tête et attendit exactement comme les chiens le faisaient quand elle n'avait personne d'autre à qui parler.

Elle désigna le paysage de la main.

— La beauté. La paix. Un rappel de tout ce qu'il y a de positif dans le monde.

À son grand soulagement, il ne demanda pas à savoir à quoi elle le comparait. Il se contenta de hocher la tête comme s'il savait précisément ce dont elle parlait.

— Qu'est-ce qui t'a amené ici ? se hasarda-t-elle un instant plus tard.

Chase, comme toujours, réfléchit à ses paroles avant de s'en tenir à seulement deux.

— Un boulot.

— Au *Lucky Devil* ?

Il éclata de rire et un peu de tension entre eux disparut.

— C'est juste un boulot à côté. Je travaille dans la sécurité sur un domaine privé.

Elle en avait entendu parler, sans savoir si c'était vrai. Cela expliquait-il donc la Ferrari ?

Une dizaine d'autres questions bondirent dans son esprit, néanmoins elle n'en prononça aucune. Était-ce important, où il vivait et quel genre de voiture il conduisait ? Tout ce qui l'intéressait, c'était lui. Le vrai lui.

— Tu aimes vivre ici ? demanda-t-elle.

Son regard se perdit au loin.

— J'aime bien, oui.

Pendant un moment, elle crut qu'il n'en dirait pas plus, mais, miracle des miracles, Chase continua.

— Quand on est arrivés ici, tout ce que je voulais, c'était retourner chez moi dans le Montana. Mais ensuite...

Elle attendait comme lui quand elle parlait, cependant il sembla n'avoir rien à ajouter, donc elle finit par l'inciter :

— Ensuite quoi ?

Sa pomme d'Adam s'agita et il regarda vers elle, puis vers le sol, tout à coup timide.

— Et ensuite, je t'ai rencontrée.

En ce qui la concernait, une dizaine de colombes auraient pu voler autour d'elle. Voilà ce que lui faisaient ces mots. Sa respiration se coupa alors qu'elle le fixait droit dans les yeux.

— Je suis vraiment contente de t'avoir rencontré.

— Moi aussi, murmura-t-il.

C'était un de ces instants parfaits, sur le moment de basculer dans quelque chose de merveilleux, qu'ils partageaient souvent. Si seulement elle pouvait trouver quoi dire après ça.

Chase, je t'aime beaucoup. Ce serait un bon début, pourtant sa gorge se ferma, et elle ne put rien dire. Pas même pour lui demander s'il l'aimait bien aussi.

Eh bien, c'était sûrement le cas. Il avait accepté ce rendez-vous, après tout. Mais une partie de son esprit refusait toujours de voir qu'elle méritait un homme si doux, et aussi si sexy. Les doutes remontèrent en elle à nouveau. Pourtant, à la façon dont il la regardait, et il la regardait *vraiment*, elle était une fleur qu'il fallait absolument peindre. C'était comme s'il lui disait que oui, il l'aimait beaucoup aussi.

Sa bonne humeur se réveilla et elle sourit, se sentant plus belle que jamais. Le siège avant du pick-up n'était pas si large, et c'était bien trop facile de s'imaginer glisser vers lui et l'embrasser.

Et, waouh. Manquer de se faire tuer avait dû vraiment la désinhiber, car elle se glissait réellement vers lui pour l'embrasser. C'était comme si elle avait écrit à la hâte une liste de choses à faire et devait cocher autant de cases que possible tant qu'elle le pouvait. Numéro 3 : S'arrêter pour sentir les fleurs. Numéro 2 : Passer du temps avec les gens qu'elle aimait. Numéro1 : Embrasser Chase...

Il se rapprochait également, et avant qu'elle ne s'en rende compte, leurs nez se frôlèrent dans le prélude d'un baiser. Pendant un moment, ils s'arrêtèrent tous les deux, savourant la douce innocence de ce bisou esquimau. La lèvre de Chase tressaillit soudain et Sophie recommença à se rapprocher, quand...

Zoom ! Un poids lourd passa en vitesse, faisant sursauter le pick-up. Les chiens se lancèrent dans une série d'aboiements frénétiques. Chase et Sophie reculèrent vivement, se tournant vers le vacarme.

— Désolée, dit-elle en dissimulant ses joues écarlates. Ils sont un peu bruyants parfois.

Chase la contempla sans dire un mot, toutes sortes d'émotions lui traversant le regard. Du désir, comme s'il avait eu envie de ce baiser de tout son cœur. Du regret, d'avoir manqué sa chance. De la résolution, à se rattraper dès que possible.

Puis, il afficha un petit sourire qui lui disait que ce n'était que partie remise.

Sophie le lui rendit. *Oui, la prochaine fois.*

Il pouffa et tout aussi simplement, le malaise disparut.

— Aboyer, c'est ce qu'il y a de meilleur, commenta-t-il. Ça, et se balader à l'arrière d'un pick-up.

Elle sourit.

— Tu connais vraiment les chiens.

Chase se racla la gorge et redémarra le moteur.

— Je suppose qu'on peut dire ça.

Il roula, suivant la côte. La route se rétrécit un peu plus loin, devenant une seule voie qui serpentait et s'éloignait de la circulation. Le paysage devint plus sauvage et plus enchevêtré, et les autres véhicules se firent rares. Quand ils finirent par dépasser la borne du kilomètre soixante et un, Sophie fit signe à Chase de se garer.

— Le geyser de Nakalele, dit-il en reconnaissant l'endroit.

Elle hocha la tête.

— J'adore venir ici.

C'était un espace rocheux et brut, que peu de gens auraient mis dans la liste des plus beaux lieux de Maui à visiter. Il y avait cependant assez de place et de solitude pour en faire un bon endroit pour réfléchir.

Les chiens sautillèrent à l'arrière du pick-up, pressés d'aller explorer. Sophie les laissa sortir et Chase la talonna alors qu'ils suivaient un sentier sinueux sur la côte rocheuse. Le vent battait le T-shirt de Sophie et ses cheveux sur ce flanc plus exposé et plus rude de Maui. Il y avait pourtant quelque chose ici qui ne cessait de la faire revenir.

Elle siffla, s'assurant que les chiens ne partent pas trop loin, et se dirigea vers un rocher à plusieurs centaines de mètres du geyser. Assez proche pour observer et attendre qu'il jaillisse, tout en restant assez loin pour garder un peu d'espace pour elle, une poignée de touriste ayant été attirés par la vue. Elle s'installa sur la pierre, écoutant les vagues s'écraser sur la berge. Toutes les quelques minutes, le geyser crachait comme une baleine remontant chercher de l'air, recouvrant la zone d'une brume fine. Chase s'assit à côté de Sophie, et elle se concentra sur sa présence réconfortante.

— Tu es sûre que ça va ? murmura-t-il après un moment.

Elle hocha la tête, mais une seconde plus tard, des larmes piquèrent ses yeux alors que tout lui revenait à l'esprit. Les chiens avaient essayé de l'avertir, pourtant elle n'avait pas écouté. Elle aurait pu se faire tuer, et eux aussi. Ou pire, terriblement brûler. Et puis, il y avait eu les questions de l'officier Meli, qui tournaient encore dans sa tête.

Avez-vous eu des soucis ? Des menaces ?

Pas qu'elle sache. Mais tout à coup, elle n'était plus si sûre. Elle avait quitté son foyer dans de mauvais termes, ce qui n'aurait pas été un problème si elle venait d'une famille normale dans un endroit normal.

— Hé.

Chase se rapprocha pour la serrer contre lui, et les larmes devinrent un déluge.

Elle ferma les yeux avec force, essayant de verrouiller les souvenirs, les récents comme les plus vieux. Au lieu de ça, elle se concentra sur Chase. Sur ses bras puissants et sécurisants. Sur son silence facile lui permettant de pleurer tout en lui assurant que tout allait bien.

Elle sanglota un peu plus longtemps, évacuant tout de son système. La peur. Le choc d'avoir été interrogée comme une suspecte. La terrible vision de ces flammes. Petit à petit, les larmes emportèrent tout ça, la laissant reniflante et chagrinée. Lentement, elle s'écarta de l'étreinte de Chase et s'essuya le visage.

— Je suis tellement désolée. C'était censé être une belle journée.

Il pencha la tête d'un côté puis de l'autre.

— Peut-être qu'on peut faire encore en sorte que ça le soit.

Elle ferma les yeux, trouvant cela difficile à croire. Aujourd'hui était supposé être leur grand jour. Leur premier rencard. Maintenant, tout était gâché.

— J'allais t'embrasser et tout.

Dès que les mots sortirent, elle plaqua une main sur sa bouche. Oups. Elle n'avait pas eu l'intention de le dire à voix haute.

Chase écarquilla les yeux et un poids s'abattit dans son estomac. Oh, Seigneur. Et si elle l'avait mal lu ? Peut-être qu'il se montrait juste gentil en l'amenant ici. Peut-être même qu'il n'avait pas voulu sortir avec elle au départ.

Elle baissa le menton, mais il leva la main et le remonta, la forçant à le regarder dans les yeux. Un sourire timide se dessina lentement sur son visage.

— Qui dit que tu ne peux pas ?

Son souffle se coupa et ses espoirs se réveillèrent à nouveau. Il voulait l'embrasser !

— Tu veux dire que je peux ?

Il hocha sérieusement la tête et parla d'une voix éraillée.

— J'aimerais beaucoup.

Elle prit quelques inspirations, parce que, mince alors, ses émotions étaient sens dessus dessous. Non seulement ça, mais les yeux de Chase brillaient. Ou était-ce une autre preuve de sa propre rougeur ?

Elle se pencha pour vérifier, puis fut distrait par ses lèvres. Si proches. Si pleines. Si désirables.

Une vague se brisa sur un rocher au loin dans un bruissement.

« Alors, embrasse-le », semblait-elle dire.

Une mouette cria au-dessus de leurs têtes, l'incitant de la même manière. Même Coco la poussa comme pour l'encourager.

Alors, embrasse-le, se réprimanda-t-elle.

Elle leva la tête, ferma les yeux et tendit le cou jusqu'à ce que leurs bouches se rencontrent. Et *zoum !* Le geyser jaillit non loin, faisant acclamer les badauds.

Sophie garda les yeux fermés et continua malgré tout à l'embrasser. Elle ne pouvait pas s'arrêter. Les lèvres de Chase étaient comme lui : dures à l'extérieur et douces à l'intérieur, et plus elle l'embrassait, plus les ailes des colombes autour de son cœur battaient l'air. Elles tournaient encore et encore, l'étourdissant. Un bon étourdissement, celui où on perdait le fil du temps et de l'espace. Le geyser se réveilla à nouveau, semblant être à des kilomètres, et même si elle remarquait le léger contact de son brouillard, il n'était que distant, dans un autre conte de fées. Tous ses sens se concentraient sur ce baiser et sur le fait qu'il était si agréable.

C'était comme si elle était chez elle. Comme un rêve. Comme si tout un nouvel avenir se révélait, un aperçu à la fois. Chase prit sa joue en coupe, et elle ouvrit les lèvres. Son cœur tambourina. Peut-être qu'il avait raison. Cette journée n'avait pas à être totalement horrible. Elle pouvait la rendre aussi bonne qu'elle le voulait.

Et bon sang, elle le désirait vraiment. Plus qu'elle n'avait jamais désiré quoi que ce soit.

Donc, elle embrassa l'homme pour qui elle se languissait depuis si longtemps, aussi durement qu'avaient été ces dernières semaines pour elle. Leurs corps se rapprochèrent encore plus, et Sophie trouva le courage de passer une main sur ses côtes. Elle se pressa plus près, de plus en plus à bout essoufflée. Se demandant jusqu'où elle était prête à aller.

Assez loin, de toute évidence, et elle était choquée de se surprendre en train de glisser ses mains vers ses fesses. Et de les glisser presque vers l'avant aussi. Chase devint plus audacieux également, et...

Des cris retentirent, et ils reculèrent.

Sophie empoigna sa main.

— Que se passe-t-il ?

Il y avait du raffut près de geyser. Elle regarda, paniquée, cherchant les chiens. Ils étaient toujours non loin, merci Seigneur, Coco et Darcy farfouillant les broussailles et Boris pourchassant une feuille sous le vent.

— Waouh, murmura-t-elle en comprenant ce qu'il se passait.

Un jeune homme s'était approché trop près du geyser et avait été renversé par la puissance de l'explosion. Deux amis se précipitèrent pour l'amener en sécurité. Les trois reculèrent à une distance raisonnable, avant d'éclater de rire.

Sophie secoua la tête. Elle avait manqué de se faire tuer ce matin. Et elle se sentait encore tremblante à l'intérieur. Que trouvaient-ils d'amusant à avoir frôlé la mort ?

— Imbéciles, marmonna Chase.

Il y avait une pancarte et tout. *Attention. Restez à bonne distance du geyser. Vous pourriez être aspiré et mourir.*

— Des imbéciles chanceux, ajouta-t-elle.

Mais vraiment, elle l'était aussi, étant donné ce qui était arrivé le matin même. Alors, qu'est-ce que ça signifiait, exactement ?

Elle y réfléchit un instant, puis se rapprocha de Chase. Quand elle avait emménagé à Maui, elle s'était promis de mordre la vie à pleines dents. De sentir la beauté, l'espoir et d'apprécier. C'était la morale de l'histoire, pas vrai ?

Vrai, se dit-elle avec fermeté.

Son regard se riva à celui de Chase, et un instant plus tard, ils s'embrassaient encore... et encore.

Chapitre 5

Chase avait enduré beaucoup de hauts et de bas dans sa vie, cependant il n'avait jamais vécu quelque chose comme ces dernières vingt-quatre heures. Il s'étendit sous les draps propres et frais et ouvrit lentement les yeux, se demandant si tout avait été un rêve. Mais il était vraiment au lendemain matin, et il était vraiment chez Sophie... et dans son lit. Elle était pelotonnée dans ses bras et tout.

Il bougea la main, lissant le tissu de sa manche. Oui, ils étaient habillés, parce que ça n'avait pas été *ce* genre de nuit. Il avait seulement été là pour garder Sophie en sécurité.

Enfin, oui... la garder en sécurité et calmer son loup intérieur, qui était devenu fou après l'explosion. L'odeur âcre du camion en flammes, les lumières clignotantes, le hurlement des sirènes... Les loups n'aimaient pas trop ce genre de trucs. Une décennie dans l'armée avait augmenté sa tolérance pour ce genre de surcharge sensorielle, mais c'était différent. C'était une menace envers Sophie, et il avait failli craquer.

Depuis ces derniers mois, il vacillait sur la ligne de démarcation séparant l'homme du loup. Ses frères l'avaient surveillé avec inquiétude, soucieux qu'il puisse s'abandonner à son côté animal et sauvage à nouveau. Quand il avait rencontré Sophie, cette lutte intérieure s'était dissipée, et il ne s'était jamais senti aussi fermement attaché au monde humain. Néanmoins, les évènements de la journée précédente l'avaient percuté comme une masse, et son loup intérieur avait recommencé à faire les cent pas.

Sophie est là. Elle va bien, dit-il à son loup, le calmant avant qu'il ne s'énerve trop. Il ne voulait pas retourner à la vie sauvage. Il voulait rester dans le monde humain avec Sophie.

Lentement, petit à petit, son loup s'apaisa, toutefois cela ne mit pas un terme à son état d'alerte. La bête était juste aussi agitée que Darcy, sur ce point.

Chase regarda autour de lui, et sans surprise, le Jack Russell était sur le pas de la porte, les oreilles dressées, les crocs dévoilés, prêt à repousser tout intrus. Et la catégorie « Intrus » incluait Chase, à en juger par le ressentiment dans les yeux du petit chien.

Hé, mon pote, essaya-t-il. *On aime tous les deux la même femme. Lâche-moi la grappe !*

Darcy souffla, et une flopée d'images hideuses traversèrent son esprit, toutes venant d'un passé brumeux.

Chase secoua la tête.

C'est un autre homme qui est méchant avec une autre femme. Ce n'est pas moi. Regarde... Regarde comme elle est heureuse.

Pourtant, Darcy ne céda pas, montrant qu'il garderait quand même un œil sur lui.

Chase soupira, souhaitant pouvoir convaincre l'animal. En même temps, il n'avait pas d'autre choix que de lâcher un peu plus de son aura de loup pour remettre ce chien à sa place. Il respectait Darcy, bien sûr. Mais il ne pouvait y avoir qu'un alpha dans la meute de Sophie, et c'était lui.

Lentement, il recula et laissa ses yeux parcourir la pièce. Il n'avait jamais été chez Sophie auparavant, et c'était joli. Vraiment joli, d'une façon vétuste et bohème. C'était un tout petit bungalow de trois pièces, dans les hauteurs de Lahaina... un cottage d'ouvrier de l'île de l'ère des plantations.

— Regarde.

Sophie avait désigné la fenêtre du fond quand elle lui avait fait faire le tour. Il était arrivé près derrière pour regarder.

— Si tu te tiens là, tu peux voir jusqu'en haut de la crête et les sommets de la montagne.

— C'est magnifique, avait-il murmuré.

Les feuillages luxuriants et les montagnes escarpées étaient superbes, mais vraiment, il parlait du parfum de Sophie. Sa proximité. La confiance qu'elle plaçait en lui.

Elle avait parlé du fait que c'était le bungalow de sa tante, pourtant il lui convenait. Les murs étaient remplis de livre et le porche chargé de fleurs. Sa vision des couleurs n'était pas géniale, cependant il était presque certain qu'elle recouvrait toutes les nuances de l'arc-en-ciel. Leurs odeurs titillaient son nez, même de loin. Les vêtements de Sophie abondaient dans le placard et la commode ; il pouvait le dire à son style et ce qu'il sentait. Il ne savait pas où était passée sa tante. Il ne pensait qu'à Sophie.

Ils avaient passé des heures au geyser la veille, pris un déjeuner qu'il ne se rappelait pas avoir mangé sur le chemin du retour, puis passé la majorité de l'après-midi au commissariat de police, à supporter d'autres questions. Le temps que Sophie en ressorte, tôt dans la soirée, surtout grâce à l'officier Meli qui avait fait avancer les choses, ils avaient tous les deux été épuisés. Une fois arrivés chez elle...

— Reste. S'il te plaît, reste, avait-elle supplié.

Il aurait fallu qu'elle le chasse avec un fusil à double canon pour le faire partir. Mais bon sang, ses mots avaient quand même été bons à attendre.

Donc, il était là, à vivre une scène sortie tout droit de ses rêves. Enfin, un de ses rêves. Il devait admettre qu'il avait eu des fantasmes assez érotiques ces dernières semaines, et c'était difficile de ne pas franchir cette ligne. Pendant des semaines, il avait brûlé d'envie de la toucher. De l'embrasser. De la revendiquer comme sienne. Et c'était bien plus dur de résister dans la vie réelle que dans son rêve. Elle était si proche de lui, si belle...

Mais son instinct protecteur passait par-dessus tout, et il resta couché très, très immobile, les sens aux aguets. Pas de baiser ; il ne laisserait pas son loup s'emporter. Ce n'était pas le moment.

Et quoi qu'il en soit, la nuit passée à dormir à côté de Sophie avait été un millier de fois plus satisfaisante que les idylles peu judicieuses dans lesquelles il était tombé par le passé, en pensant que c'était ce que les humains faisaient. Comme boire du café, lire le journal ou toute autre habitude qu'il avait essayée avant d'abandonner. Mais, à présent qu'il avait trouvé sa compagne...

Il prit une profonde inspiration. En d'autres circonstances, il aurait été au septième ciel... mis à part Coco qui ronflait aux pieds de Sophie. Ça, et le fait qu'il était encore sous le choc de la veille.

Sa poitrine se serra. Et si Sophie était morte ?

Il se rapprocha d'elle. Son bras était enroulé autour du creux de sa taille et sa main était posée sur la zone neutre de son ventre. Elle avait le dos contre son torse et il aurait aimé pouvoir la garder là toute la journée. Mais il y avait tant à faire, tant de questions auxquelles il fallait trouver les réponses. Il devait s'arranger avec Dell pour le travail, déjà, et il devrait demander des nouvelles à l'officier Meli. Il s'éloigna donc avec précaution, faisant de son mieux pour ne pas déranger Sophie, et posa les pieds par terre.

— Bonjour, Boris, murmura-t-il.

Le lévrier agite doucement sa queue.

Chase redressa les épaules quelques fois et nota mentalement le nom du livre sur la table de chevet de Sophie. *Cent Ans de solitude.* Il se leva ensuite, souhaitant pouvoir se réveiller comme le chien, c'est-à-dire en s'étirant longuement dans la position que les humains appelaient si judicieusement le chien tête en bas. Les fesses levées, la tête basse, et la colonne vertébrale étendue en une longue et agréable ligne.

Plus tard, promit-il à son loup.

Comme d'habitude, il était piégé entre deux mondes. Parmi les loups, il était trop humain. Parmi les humains, il était trop canin. Ce qui faisait de lui un rebelle involontaire qui n'avait sa place dans aucun des deux.

Mais avec Sophie, rien de tout ça ne semblait compter. Pour la première fois depuis toujours, il savait exactement où était sa place.

Avec elle, approuvait son loup.

Il observa longuement le bungalow, s'imaginant vivre ici. Ou encore mieux... imaginant Sophie chez lui.

Elle adorerait, dit son loup.

Oui, elle adorerait. Pas vraiment pour la maison, qui avait besoin de beaucoup de travail, mais son environnement : la plantation de Koakea. Quatre hectares isolés sur Maui qu'il partageait avec une poignée de métamorphes à qui il confierait sa vie. Bon sang, il pourrait même leur confier celle inestimable de Sophie.

Chase soupira et marcha doucement jusqu'à la salle de bain, s'arrêtant pour la regarder.

Son loup intérieur agita la queue.

Compagne.

Ses lèvres se courbèrent en un sourire. Il avait cru que Maui était juste un autre endroit où il vivrait temporairement, pas celui où il rencontrerait sa compagne. Le destin jouait à un jeu étrange.

Parfois, il sentait que Sophie le savait aussi. Mais en tant qu'humaine, elle ignorait tout des métamorphes. Comment diable allait-il pouvoir lui annoncer la nouvelle ?

Elle aime les chiens, fit remarquer son loup. *Elle m'aimera.*

Chase se gratta l'oreille. Cette logique ne tenait pas trop quand on parlait des métamorphes. Sophie serait terrifiée, clairement.

Mais il avait des problèmes plus urgents à gérer. Il traversa la chambre, résistant à la tentation de s'arrêter pour admirer Sophie un moment... c'est-à-dire, pendant le reste de sa vie. Les chiens s'agitèrent, demandant à sortir, donc il continua vers la cuisine pour ouvrir la porte. Boris et Darcy filèrent dehors aussi rapidement que le parfum du gingembre *kahili* entra. Il inhala profondément. Il y avait temps d'endroits dans ce monde où un homme pourrait se réveiller avec un sentiment d'appréhension. Les villes surpeuplées. Les vallées détruites par la guerre. Les déserts stériles. Maui avait le problème opposé ; l'île vous berçait dans une fausse sensation de paix. Il était sorti plusieurs fois pendant la nuit pour s'assurer qu'il n'y avait personne pour cibler Sophie. Tout avait été calme, cependant, ce qui l'avait aussi laissé perplexe. Qui ou qu'est-ce qui avait provoqué cette explosion ? Et si Sophie n'était pas la cible, qui ?

— Bonjour.

Le murmure de Sophie le poussa à se retourner.

Il retint son souffle, comme toujours quand il la regardait. Elle avait lâché ses cheveux pour la nuit, et il avait dû faire appel à toute sa volonté pour ne pas les caresser. Bon sang, il pouvait à peine s'empêcher de la toucher, à présent.

Sophie.

Son loup remua la queue alors qu'elle le rejoignait à la porte.

La lumière matinale scintillait sur le médaillon en forme de cœur qu'elle portait tout le temps, et ses yeux brillaient de chaleur. Son sourire était comme les rayons du soleil filtrant à travers les arbres : léger, lumineux, naturel. Un don de Dieu, si on y croyait.

— Bonjour, murmura-t-il.

C'était un bon jour, parce qu'il allait le passer avec elle.

Ils restèrent à se dévisager, et ça lui suffisait. Mais l'explosion avait dû réveiller un feu en Sophie, parce qu'elle se redressa comme pour se donner du courage et avança pour l'embrasser. Directement sur les lèvres, avec les yeux ouverts et tout.

Peut-être qu'elle n'est pas aussi timide que tu le penses, gronda son loup en lui.

Il tangua sur ses pieds, pris entre le besoin désespéré d'en obtenir plus et une peur paralysante d'aller trop loin. Ses lèves étaient douces et prudentes, mais à la fois affamées, et sa poitrine cogna contre la sienne. Il l'embrassa en retour avec un petit mouvement de scie qu'elle sembla apprécier, et bon sang... C'était bien trop facile de s'imaginer soulever Sophie sur le comptoir de la cuisine et la laisser enrouler ses jambes autour de lui.

Le baiser devint de plus en plus chaud et profond, et pendant quelques secondes passionnées, des images érotiques brûlèrent son esprit. Soudain, Coco se glissa entre eux, filant dehors, et il remercia les cieux.

Il recula et prit une goulée d'air. Quel baiser.

Sophie lui rendit un regard hébété qui disait la même chose. Une rougeur lui monta ensuite aux joues et la Sophie d'avant était de retour, plus timide et réservée.

Elle se racla la gorge.

— Tu veux du café ? Des toasts ? J'ai fait un peu de confiture.

Elle ouvrit un des placards au-dessus du comptoir.

Chase leva les sourcils.

— Waouh.

« Un peu » était un de ces mots avec lesquels il avait eu des problèmes au début quand il avait rejoint le monde humain. Cela pouvait dire trois ou quatre, ou alors une dizaine. Dans le cas de Sophie, ça voulait dire des étagères entières remplies de bocaux. Une centaine ? Deux peut-être ? Chacun avait un couvercle à carreaux et une étiquette qui disait « goyave », « papaye » ou « ananas-mangue », ainsi qu'une date, tout ça dans sa jolie écriture.

Le rouge de ses joues s'intensifia, et elle murmura :

— J'ai du mal à me débarrasser des vieilles habitudes.

Il pencha la tête. Que voulait-elle dire exactement ?

Alors qu'elle s'agitait dans la cuisine pour préparer un petit déjeuner rapide, elle précisa :

— Ma famille est, eh bien… Ils aiment être autosuffisants.

Chase pouvait comprendre, cependant Sophie se renfrogna comme si ce n'était pas le meilleur des souvenirs.

— Le fait est qu'ils ont poussé ça à l'extrême. Mon beau-père s'inquiétait toujours de la prochaine catastrophe. Une guerre nucléaire. Les catastrophes naturelles. Une prise de pouvoir communiste…

Chase marqua un temps d'arrêt. Une prise de pouvoir communiste ?

Sophie soupira.

— Il fallait toujours être préparés.

Elle ouvrit un autre placard pour montrer que lui aussi était rempli de denrées.

Il haussa les épaules.

— Il n'y a rien de mal à être préparé.

— Jusqu'à stocker la valeur de cinq années de provisions ?

Il en resta bouche bée. D'accord, c'était un peu beaucoup.

— Waouh. Ma famille était déjà contente d'avoir réussi à passer l'hiver.

Oups. Il n'aurait probablement pas dû dire ça, à en juger par l'expression curieuse de Sophie. Son esprit tourbillonna alors qu'il essayait de trouver un moyen d'humaniser une meute de loups.

— Nous habitions loin dans les montagnes. En vivant de la chasse.

Ses narines se dilatèrent alors que les souvenirs revenaient... des souvenirs où il sprintait dans les bois à quatre pattes, pourchassant un cerf. Le frisson, la concentration totale.

— On pêchait.

Il pouvait sentir l'éclaboussure fraîche de l'eau de la rivière sur son ventre et voir son museau canin suivre un sillon sous la surface. Comment lui expliquer ça ?

« Ma mère était une louve, une vraie louve, dans une meute de la chaîne de montagnes Bitterroot. Mon père était un métamorphe hybride qui pouvait prendre n'importe quelle forme animale. Il a accompagné notre meute pendant des mois. Juste assez pour mettre ma mère enceinte avant de filer à nouveau. »

Contrairement à la majorité des métamorphes, il était né seul dans sa portée et n'avait commencé à changer en humain que quelques années plus tard... choquant ses compagnons de meute. Rester sous forme animale avait été un élément crucial de sa survie, cependant se transformer avait été un avantage, comme quand il avait fallu libérer des membres de la meute de pièges avec ses mains humaines. Il en avait gagné un poste élevé dans la hiérarchie de la meute, pourtant, il n'avait jamais vraiment été à sa place. Sa vie humaine lui donnait la même impression... sauf quand il était avec Sophie. Elle le rattachait fermement au monde humain et lui faisait rêver d'un endroit qu'il pourrait enfin considérer comme son foyer.

— Ma mère aimait la montagne. Mon père est parti quand j'étais petit, déclara-t-il sans en dire plus.

Il s'empêcha de traiter son père de bon à rien et d'évoquer la partie « métamorphe hybride ». Ce serait particulièrement difficile à expliquer. Les hybrides étaient très rares, et leur progéniture ne prenait en général qu'une seule forme animale.

C'était pour ça que son frère Connor était un dragon et Tim un ours.

— Tu as un frère, c'est ça ? Tim ? demanda Sophie.

Il hocha la tête.

— Demi-frère, mais oui. Comme Connor.

Les deux avaient grandi avec leur mère ourse métamorphe et intégré la société humaine aussi bien que tout autre. Chase n'avait quitté la vie sauvage qu'à la fin de l'adolescence, quand sa mère était morte. Paisiblement, merci les cieux. Il y avait eu ça, plus le fait que son côté humain l'avait appelé depuis un petit moment. Pourtant, la transition avait été infernale, et pas juste parce que sa famille louve lui manquait ou parce qu'il s'était senti submergé par le bruit et l'animation du monde humain. L'inconstance des humains était simplement terrible. Ils disaient une chose, mais en faisaient une autre. Ils déclenchaient des guerres pour obtenir la paix. Ils admiraient mère Nature, mais la tailladaient, un hectare sans défense à la fois.

Pourtant, il avait persévéré, parce qu'il avait senti que le destin le dirigeait vers un chemin qu'il devait tout simplement emprunter. Pendant la décennie suivante, il avait perdu espoir, pensant que le destin l'avait oublié. Et soudain, il avait rencontré Sophie, et cette sensation d'une force qui le guidait ne faisait que grossir de jour en jour.

Elle est ta destinée, lui assura son loup.

— Et Dell ? demanda-t-elle, le ramenant vivement au présent.

Chase se renfrogna. Dell était un lion métamorphe, mais bon sang, il ne pouvait pas exactement lui annoncer ça, pas vrai ?

— On s'est rencontrés à l'armée. On était dans la même unité. Donc, il est comme un autre frère, en vrai.

Un avec une crinière et une queue.

Chase passa une main dans ses cheveux. Comment allait-il expliquer à Sophie que ces hommes pouvaient se transformer en animaux n'importe quand ?

— Vous êtes arrivés ici tous ensemble ? demanda-t-elle.

Il hocha la tête.

— Un ami nous a proposé un boulot dans la sécurité. Un bon poste, dans un endroit calme et agréable.

Cet ami était Silas Llewellyn, le métamorphe dragon et propriétaire du domaine de Koa Point. Les autres avaient l'espoir de faire durer sur le long terme cet emploi, alors que Chase avait prévu en secret de retourner dans sa meute dès que possible. Dix années de service militaire lui avaient assez montré la cruauté humaine. Bien sûr, il avait aussi vu les humains sous leur meilleur jour. Des soldats avec des principes. Des mères héroïques. Des fermiers déterminés à repartir de zéro après une guerre ayant ravagé les terres. Pourtant, il en avait eu assez. Vivre en accord avec les saisons comme un loup serait plus simple et plus satisfaisant.

Mais il avait rencontré Sophie, et tout avait changé.

Elle hocha la tête et regarda par la fenêtre, perdue dans ses pensées.

— C'est pour ça que je suis venue à Maui. Pour me concentrer sur une belle vie au lieu de m'inquiéter d'un désastre imminent. Tu vois ce que je veux dire ?

Oh, oui, il voyait. Tout endroit où il ne pleuvait pas des attaques au mortier était bon.

Soudain, il se renfrogna, se rappelant l'explosion. Ici même, dans son paradis tropical.

« Méchant homme. Pagaille. Fait mal à ma gentille dame », selon Darcy.

Chase termina son toast et se leva.

— Écoute, je ferais mieux d'y aller. Tout ira bien ?

Elle hocha un peu trop vite la tête, et il pouvait voir l'incertitude dans ses yeux. Mais il y avait du courage et de la détermination aussi... et à revendre.

Attends un peu. Elle va te montrer quelle dure à cuire elle peut être, entonna son loup.

Ça ne le dérangerait pas ; toutefois il espérait vraiment ne pas aller jusque là. Elle avait déjà subi assez, en ce qui le concernait.

— À part le coup de fil que je dois passer à mon patron, tout va bien.

Elle essayait de plaisanter, cependant sa nervosité était visible.

Chase y réfléchit. M. Lee. Son affaire avait-elle été la cible indirecte de l'explosion ?

Son loup gronda.

Peu importe que ce soit direct ou indirect. Sophie aurait pu se faire tuer.

Dans tous les cas, il allait clairement enquêter sur M. Lee.

— Je vais y aller, alors. Mais, écoute. Fais attention. Appelle-moi dès que tu remarques quelque chose qui te semble étrange, d'accord ?

Elle hocha la tête, l'air effrayée, ce qui le tua. Mais il ne découvrirait jamais de nouvelles informations en restant dans ce petit bungalow, donc il devait y aller. Il jeta un regard sévère à Darcy, cependant.

Tu as entendu, petit ? Ne laisse personne l'approcher. Pigé ?

Darcy montra les dents dans un rare signe d'assentiment. Il avait beau ne pas apprécier Chase, il ferait n'importe quoi pour Sophie.

N'importe quoi, jurait l'expression solennelle du chien.

— Attends.

Sophie l'intercepta à la porte.

— Est-ce que je t'ai remercié ? Je suis sincère. Pour tout.

— Tu n'as pas à le faire.

— Mais si. Alors, merci. Pour tout. Et malgré tout, j'ai passé un bon moment. Avec toi, du moins.

Elle aurait pu tout aussi bien allumer un tas de feux d'artifice dans son âme, car des rayons de lumière emplissaient tout cet espace vide.

— Et j'ai même eu ce baiser, ajouta-t-elle. Et c'était génial.

Il sourit.

— Lequel ?

Elle se pencha.

— Chacun d'entre eux.

Il ignorait comment répondre, du moins, avec des mots. Néanmoins, ses jambes dirigèrent son corps plus près du sien, et son regard se posa sur ses lèvres. Tout ce désir qu'elle avait enflammé en lui devait bien aller quelque part, non ?

Oui, dit son loup.

Toujours plus lentement, il se pencha, et Sophie fit de même. Ils tendirent les lèvres exactement au même moment, et dès qu'ils se touchèrent, les flammes jaillirent dans son esprit. Pas les flammes de colère de l'enfer du camion. Les bonnes flammes, celles qui lui faisaient oublier où il était, qui il était, et le danger dans lequel pourrait se retrouver Sophie.

Elle bougeait les lèvres sous les siennes, et sa poitrine se gonfla dans un soupir. Au début, le contact était hésitant, mais en quelques secondes, le baiser innocent fila comme un train hors de contrôle.

Chase essaya de ralentir, vraiment, cependant son loup faisait le contraire, et avant qu'il ne s'en rende compte, il avait plaqué Sophie contre le mur. Ses lèvres tirèrent sur les siennes, et ses mains la tinrent fermement, comme s'il ne voulait jamais la relâcher.

Ça lui semblait trop brut. Trop cru. Trop... sexuel. Mais il ne pouvait s'en empêcher, en particulier avec Sophie qui gémissait pour avoir plus. Sa langue balaya ses dents, et sa jambe droite serpenta le long de la sienne. Son loup hurla et son souffle devint haletant. Comme emporté par une tornade, il perdit tout sens du haut et du bas, de la droite et de la gauche. Tout ce qu'il savait, c'était qu'il voulait désespérément Sophie, qu'il avait besoin d'elle.

Soudain, Coco jappa vers Boris pour le chasser de sa gamelle, et Chase et Sophie brisèrent leur baiser.

— Waouh, murmura-t-elle, les yeux toujours rivés sur lui.

Il parvenait à peine à respirer... penser... bouger... et ne pouvait qu'être d'accord.

— Waouh.

Le destin, chuchota son loup.

Bien évidemment, le destin. Sophie était sienne, et elle lui appartenait.

Mais il se rappela soudain pourquoi il était là, et ce qu'il avait été sur le point de faire. Il ne pouvait rien laisser le distraire de sa protection... pas même son amour pour elle.

— Crois-moi quand je dis que partir est la dernière chose que je veux faire, murmura-t-il.

Les coins de sa bouche se relevèrent.

— C'est la dernière chose que je souhaite aussi.

Puis, elle prit une profonde inspiration, comme si elle rassemblait tout son courage, et le regarda droit dans les yeux.

— Hier, j'ai failli mourir. Aujourd'hui, je me sens plus vivante que jamais. Et c'est grâce à toi.

Il fondit à nouveau, et des sections de son âme qu'il avait commencé à fermer se rouvrirent.

Il embrassa ses mains.

— Je n'ai commencé à vivre, vraiment vivre, que quand je t'ai rencontrée.

Il resta là pendant encore une bonne minute, s'imprégnant de chaque aspect de sa compagne. Sa douceur. La profondeur de ses yeux verts. Son parfum floral merveilleux. Puis, faisant appel à toute sa discipline, il lâcha ses mains et s'écarta.

— On se revoit bientôt, chuchota-t-il.

Les doigts de Sophie frôlèrent sa main et ses yeux s'illuminèrent d'espoir.

— À bientôt.

Il se tourna pour partir, quand elle le rappela une dernière fois.

— Chase ?

Il lutta contre l'instinct de courir dans sa direction. De la serrer contre lui et de ne jamais la laisser partir.

Elle baissa la voix, avant de déglutir.

— Fais attention, toi aussi.

Chapitre 6

Sophie passa la matinée à faire du jardinage autour du bungalow de sa tante, essayant de se préparer mentalement à voir l'épave carbonisée du smoothie truck. Elle fit pareil le long du trajet jusqu'à Lahaina, où elle avait laissé sa voiture, la veille. Mais dès qu'elle arriva et aperçut la scène dans le parc en bord de mer...

Elle resta bouche bée et recula d'un pas.

C'était une bonne chose qu'elle ait manqué le déjeuner, parce que son estomac se retourna. Les flancs argentés brillants du camion étaient devenus un tas de cendres marbrées, et des éclats de verre parsemaient la route. Le logo floral et vif était boursouflé et couvert de suie, le *Sunshine Smoothies* étant coupé en *Sunshine Smoo*. Au lieu d'attirer les clients avec la promesse de plaisirs sucrés, le fourgon attirait des troupeaux de badauds. Sophie scruta la scène, nauséeuse, alors qu'une touriste prenait un selfie devant. Cette femme prévoyait-elle de publier ce cliché à côté de photos de cascades et de palmiers?

— Oh, pour l'amour du ciel, marmonna Sophie en se détournant.

Cela n'empêcha pas l'odeur de brûlé d'emplir ses narines, ni le son des bavardages d'atteindre ses oreilles.

— Que c'est excitant! Tout a explosé! lança quelqu'un.

Sophie ricana amèrement. Excitant? Elle aurait pu se faire tuer.

— Qu'est-ce qui est arrivé? demanda un autre passant.

Elle plissa les lèvres. Elle avait passé la majorité de sa nuit à se poser la même question.

— Un incendie criminel ? Un générateur défectueux ? Qui sait ? lança quelqu'un.

Un acte criminel ? Une vengeance ? Pour l'argent ? Les commentaires de l'officier Meli firent écho dans l'esprit de Sophie. Elle tapota des doigts sur ses flancs, nerveusement. Ce serait terriblement agréable de découvrir qu'il ne s'agissait ni de l'un ni de l'autre.

On ne peut faire confiance à personne, jamais, et nulle part. La voix de son beau-père faisait écho à celle de la policière.

Sophie ferma les yeux. Elle était venue à Maui pour échapper à cet état d'esprit paranoïaque. En fait, elle avait accepté ce boulot parce qu'il l'aidait à faire du monde un plus bel endroit, du moins à son échelle. Était-ce le destin qui lui riait au visage ?

La brise marine jouait avec une mèche de cheveux qui s'était échappée de sa tresse à quatre mèches, et elle poussa un soupir. Non, ce n'était pas possible. Que ce soit Dieu, mère Nature, le destin ou tout autre force de l'univers, elle devait croire qu'elle pleurait aussi.

Une remorqueuse bipa et recula vers l'épave calcinée, prête à l'emporter.

— Non, murmura-t-elle.

Elle était venue avec le vague espoir de chercher des preuves de quelque chose qui n'était pas à sa place, cependant elle ne pouvait pas le faire si on emportait le camion.

Un officier de police guidait la dépanneuse depuis le côté, et elle avança pour l'en empêcher. Mais quelqu'un bougea au loin, la coupant dans son élan. L'homme au visage rougi était son patron, M. Lee, le propriétaire de *Sunshine Smoothies*. Il était clairement sur le sentier de la guerre. Il arriva en trombe jusqu'à elle, agitant un doigt accusateur sous son nez. Non, une seconde. Il arriva et l'empoigna par l'épaule, durement.

Sans réfléchir, Sophie fit un mouvement rapide de la main et dégagea son épaule…

— Holà ! jappa M. Lee alors qu'elle repoussait son bras.

Elle se reprit au dernier moment avant d'enchaîner avec un coup de pied. « Hola », en effet. Apparemment, un peu de l'entraînement que son beau-père l'avait forcée à apprendre avait fonctionné. Pourtant, elle se renfrogna. Se défendre était une chose, mais claquer sa main pour le repousser ?

M. Lee la dévisagea, abasourdi.

— Ne jouez pas les impertinentes avec moi.

Les impertinentes ? Elle aurait bien aimé lui montrer à quel point elle pouvait l'être. Mais les gentilles filles ne se baladaient pas en frappant les gens, pas vrai ?

M. Lee la fusilla du regard.

— Maintenant, racontez-moi ce qu'il s'est passé. Qu'est-ce que vous avez fichu ?

Elle était si prise de court qu'elle ne put prononcer un moment. Heureusement, une voix profonde retentit et répondit pour elle.

— Elle n'a rien fait.

Sophie pivota et repéra Chase qui approchait. Son propre Lancelot, venu pour sauver la situation. Ils s'étaient séparés au matin, et elle n'avait pas cru qu'elle le reverrait jusque bien plus tard. Mais c'était une sacrée bonne chose qu'il soit là. M. Lee n'était pas la personne la plus facile à gérer déjà dans ses bons jours, alors là...

— Regardez mon camion ! beugla-t-il.

Chase gronda presque.

— Oui, regardez ça. Sophie aurait pu se faire tuer.

Il croisa les bras sur son torse, créant une image menaçante qui fit reculer le patron. Néanmoins, quand elle y regarda de plus près, elle vit que Chase tremblait pratiquement de rage. Peut-être ces bras croisés avaient plus à faire avec le contrôle de sa colère qu'à essayer d'intimider quelqu'un.

Elle posa une main sur son bras, l'incitant à se calmer.

— Je vais bien. Tout va bien.

— Eh bien, mon camion ne va pas bien, rétorqua M. Lee.

Le policier donna un coup de pied à un bout de pare-chocs pour le dégager, et il tinta sur la route avec un bruit métallique. La remorqueuse commença à hisser l'épave, et le vacarme fit taire le patron de Sophie pendant un moment. Enfin, sa bouche continuait à bouger, toutefois elle ne pouvait rien entendre à part le gémissement du food truck. Au lieu de ça, elle se concentra sur Chase, qui grimaça à cause du bruit, mais ne bougea pas. Elle pressa sa main, reconnaissante de son soutien, et il se força à lui lancer un petit sourire rassurant. Soudain, ses yeux se rivèrent sur un point par-dessus son épaule, et il hocha la tête. Sophie se tourna et vit Dell qui leur faisait signe de le rejoindre.

— Salut, dit-il avec son sourire habituel.

D'une main, il donna une claque sur l'épaule de Chase, gardant l'autre refermée sur le bébé qui était confortablement suspendu dans une écharpe de portage.

— Venez là, loin de ces émanations.

Il serra le bébé contre lui. Sa compagne, Anjali, était à ses côtés, et elle prit la main de Sophie dans les siennes.

— Ma pauvre.

Elle était devenue une cliente régulière du food truck ces deux derniers mois, depuis qu'elle avait emménagé à Maui pour vivre avec Dell.

— Est-ce que ça va ?

Sophie hocha vivement la tête. Bon, elle n'allait pas si bien que ça, mais que pouvait-elle dire d'autre ?

— En quoi peut-on aider ? demanda Dell.

Chase grogna.

— Tu peux m'aider à ne pas mettre en pièces ce connard avec mes griff...

Son ami l'interrompit avec un regard sévère et un son guttural.

— Pas de problème. Laisse-nous faire.

Des griffes ? Sophie cligna des yeux.

— Non, répliqua Anjali alors que M. Lee arrivait en trombe. Laissez-moi faire.

Sophie se demanda bien ce qu'elle pouvait faire. Son patron était furieux, et tout était sa faute.

— Mon camion est totalement perdu. Qu'est-ce que vous avez foutu ? aboya-t-il.

— Je n'ai rien fait, insista-t-elle. Je suis partie une seconde pour voir les chiens...

— Vous l'avez laissé sans surveillance ? cria-t-il d'une voix stridente.

Trois pas comptaient difficilement pour du manque de surveillance, mais que pouvait-elle dire ?

— Vous feriez mieux d'espérer que mon assurance me rembourse tout ça.

Anjali se racla la gorge.

— Votre assurance couvre-t-elle les dommages corporels ?

Il la dévisagea.

— Comment ça ?

— Vous savez, au cas où votre employée déciderait de vous poursuivre en justice, poursuivit-elle sur un ton faussement innocent.

— Me poursuivre ? Pourquoi ?

Anjali haussa les épaules et regarda Dell.

— Qu'avait suggéré la police ? Un système de sécurité défectueux ?

Elle claqua la langue en signe de désapprobation.

— Quand le véhicule a-t-il été inspecté pour la dernière fois ?

M. Lee bredouilla et hésita, tandis qu'Anjali jetait un regard entendu à Sophie, ravie de son piège.

— Je vois, dit-elle. Eh bien, ce serait dommage que Sophie décide de vous faire un procès.

— Mais elle va bien, insista-t-il.

Sophie grimaça. Oui, elle allait bien. Non pas que ça ait préoccupé ce type auparavant.

— Exactement, acquiesça Anjali. Et une fois que vous lui aurez assuré qu'elle a toujours son emploi, je suis certaine qu'elle sera moins encline à vous poursuivre.

— Oui, renchérit Dell en refermant une main sur l'épaule de M. Lee, le faisant grimacer. Pourquoi ne pas faire en sorte qu'elle comprenne à quel point vous êtes désolé ?

— Désolé ? s'exclama-t-il.

Dell serra les doigts et il grimaça à nouveau.

— Oui. Désolé.

— Le plus important, c'est de relancer votre affaire, continua Anjali. Vous devez certainement avoir un autre véhicule que vous pouvez déplacer ici.

— Ce n'est pas si simple.

Dell ricana.

— C'est un fourgon, non ? Le genre qui peut rouler partout ?

Il imita un mouvement de volant.

Anjali hocha la tête.

— De ce que j'ai compris, vous avez tout un parc automobile.

C'était vrai ; M. Lee avait une dizaine de food truck dans tout Maui.

— Et puisque Lahaina est un coin si lucratif... continua Anjali.

— Très, même, murmura Dell sans relâcher sa poigne.

— Au point que vous allez pouvoir remettre Sophie au travail très bientôt, dit-elle. En plus... et je déteste évoquer ce point... Mais réfléchissez... Vous aurez toute cette publicité gratuite. Aussi tordu que ça puisse être, toute mauvaise publicité reste de la publicité.

Les yeux de M. Lee prirent une toute nouvelle lumière.

— De la publicité, hein ?

Sophie regarda Dell et Anjali. Leur jeu de « bon flic, mauvais flic » fonctionnait. Plus important, Chase était passé du meurtre imminent à un air laissant entendre qu'il pourrait laisser vivre ce type. Pour l'instant. Et, wouah. C'était agréable d'avoir toute une équipe à ses côtés.

La remorqueuse démarra et emporta l'épave, et pendant un moment, tout le monde l'observa. Rapidement, la seule preuve de l'accident, ou du crime, furent un carré de terre roussi et des morceaux de verre cassé qui brillaient de manière menaçante sous le soleil.

Sophie se renfrogna. Tout ce sur quoi elle se basait, c'était la réaction des chiens. Peut-être que l'explosion avait été un accident.

Mais les poils de sa nuque se hérissèrent quand une petite voix murmura :

Peut-être pas.

— Ce qu'il vous faut, c'est ramener un autre camion ici, le plus rapidement possible. Ainsi qu'un employé fiable pour le gérer. Comme Sophie, conclut Anjali.

Sophie retint son souffle. Qu'allait dire son patron.

Ce dernier vacilla, cependant après un coup d'œil à Chase, qui se tenait là à le fusiller du regard, il hocha la tête.

— Je pourrais avoir un fourgon de remplacement.

— Parfait.

Dell le tapa durement dans le dos, le propulsant sur quelques pas.

— Dans combien de temps pouvez-vous le faire venir ici ?

M. Lee sortit son portable et se détourna, laissant Sophie s'émerveiller devant la puissance de persuasion des amis de Chase.

Anjali lui tapota l'épaule.

— Tu veux bien garder ton boulot, n'est-ce pas ? Sinon, je suis certaine qu'on pourra te trouver autre chose.

Sophie ferma les yeux. Ils étaient tous si gentils. Elle ignorait par où commencer.

— Je ne sais pas, marmonna Chase. Et si ce n'était pas sûr ?

Sophie se secoua un peu. Selon toute vraisemblance, l'explosion avait été un accident. En ce qui concernait son travail, elle serait heureuse de le conserver. Les clients étaient agréables, le paysage était génial, et la paie... Eh bien, elle couvrait ses dépenses, au moins. Sans oublier que ça lui permettait d'être proche de Chase.

— Je suis sûre que je serai en sécurité. Donc, oui, j'aimerais reprendre le travail le plus tôt possible.

M. Lee raccrocha et se tourna vers elle.

— Je peux faire venir un camion depuis Makena Beach dans deux heures.

— Deux heures ?

Sophie contempla Dell, qui détourna les yeux avec un regard innocent sur le visage. Waouh. Avait-il serré si fort que ça l'épaule de son patron ?

— Vous voulez travailler ou pas ? rétorqua vivement M. Lee.

— Bien sûr que je veux, répondit-elle instinctivement.

Tout le monde avait besoin de travailler, non ? Soudain, elle comprit. Techniquement, elle n'avait pas *besoin* de cet emploi.

Pour la première fois de sa vie, elle avait très certainement assez à la banque pour couvrir ses dépenses... pour un long, long moment. Elle venait à peine de le découvrir, cependant, et cette nouvelle réalité devait encore s'ancrer en elle. Elle n'était pas encore prête à la partager... pas même avec Chase.

Elle hocha vivement la tête.

— J'aime travailler pour *Sunshine Smoothies*, assura-t-elle.

Elle se retint de rajouter qu'elle aurait néanmoins préféré un autre patron.

— Très bien, dans ce cas. Soyez prête à vous y mettre à la seconde où le camion sera là. Je veux bien vous donner une autre chance. Mais si quoi que ce soit d'autre arrive...

Sophie déglutit. Et si quelque chose arrivait vraiment ?

Chase avait l'air tout aussi incertain, toutefois Anjali lui lança un sourire encourageant, et elle se sentit stupide de refuser cette offre.

— Rien n'arrivera, affirma-t-elle avec plus d'assurance qu'elle n'en avait.

Des dizaines de gens s'amassaient dans la zone, cependant son œil s'arrêta sur une personne qui lui glaça le sang. Elle tourna la tête pour mieux voir. Une seconde. Cela pouvait-il vraiment être... ?

L'homme disparut à un coin, et elle n'obtint pas de confirmation. Bien sûr, elle était si bouleversée que c'était naturel de retomber dans sa vieille habitude de suspecter tout le monde. Ce qui montrait juste à quel point son instinct n'était pas fiable en ce moment.

— Tu es sûre, Sophie ? murmura Dell.

Elle se secoua un peu.

— Euh... oui. Je suis sûre. Ça va.

Du moins, elle l'espérait.

Anjali tapota le bras de Dell dans un signal subtil, et il la regarda, perdu. Puis, il se racla la gorge et recula.

— Bon. Et si on vous donnait une minute ou deux pour discuter tous les deux ?

Anjali l'emmena à part, laissant Sophie seule avec Chase. Enfin, aussi seule qu'elle pouvait l'être dans un parc public rempli de touristes et d'agents de police. Chase avait l'air plus nerveux que jamais, et ce n'était pas étonnant. Elle avait déjà compris qu'il détestait la foule et le bruit. Des restes de son enfance dans les montagnes, peut-être ? Ou l'explosion avait-elle ramené des souvenirs hideux de son temps à l'armée ?

Elle prit sa main et se tourna vers l'océan, se concentrant sur une scène plus paisible.

— Tu n'as pas à me prouver que tu es une dure à cuire, murmura-t-il.

Elle fit la moue. En fait, si. Elle s'était juré de ne pas laisser la peur diriger sa vie, pas vrai ?

— Vraiment, tout va bien, dit-elle en essayant de le convaincre lui aussi.

Plus elle regardait dans ses yeux noisette, plus elle se sentait sûre d'elle. Pas au sujet du travail ou de tout autre chose dans ce grand méchant monde, mais au sujet de Chase.

Je t'aime, voulait-elle dire. *Vraiment.*

Ses joues s'empourprèrent. L'aimait-il en retour ?

Les yeux de Chase brillaient, et avant qu'elle s'en rende compte, ils s'embrassaient. Délicatement au début, puis plus fort, et même, désespérément. Comme si l'amour était une arme qui pouvait repousser tout le mal du monde. Un rayon d'espoir qui pouvait brûler tous les doutes. Elle l'embrassa de tout son cœur et toute son âme, et Chase fit pareil, la maintenant près de lui.

Dans ses bras, elle se sentait en sécurité. Satisfaite. Complète. Mais le monde extérieur, bon sang... Il refusait de s'en aller.

— Chase ! appela Dell. Désolé, mec, mais mon service commence bientôt, et il faut qu'on parle.

— Qu'on parle ? marmonna Chase, regardant à peine son camarade.

— Oui, dit-il d'un ton ferme en acquiesçant.

Sophie se renfrogna. Ils étaient des hommes d'action, pas de paroles. Vu le contexte, ce pouvait être un code des forces spéciales pour plein de choses, comme « Planifier » ou « Enquêter ». Peut-être même « Chercher à se venger ».

Elle garda la main de Chase dans la sienne, réticente à le lâcher.

— Ne t'inquiète pas, assura Anjali à Chase avec un sourire. Je vais rester avec Sophie, et vous reviendrez bien assez vite.

Ses mots étaient une promesse, comme si elle savait à quel point Sophie voulait... ou non, avait besoin d'être proche de Chase. Pourtant, elle traîna les pieds. Ce qu'elle désirait vraiment, c'était l'empoigner, le ramener chez elle, et replonger dans ce baiser. D'un autre côté, elle devait se ressaisir si elle devait reprendre le travail bientôt. Sans compter qu'elle devait promener les chiens qui l'attendaient patiemment à la maison.

Elle prit une profonde inspiration et hocha la tête.

— Merci pour tout.

Son regard passa de Chase à Dell, puis se posa finalement sur Anjali, parce qu'elle lui devait tellement. Elle dévisagea Chase une dernière fois et simula un sourire courageux.

— On se revoit plus tard, d'accord ?

Il était muet, comme toujours, mais finit par murmurer :

— D'accord.

Sophie se força à suivre Anjali. Au même moment, elle fit appel à toute l'énergie qu'elle avait pour envoyer un message mental à Chase. C'était stupide d'espérer qu'il l'entende d'une façon ou d'une autre, pourtant elle essaya quand même.

À bientôt. Je t'aime.

Étrangement, le simple fait de le penser la faisait se sentir mieux, et elle s'écarta avec Anjali. Mais un instant plus tard, elle se tourna vivement, imaginant avoir entendu Chase lui murmurer directement dans son esprit.

Je t'aime aussi.

Anjali l'entraîna alors, et Sophie chancela à chaque pas tremblant. Souhaitait-elle juste assez fort pour croire qu'elle avait entendu ces mots, ou étaient-ils réels ?

— T'es-tu déjà sentie si proche de quelqu'un que tu pouvais lire dans son esprit ? demanda-t-elle d'une petite voix.

Anjali lui lança un sourire.

— Crois-moi, j'ai tout le temps cette impression.

Chapitre 7

Chase secoua un peu la tête, comme il l'aurait fait si ses oreilles étaient bouchées après un tour dans l'eau. Peut-être qu'embrasser Sophie avait été une erreur, parce qu'il pouvait à peine réfléchir correctement. Bon sang, il pouvait à peine voir correctement, et tout ce qu'il pouvait sentir, c'était son parfum paradisiaque de rose et de tulipe. Ses lèvres le picotaient, et son sang lui paraissait trop épais pour couler dans ses veines.

Embrasser notre compagne n'est pas une erreur, grommela son loup.

Eh bien, non, mais comment pouvait-il la protéger s'il ne pouvait pas découvrir ce qu'il se passait ?

— Ça va, mec ?

Chase gardait les yeux fermement devant lui. Pas vraiment, non, mais il n'allait pas l'avouer. Chaque fois qu'il devait quitter Sophie, son loup hurlait. Tellement que ça lui faisait peur, parce que ça empirait, encore et encore. Son loup était désespéré de la revendiquer, et ça devenait de plus en plus difficile de se retenir.

— Écoute, tout ira bien. Anjali va rester avec elle, et Hailey va venir aider aussi, lança Dell.

C'était déjà ça. Il ne serait séparé d'elle que pour un petit moment, et elle serait en sécurité. Anjali était une lionne métamorphe et Hailey, la compagne de son frère Tim, était une ourse métamorphe. Ce qui voulait dire qu'elles pouvaient non seulement garder l'œil ouvert, mais aussi protéger Sophie contre toute menace qui se présenterait.

Sa nervosité se calma un peu. C'était bon de faire partie d'une puissante meute. Il n'avait même pas appelé à l'aide.

Anjali et Hailey s'étaient arrangées sans un mot.

Sophie irait donc bien... pour le moment. Malgré tout, Chase ne se calmerait pas tant qu'il était convaincu que l'explosion n'était pas le résultat d'un acte criminel.

Dell le guida jusqu'aux marches du *Lucky Devil* où Tim leur faisait signe depuis une table dans un coin. Ils n'étaient pas là pour travailler, mais pour réunir ce qu'ils avaient tous réussi à découvrir de leur côté lors de leurs investigations jusqu'à présent.

Tim les accueillit avec un hochement de tête, puis se rapprocha et alla droit au but.

— Tu as parlé à Dawn, alors ?

Chase acquiesça. Oui, il avait discuté avec la policière ce matin, cependant elle n'avait pas eu grand-chose à rapporter.

— Elle dit que la scientifique a fait un premier examen et qu'ils n'ont trouvé aucune preuve d'un détonateur.

Son frère hocha la tête.

— J'y ai jeté un œil aussi, tard hier soir.

Chase et Dell se rapprochèrent encore plus. Ils avaient foi en la police de Maui, toutefois personne dans l'escouade locale n'avait autant d'expérience avec les explosifs que Tim.

— Et ? l'incita Dell.

— Rien, dit-il en secouant la tête. Je n'ai pu rien trouver, ce qui veut dire que c'est probablement un accident. La faute à pas de chance.

— Probablement ? ricana Chase.

« Probablement » n'était pas suffisant quand on parlait de la sécurité de sa compagne. Tim ne pouvait-il pas le voir ?

— Il faudrait un vrai professionnel pour implanter un détonateur impossible à détecter, continua Tim. On peut repérer le travail d'un amateur à des kilomètres, même sur une épave comme ça. Et quelles sont les chances pour que nous ayons affaire à quelqu'un avec un tel degré d'expérience ?

Dell avait l'air dubitatif.

— Et les chances que quelqu'un cible un smoothie truck ? Pas très élevées, je dirais.

Chase se renfrogna. « Pas très élevées » n'équivalaient pas du tout à zéro.

— Il y a une faible chance pour que quelqu'un ait voulu faire du mal au commerce, poursuivit Dell. Clairement, M. Lee n'est pas le type le plus sympa du monde, mais je n'ai rien remarqué jusqu'à présent... Pas de plainte d'employés, pas de concurrents importants... Personne avec un mobile pour aller aussi loin.

Chase examina son verre. Il en était venu à la même conclusion ce matin, même s'il y avait encore quelques pistes qu'il voulait suivre.

— Et M. Lee ? demanda Dell.

Tim ricana.

— Il aurait fait exploser un de ses camions ?

Dell haussa les épaules.

— Peut-être qu'il veut récolter l'argent de la police d'assurance. Un truc du genre.

Chase commença à se lever, prêt à retourner rapidement auprès de Sophie, pourtant Tim le fit rasseoir.

— Il y a peu de chances. Vraiment très peu.

— C'est encore trop, gronda-t-il.

Dell approcha son verre de lui, comme si Chase pouvait penser à boire à un tel moment.

— Désolé, je ne voulais pas t'effrayer. J'essaie juste de m'y pencher sérieusement. Nous allons vérifier cet angle, mais je ne m'inquiéterais pas, à ta place. Anjali est avec Sophie, et elle est aux aguets.

Tim regarda l'océan au loin, perdu dans ses pensées.

— On met peut-être la charrue avant les bœufs en parlant de mobile. On ne sait même pas si le camion a bel et bien été saboté.

— Les chiens ont vu quelqu'un traîner au bout du fourgon, rappela Chase.

Tim n'avait pas l'air convaincu.

— La question, c'est : qu'ont-ils vu vraiment ?

Chase pinca les lèvres. Il devait admettre que ça avait été assez vague.

— Difficile à dire, mais Darcy était si sûr. Un type traînait à l'arrière.

Tim et Dell se dévisagèrent, puis se tournèrent vers lui.

— Je suis sûr qu'il a de bonnes intentions, mais Sophie n'a-t-elle pas dit que les mecs du ramassage des déchets étaient là ? Pour un chien, c'est du pareil au même.

Chase serra les poings, prêt à répliquer que Darcy avait été sûr de lui, vraiment, tout comme il sentait que quelque chose clochait, même s'il n'arrivait pas à mettre le doigt dessus.

Pourtant, il pouvait le voir dans les yeux de Tim. Son frère ne croyait pas Darcy. Ils ne le croyaient pas, lui.

— Et toi ? demanda-t-il à Dell. Tu étais sur place. Des odeurs de quelqu'un ou quelque chose ?

Chase secoua la tête. Il avait étudié chaque recoin du parc, usé de ses sens aiguisés de loup pour en extraire des odeurs ou des pistes. Mais le parc accueillait des centaines de visiteurs par jour, et rien ne se démarquait, en particulier avec les effluves âcres du feu.

— Rien, avoua-t-il.

— Hailey et moi avons suivi les pistes du parc aussi, indiqua Tim, mais nous n'avons rien pu en tirer non plus.

L'humeur de Chase s'assombrit. Les ours avaient les nez les plus fins parmi eux, et il était puissant chez lui également.

— Si seulement nous avions quelque chose sur quoi nous baser. Un suspect, une piste.

Il pourrait alors chercher cette odeur en particulier au lieu de se raccrocher à n'importe quoi.

— Tout ce que nous avons vraiment, ce sont les souvenirs du chien, fit remarquer Tim.

— Je déteste le dire, mais Darcy n'est-il pas un peu perturbé ? demanda Dell.

Chase serra les dents. On pouvait dire ça de chacun d'entre eux aussi. Ni lui, ni ses frères, ni Dell n'aimaient l'admettre, néanmoins dix ans d'activité dans l'armée les avaient marqués. Il avait fallu beaucoup de temps pour que Maui les aide à retrouver un peu d'équilibre, et le fait que ses frères et Dell aient trouvé leurs compagnes aidait beaucoup également. Et, bon sang. Si Darcy comptait aussi comme un peu perturbé, qu'en était-il de lui ? Il se sentait encore plus loup qu'humain, parfois.

— Qu'est-ce que vous essayez de me dire ?

Il tenta de retenir l'amertume dans sa voix.

Dell leva les mains.

— Tout ce que Tim dit, c'est qu'il n'y a pas de preuve d'acte criminel.

Chase avait envie de répliquer qu'il n'y avait pas non plus de preuve d'amour. Ce qui le fit marquer un temps d'arrêt et réfléchir. L'amour était totalement irrationnel, et pourtant c'était réel. Tout comme la peur.

Tim avait dû lire son esprit, parce qu'il lui donna un coup d'épaule pour le rassurer.

— Ce n'est pas qu'on ne te croit pas, mec. C'est juste qu'on n'a pas grand-chose à se mettre sous la dent. Ça, et...

Ses yeux se tournèrent vers Dell, qui prit le relais.

— Écoute. Tu aimes Sophie. Beaucoup. On comprend. Et ça fait sacrément flipper de voir la femme qu'on aime en danger.

Tom hocha sévèrement la tête.

— Crois-moi, on sait.

Chase lutta pour empêcher ses canines de pousser. Savaient-ils vraiment ? Chacun d'eux avait vécu des situations de vie ou de mort avec leurs compagnes, ils n'avaient jamais eu à gérer une menace invisible.

— Et Sophie ?

Tim tapota pensivement sur la table.

Chase fronça les sourcils. Que voulait-il dire ?

— Personne n'a enquêté sur elle. Tu sais, pour voir si quelqu'un lui en voudrait.

Dell éclata de rire.

— Sophie ? Mec, c'est comme demander si quelqu'un prendrait Bambi pour cible. Impossible qu'elle ait des ennemis. Elle l'a bien dit, non ?

Chase hocha la tête. Mais, bon sang. Il commençait à se poser la même question.

Tim haussa les épaules.

— Je dis ça comme ça. C'est un autre angle sous lequel voir les choses.

— Non, aboya Chase.

Il n'avait pas eu l'intention d'être si bruyant ou ferme, néanmoins la dureté dans sa voix fit reculer les deux autres.

Tim leva les mains.

— Désolé, mec. Mais réfléchis-y. Si on veut être rigoureux, il faut aussi enquêter sur elle.

Chase y avait pensé. Mais ça ne lui semblait pas bien de fouiller dans la vie de Sophie, pas sans sa permission, du moins. Même un marginal comme lui connaissait cette partie du code social humain. Elle ne lui ferait plus jamais confiance s'il faisait ça dans son dos.

— Je lui demanderai, marmonna-t-il enfin.

Dell et Tim levèrent les sourcils en se regardant, sans insister, et un long silence gênant s'installa entre eux.

— Écoute, on va continuer à chercher sous les autres angles, lui assura Tim après une minute à siroter calmement son verre. Mais s'il n'y a pas de preuve, ce n'est qu'une question de temps avant que Silas ne mette un terme à ces recherches.

Silas Llewellyn était le dragon métamorphe qui était propriétaire du domaine de Koa Point et de la plantation de Koakea. Le grand patron, pour ainsi dire. Celui qui gardait un œil sur les développements dans le sens large dans le monde des métamorphes.

Chase leva un sourcil interrogateur, et Tim murmura d'une voix à peine audible :

— Il y a un tueur de dragons dans la nature.

Dell grommela.

— Pas encore.

Chase l'ignora. Dell avait le don pour ne prendre rien au sérieux, alors que lui ne pouvait se forcer à se montrer nonchalant sur de telles questions.

— C'est une menace sérieuse ?

Tim eut l'air austère.

— On dirait bien.

Dell ricana.

— Les dragons. Toujours à se disputer la domination du monde.

Il ne plaisantait qu'à moitié, Chase le savait. Tous les métamorphes se confrontaient d'une façon ou d'une autre, cependant les dragons avaient la réputation de lancer des querelles épiques et des conflits qui duraient sur plusieurs générations.

Tim secoua la tête.

— C'est différent. Ce ne sont pas des dragons qui se disputent entre eux. C'est quelqu'un, ou quelque chose, qui les vise. Pour les abattre, un à un.

Chase était conscient des inquiétudes de Silas, mais franchement, il avait été trop préoccupé par Sophie ces dernières semaines pour suivre ce qu'il se passait. Tout ce qu'il savait, c'était que le nombre de morts mystérieuses de dragons avait augmenté au fil des années. Quelqu'un ciblait-il leur espèce, peu importe de qui il s'agissait, ou y avait-il une méthode derrière la folie de ce tueur ? Silas avait des contacts sur deux continents qui enquêtaient sur la question. Il était évidemment inquiet.

Dell regarda dans son verre.

— Un tueur de dragons. Est-ce une vieille légende qui reprend vie, ou ce ne sont que des conneries ?

Sa façon de dire ça fit frissonner Chase. Il n'avait jamais fait trop attention aux affaires des dragons, du moins pas au-delà de ce qui concernait son frère aîné. Mais Connor n'avait jamais été impliqué dans les mélodrames actuels du monde traditionnel des dragons, et en plus, il pouvait se débrouiller tout seul. Toutefois, la situation était différente, à présent, Cynthia et Joey faisant partie de leur petit clan de métamorphes éclectiques.

Chase repensa à eux, aux jours incertains quand ils avaient emménagé à Maui. Au début, ses frères s'étaient accrochés avec Cynthia, cependant elle avait gagné le respect de tous avec le temps. Elle était devenue comme une sœur pour eux, et Joey leur neveu adoré. Ce qui signifiait que ces histoires de dragons étaient aussi celles de Chase, à présent. Cynthia n'était jamais rentrée dans les détails, cependant il était clair qu'elle se cachait d'une force maléfique qui avait assassiné son compagnon peu de temps auparavant. Ce fameux tueur de dragons insaisissable en était-il responsable ?

Chase serra les dents. Sophie avait parlé d'échapper à un monde rempli de peurs et de suspicions. Mais, bordel. C'était sacrément difficile de l'éviter la plupart du temps.

— Personne ne sait vraiment, répondit Tim. Ce que je veux dire, c'est que nos ressources sont limitées... en particulier le temps. Et toi, mon frère, tu ferais mieux d'en gagner en ne pourchassant pas un poseur de bombes fantôme qui n'existe peut-être même pas.

Chase gratta son oreille de frustration, cette vieille habitude de loup qui ressortait.

— Et faire quoi ?

Dell sourit.

— Va récupérer cette femme, déjà. Je le jure, je n'ai jamais vu de mec qui passait à l'action aussi lentement que toi.

Chase ne dit rien. Attendre avait été une vraie torture, cependant ça avait été bon de bien d'autres façons. Il avait appris à connaître Sophie petit à petit, et chaque moment qu'il avait pu passer avec elle était précieux.

— Ça, et l'autre chose, reprit Tim d'un ton plus sérieux.

Dell tourna vivement la tête.

— Quelle autre chose ?

Chase fit de son mieux pour ne pas enfoncer ses griffes dans la table alors que Tim développait :

— La meute de Chase dans le Montana.

Dell baissa la voix d'un ton.

— Ils ont des problèmes ?

Chase grimaça. Il y avait toujours des problèmes. Mais, oui, il y avait une toute nouvelle menace.

— Des braconniers, dit-il, souhaitant que sa voix ne soit pas si rocailleuse.

Les braconniers étaient une menace régulière, et les meutes de loups pleuraient chaque vie chère perdue. Mais cette fois, c'était à une tout autre échelle, avec un groupe plus grand et plus concentré de chasseurs qui exploraient la zone. Un groupe qui allait au-delà des éleveurs en colère ou des ivrognes qui tiraient à l'aveuglette.

Ce n'étaient que des rumeurs, mais Chase était inquiet. Les loups ne pouvaient pas aller au fin fond de cette histoire, alors qu'un métamorphe comme lui pouvait circuler dans la zone et enquêter. La menace était-elle réelle ? Qui était impliqué, et pourquoi ? Il songea ensuite aux mesures qui pouvaient être prises pour stopper ces enfoirés... ou dans le pire des comment, à déplacer sa meute dans un territoire plus sûr.

Il ferma les yeux. N'était-ce pas égoïste de rester à Maui et de se consacrer à ses propres intérêts, alors que sa meute avait besoin de lui plus que jamais ?

Sophie n'est pas un intérêt, grogna son loup. *C'est notre compagne.*

— Merde, marmonna Dell, totalement sérieux pour une fois. On va de Charybde en Scylla.

Chase grimaça. C'était une autre de ces expressions humaines qu'il ne comprenait pas au début, mais à présent, il ne saisissait que trop bien, étant donné qu'il jonglait avec son inquiétude pour Sophie, ses compagnons loups et les dragons métamorphes qui lui étaient devenus proches.

Il vida son verre, plus pour dissimuler le tic dans sa gorge qu'autre chose. Qui était plus en danger ? Sophie, sa meute ou Cynthia et son fils ?

Il posa le verre bruyamment et y réfléchit quelques minutes, dessinant des cercles de condensation sur la table.

— Holà, dit Dell. Tu essaies de creuser un trou dans la table ou quoi ?

Chase lâche le verre avec un effort et regarda vers la mer. Il essayait de trouver quoi faire surtout, bon sang. Mais franchement, il n'en avait aucune idée.

Tim se leva et lui donna une tape dans le dos.

— Je dois prendre des nouvelles d'Hailey. Crois-moi, on gardera un œil sur Sophie pour toi.

Chase le croyait, pourtant, la foi aveugle qu'il avait toujours eue en ses frères ne se réveillait pas.

Dell se pencha.

— Hé, mec. C'est difficile, mais tu trouveras une solution. Vraiment, tu y arriveras.

Lui aussi se leva, le laissant seul.

Chase passa les quelques minutes suivantes à scruter la mer sans la voir. À penser à la longue route sinueuse qui l'avait conduit là où il était, et au brouillard qui l'attendait au-devant...

sans parler toutes ces balles avec lesquelles il devait jongler. Elles allaient forcément finir par s'écraser quelque part.

Soudain il se secoua un peu et se leva rapidement, terminant son verre. Il laisserait les problèmes des dragons aux dragons, du moins tant que rien de concret ne se présenterait. Et en ce qui concernait sa meute du Montana... eh ben, il ne serait pas très utile s'il était trop préoccupé par Sophie. Ce qui signifiait qu'il devait clarifier cette affaire en premier, et vite.

Vite, murmura une voix profonde et primaire dans son esprit. *Avant qu'il ne soit trop tard.*

Chase frissonna alors qu'il filait vers la porte. Était-ce la voix du destin ? Et « trop tard »... Trop tard pour qui ? Sophie ? Ses frères loups ? Joey ?

Il se força à prendre une profonde inspiration et approcha les choses un pas à la fois. Ce qui serait bien plus facile s'il pouvait ignorer le tic-tac de l'horloge dans son esprit.

Pas une horloge, gronda son loup. *Une bombe à retardement.*

Ses collègues du *Lucky Devil* le saluèrent, cependant il les remarqua à peine. Il devait retrouver Sophie, rapidement, même si ce n'était que pour préserver sa santé mentale. Après ça...

Il lutta pour combler la suite, néanmoins son loup n'eut pas autant de mal.

Tiens-la dans tes bras. Revendique-la. Fais-la tienne.

Chapitre 8

— Un Tourbillon tropical et un Molokini spécial, s'il vous plaît.

Sophie hocha la tête à ses clients et commença à remplir les blenders. C'était dingue de voir la vitesse avec laquelle tout avait bougé en quelques heures. Le smoothie truck que M. Lee avait demandé était arrivé trente minutes plus tôt que prévu, et elle était déjà de retour au travail. Il était resté à la fusiller du regard depuis l'ombre d'un palmier non loin, attendant qu'elle fasse une erreur. Elle n'avait pas flanché, et quand il était arrivé en trombe pour vérifier la caisse un moment plus tard, il avait laissé échapper un hochement de tête de mauvaise grâce. Les ventes avaient été bonnes, bien mieux qu'un jour normal de semaine à Makena Beach. Sans compter qu'il avait semblé sincèrement surpris du nombre d'habitués qui étaient passés. Sophie également. L'affaire était tournée majoritairement vers les touristes, pourtant il semblait qu'elle avait développé une sacrée file d'adeptes.

— On se remet déjà en selle, chérie ? avait lancé de sa voix traînante le capitaine qui dirigeait les embarcations de pêche de la marina.

— C'est bon de te revoir, poussin, avait dit le vieux monsieur joyeux qui travaillait au bar du Pioneer Inn.

— Je prendrai comme d'habitude, s'il vous plaît, avait demandé la gentille dame qui travaillait à la librairie du coin.

— Je vous laisse choisir. Je sais que ce sera bon, dit la femme qui lui donnait le sourire à chaque fois qu'elle passait.

Elle ne buvait jamais ces smoothies. Elle les apportait à un des SDF qui dormaient dans le parc et s'arrêtait pour discuter un peu.

M. Lee se renfrogna.

— Vous connaissez tous ces gens ?

Sophie se réchauffa. Oui, elle les connaissait. Si ce n'était pas par leurs noms, c'était par leurs habitudes et leurs préférences. Le barman qui boitait légèrement. Le capitaine de bateau qui essayait d'arrêter de fumer. La libraire qui aimait Jane Austen, et la femme qui s'asseyait avec les SDF et qui avait un regard pétillant des plus beaux. Chacun d'entre eux semblait sincèrement content de voir Sophie de retour au travail ce jour-là.

Elle se mordilla la lèvre. Peut-être que la fille douce derrière le comptoir à smoothie n'était pas si invisible, après tout.

Elle faisait ses ventes à un bon rythme, et son pot à pourboires se remplit rapidement. C'était génial, parce que ça voulait dire plus d'argent pour le refuge animalier à qui elle les reversait. M. Lee finit par s'en aller, la laissant tranquille. À partir de là, l'après-midi défila comme n'importe quelle journée ordinaire. Les ombres dans le parc s'agrandirent et les piétons flânaient tranquillement sur les chemins.

De temps en temps pourtant, un frisson lui parcourait l'échine. Et à chaque fois, le chien aboyait, et elle tournait vivement la tête, cherchant de près ou de loin. Elle fit même le tour du fourgon quelques fois, vérifiant que tout allait bien.

Ce qui était stupide, non ? Ses habitués avaient prouvé que le monde était rempli de visages doux et attentionnés. Elle n'avait aucune raison de se laisser chambouler.

Sauf qu'elle le fit quand même.

Durant une accalmie, elle se pencha pour arranger les réserves dans les placards du bas. Quand elle se releva, elle glapit sous le choc de voir un homme se tenir à la fenêtre de commande du camion. Il semblait être apparu de nulle part.

— Surprise.

Il sourit, ravi de sa grande entrée.

Elle se couvrit la poitrine d'une main et prit quelques inspirations. Avait-il fait exprès d'arriver en douce ? Elle avait pourtant regardé partout un instant plus tôt. D'où sortait-il, bon sang ?

Elle l'observa alors de plus près, au-delà de la barbe négligée, des cheveux plus longs que la normale, et de la casquette de baseball, et poussa un cri.

— David ?

Il sourit.

— Salut, Sophie.

Son cœur tambourina et ses joues rougirent.

— Salut.

— Si heureuse de me voir, hein ?

Son sourire ne disparut pas ; il devint même encore plus malicieux.

— Non. Je veux dire, si. C'est juste que... tu m'as surprise, bredouilla-t-elle.

Bon sang. Pourquoi laissait-elle David Orren la faire rougir à chaque fois ?

Peut-être parce qu'il l'avait harcelée à travers tout le Maine et jusque dans le Vermont après qu'elle avait tenté de couper ses liens avec son foyer. Au début, il l'avait suppliée de revenir. Ensuite, il l'avait menacée. Et juste quand elle avait cru qu'il l'avait enfin laissée tranquille, il lui avait envoyé ce message.

Salut, Sophie. Je suis en voyage à Maui. Il faut vraiment qu'on se retrouve. Tant de temps perdu à rattraper.

Elle resta parfaitement immobile, examinant chaque détail à la recherche d'indice. Pourquoi était-il vraiment sur l'île ? Et était-ce le même David, ou avait-il changé ?

Il portait le même genre de chemise en flanelle à carreaux qu'il avait toujours arboré, le même pantalon de treillis, et ses habituelles bottes de combat. La même casquette à l'effigie des États-Unis enfoncée sur son crâne, ce qui rendait son regard difficile à déchiffrer.

— C'est toi qui m'as surpris, insista-t-il.

Typique de David. Retourner la situation pour garder le dessus.

— À déménager jusqu'ici et tout.

Il l'observait comme un faucon suivait sa proie. Tournant, planifiant. Complotant.

— Oui, eh bien, j'avais besoin de changer d'air. Mais toi ? Tu détestes partir de la maison.

De tous les enfants avec qui elle avait grandi, il était celui qui avait toujours déclaré qu'il préférerait mourir plutôt que quitter le Maine. Pour être plus précise, il avait toujours insisté qu'il « mourrait pour défendre leur territoire ».

Sophie secoua la tête, se rappelant leur conversation entre adolescents.

« On n'est pas exactement en pleine invasion », avait-elle fait remarquer.

« C'est ce qu'ils veulent nous faire croire », avait-il répondu avec un air totalement sérieux.

Ça l'avait toujours émerveillée que deux enfants qui avaient grandi dans la même communauté puissent avoir des avis si différents sur tout. Même si elle était seule à voir les choses à sa façon ; tous les autres croyaient les délires paranoïaques répandus par son beau-père. David, plus que les autres.

Elle avait quitté le domicile familial à dix-huit ans pour chercher un nouveau départ. David, de son côté, était resté, se plongeant dans les exercices et camps d'entraînement qu'avait organisés son beau-père, tous conçus pour préparer leur communauté au pire. À en juger par la musculature que David avait développée depuis la dernière fois qu'elle l'avait vu, il avait pris tous ces entraînements très au sérieux, clairement.

Il l'étudia de près. De vraiment *très* près, renvoyant des pensées folles et paniquées dans son esprit. Et s'il était responsable de l'explosion ?

Elle essaya de chasser cette idée, pourtant, elle n'y arrivait pas. David n'était pas de bon augure, mais pas au point de la mettre en danger. Si ?

— Bien évidemment que je ne plaisantais pas quand j'ai dit venir ici. Tout ce que je dis, je le pense, lança-t-il d'une façon qui aurait pu faire croire à la fois à une plaisanterie ou une menace. Ce que je ne comprends pas, c'est ce que tu fais encore ici ?

Encore ? S'était-il attendu à ce qu'elle abandonne et revienne en courant à la maison ? Elle se raidit.

— Oh, tu sais...

David avait le don pour transformer toute conversation en interrogatoire, mais cette fois, elle était déterminée à garder son calme.

— Ma tante Camille vivait ici. Je suis venue lui rendre visite, et j'ai fini par rester.

Il hocha lentement la tête.

— Oui, j'ai entendu parler d'elle.

Sophie empoigna le comptoir un peu plus fort. Que savait-il exactement ?

— Ta mère était vraiment affectée quand elle est morte, dit-il sans la moindre once de compassion dans la voix.

Ça m'a affectée aussi, faillit-elle répondre.

— Ta mère était aussi vraiment contrariée par l'héritage, pour tout te dire, continua David en examinant sa réaction. Tu sais, que sa sœur soit morte et qu'elle ait légué tout son argent à quelqu'un d'autre.

Sophie fit de son mieux pour ne rien laisser transparaître, cependant ses joues s'échauffèrent.

— Eh bien, les gens font ce qu'ils veulent avec ce qui leur appartient.

David fit la grimace.

— Cet argent ferait beaucoup pour notre cause, tu sais.

Ta cause, avait-elle envie de dire. *J'ai échappé à cet asile de fous il y a longtemps.*

Mais elle se ressaisit. Elle avait grandi avec David. Ne devait-elle pas lui accorder le bénéfice du doute ?

Non, l'avertit une petite voix.

— J'ai été navrée d'apprendre pour ton père, dit-elle.

Il haussa les épaules.

— Eh bien, tu sais. Quand c'est l'heure, c'est l'heure.

Elle resta bouche bée. Il parlait de son père, pour l'amour du ciel. Pire encore, ce dernier avait été une des voix les plus modérées de leur groupe.

— Qui est en charge maintenant ? se hasarda-t-elle.

Le sourire de David s'étira.

— Mon oncle Roy.

Elle blêmit. Tant pis pour les modérés.

— Oh. Et comment va Barbabra ?

Elle avait entendu dire qu'ils avaient commencé à sortir ensemble, ce qui signifiait qu'elle était tranquille à présent, pas vrai ?

Néanmoins il se contenta de hausser les épaules, peu intéressé.

— Elle va bien, je suppose. Je ne la vois plus trop. Je ne vois personne, en fait.

Il sourit avec une lueur dans le regard.

Sophie resta parfaitement immobile. David se rendait-il au moins compte qu'il avait fait quelque chose de mal quand il l'avait forcée à l'embrasser, à l'époque ?

« Allez, tu sais que tu le veux. » Il avait souri avant de passer sa langue sur ses lèvres une seconde fois. Si quelqu'un n'était pas passé à ce moment précis, qui savait jusqu'où il serait allé ?

Son estomac se retourna alors qu'elle revivait toutes les fois où elle l'avait évité après ça, et la fois où elle avait enfin trouvé le courage de dire qu'elle n'était pas intéressée.

« Oh, j'ai compris. Tu veux y aller lentement », avait-il répondu en hochant la tête.

Non, elle n'avait pas voulu y aller lentement. Elle ne le voulait pas du tout.

David était une des raisons qui l'avait poussée à quitter le Maine. Mais il l'avait suivie à intervalles, ne lâchant presque jamais l'affaire. Il l'avait pistée dans la ferme du Vermont où elle avait trouvé du travail, et un semblant de paix, ainsi qu'à plusieurs autres endroits. La dernière fois qu'elle l'avait vu remontait à deux ans, et elle avait cru qu'elle s'en était vraiment débarrassée.

Pourtant, il était de retour. Et il était plus flippant que jamais.

Sa main chercha son médaillon, et alors qu'elle jouait avec, la sensation de danger imminent grandit.

— Quoi de neuf, alors ? demanda-t-elle pour gagner du temps.

Il grimaça.

— Oh, tu sais. On bosse dur. On lutte. On regarde le monde partir en couilles autour de nous.

Et le voilà reparti dans sa litanie habituelle de plaintes.

— Ces imbéciles du capitole... sans parler de tout Washington...

Sa liste ne faisait que commencer et il continua. Le gouvernement n'était pas digne de confiance. Les conspirations étaient partout. Les géants industriels complotaient contre les gens ordinaires comme lui. Le système des impôts était corrompu jusqu'à la moelle, et les syndicats s'attelaient à leurs diableries usuelles.

Le pouls de Sophie s'emballa. Tant de complots. Tant de dangers décelés. Et David, comme d'habitude, était rempli de solutions bien trop simples pour des problèmes complexes qu'il n'avait pas pris le temps de comprendre.

Il s'agitait en parlant, et elle aperçut le collier qui se balançait brièvement autour de son cou. Était-ce une griffe d'ours ? Son estomac se retourna. Porter des morceaux d'animaux comme des trophées était déjà assez terrible. Mais ce que cette griffe représentait, c'était tellement pire.

— Donc, dès que tu rentreras à la maison... continua-t-il.

Sophie s'était déconnectée un instant, mais holà. Que venait-il de dire ?

— À la maison ?

Elle le dévisagea, confuse. Maui était chez elle à présent.

— Bien sûr, à la maison.

Il désigna le sol carbonisé.

— J'ai entendu ce qu'il s'était passé. Ce n'est pas sûr pour toi, ici.

Ses paroles étaient tranchantes, et le nuage de peur qui menaçait de balayer Sophie s'approcha plus près. Elle serra les bras autour d'elle, déterminée à ne pas succomber à cette morosité. La peur était une puissante émotion et il était facile de reculer devant elle. Mais il y avait de la joie aussi. La confiance. La foi.

Elle toucha le médaillon à son cou pour se rassurer.

« Aie confiance en ça. En toi. En l'amour », avait dit un jour sa tante.

C'était réconfortant, étrangement. Comme une boussole qui l'aidait à suivre le droit chemin.

— Honnêtement, je vais bien, insista-t-elle.

L'ancienne Sophie, celle que David connaissait, l'aurait laissé l'écrabouiller et avoir ce qu'il voulait. Mais la nouvelle Sophie, celle qu'elle essayait de devenir de toutes ses forces, pouvait penser par elle-même.

David ricana.

— Tu dis que ça va ? Après une explosion ? Tu aurais pu te faire tuer.

Sans déconner, manqua-t-elle de dire.

— La police a dit qu'il n'y avait pas de preuve d'acte criminel.

— Oh, allez, répliqua-t-il en levant les yeux au ciel. Ils prétendent ça juste pour couvrir quelque chose.

Toujours plus de conspirations. Elle ne savait même plus quoi répondre.

Un silence mortel s'éternisa entre eux, et son anxiété monta. Ce qui était bizarre… En présence de Chase, le silence ne la dérangeait pas. Cela voulait juste dire qu'il avait besoin de temps pour réfléchir à ses paroles, et elle aimait le voir les chercher presque autant qu'elle aimait ce qu'il avait à dire. Les silences de David, en revanche, étaient remplis de tant d'armes, toutes chargées et prêtes à exploser. En particulier maintenant qu'elle l'avait surpris en train de scruter son médaillon avec bien trop d'intérêt.

— C'est nouveau, murmura-t-il.

Elle le couvrit de sa main. Il n'avait aucune valeur, cependant c'était un cadeau de sa tante. Le simple fait que David le regarde lui donnait l'impression qu'il violait son intimité.

Elle observa autour d'elle et afficha son expression la plus sérieuse.

— Écoute, mon patron pourrait revenir à n'importe quel moment, et je n'ai pas envie qu'il me voie en train de discuter au lieu de bosser.

— Alors, prépare-moi un truc, répliqua-t-il.

Ses yeux s'assombrirent pour devenir d'un gris houleux et il cogna le comptoir du poing.

Sophie resta parfaitement immobile. Peut-être qu'elle n'était pas la seule à se créer une nouvelle identité. David

avait toujours été intense, néanmoins il n'avait jamais perdu
son sang-froid. Pas avant ça, du moins.

— Bien sûr.

Elle désigna le menu, contente qu'il ne puisse voir le trem-
blement dans ses genoux.

— Qu'est-ce qui te ferait plaisir ?

Pendant une demi-seconde, il la fusilla du regard comme
pour lui ordonner de s'agenouiller et d'implorer son pardon.
Mais Sophie tint bon. C'était son territoire, bon sang. Pas le
sien.

Les narines de David se dilatèrent, pourtant, il finit par
poser les yeux sur le menu.

— Putain, c'est cher. Qui achète un verre pour sept dollars ?

Elle haussa les épaules.

— Maui est cher.

— Sans déc.

Il s'arrêta, attendant clairement qu'elle lui offre une réduc-
tion, ou mieux encore, une boisson gratuite.

Sophie n'avait rien contre, quand c'était mérité. La petite fille qui était tombée et s'était éraflé le genou avait eu un
smoothie gratuit, ainsi que le policier qui était passé un jour
alors qu'il était absolument lessivé. Elle en avait aussi donné
un à la femme dont le mari avait fait un esclandre terrible avant
de partir en voiture et de l'abandonner là.

Mais pour David ? Elle garda les lèvres bien fermées.

— Oublie, grommela-t-il. Comme j'ai dit, ce n'est pas sûr
pour toi ici.

Elle croisa les bras.

— Pourquoi tu penses ça ?

— L'explosion, déjà. Les gens, ensuite.

Elle leva les sourcils.

— Les... quoi ?

David désigna tout autour de lui, aussi agacé qu'un homme
cerné par un essaim d'abeilles.

— Les gens d'ici. Ils ont une mauvaise influence. La chaleur
les rend paresseux. Complaisants.

— Paresseux ? Complaisants ?

Les habitants de Maui avaient le sens des priorités. L'amour. Le bonheur. Et *ohana*, la famille. Voilà ce qui passait en premier.

David se renfrogna.

— Il te faut être sur tes gardes tout le temps.

Elle était sur le point de lui dire qu'elle était bien plus heureuse depuis qu'elle avait baissé sa garde, quand il poursuivit.

— Et puis, il y a ce type.

David baissa la voix jusqu'au ton grave qu'il réservait pour les communistes, les terroristes et tous ceux qui conspiraient contre la Constitution… qui qu'ils soient.

— Quel type ? demanda-t-elle en se raidissant.

— Tu sais, ce type. Celui qui traîne tout le temps dans le coin.

Elle le dévisagea. Parlait-il de Chase ?

— Tu me surveilles ?

David agita une main.

— Bien évidemment.

— Quoi ?

Sa tension artérielle grimpa.

— Tout bon soldat sait qu'il faut étudier le terrain avant de se retrouver dans la ligne de mire.

Sophie ne savait pas par quoi commencer. La ligne de mire ? Il parlait de soldat… de quelle armée ?

— Quel terrain ? siffla-t-elle.

Il secoua la tête comme si c'était elle la folle.

— L'explosion. Ce type. C'est un ancien des forces spéciales. Tu le savais ?

— Et en quoi ça te concerne ?

Mais il continua comme s'il n'avait pas entendu.

— Ses potes et lui en savent beaucoup sur les explosifs. Les détonateurs. Les technologies top secrètes intraçables.

Elle n'en croyait pas ses oreilles. Sans Chase, elle serait morte. Et sans le soutien de ses amis, elle aurait perdu le travail qu'elle aimait.

— Il pourrait se servir de toi, tu sais, poursuivit David dans un murmure sérieux.

Elle resta bouche bée. Chase ? L'homme le moins exigeant qu'elle avait jamais rencontré ?

— Pour quoi ?

Il ricana.

— Pour l'argent de ta tante. Quoi d'autre ?

Elle fulmina.

— Comment oses-tu ?

Elle essaya de se contrôler, toutefois elle finit par craquer, fatiguée d'essuyer les tirs.

— Peu importe... je m'en fiche. Franchement, David. As-tu fait tout le chemin jusqu'à Maui juste pour me donner des conseils que je ne t'ai pas demandés ?

Il lui lança un regard confus, comme s'il se demandait ce qui était arrivé à la Sophie qu'il connaissait.

Je ne suis plus un paillasson, avait-elle envie de dire. Ce qui n'était pas totalement vrai, mais bon sang. Elle faisait de son mieux.

— J'ai des affaires à régler à Maui, répondit David sans donner de précisions. Et j'ai entendu parler de l'explosion, donc je suis venu voir par moi-même.

Sophie manqua de ricaner. Ce bon vieux David, attiré par la violence et la destruction comme un papillon vers une flamme.

— Eh bien, je vais bien.

Elle faillit rajouter un « merci » à la fin, mais se rattrapa. Pour quoi devait-elle le remercier ?

Il n'avait pas l'air convaincu.

— Qu'est-ce que tu prévois de faire avec cet argent, de toute façon ?

Comme si c'était son problème.

— Franchement ? J'ai passé plus de temps à penser à ma tante et à ce qui me manque chez elle.

— Oh. Oui. Désolé, dit-il, pas sincère pour deux sous.

— Ma tante voulait que cet argent aille à une bonne cause, une cause pacifique.

Elle espéra qu'il saisirait l'allusion.

Il hocha immédiatement la tête.

— Bien sûr. J'aurais fait pareil.

Elle leva les yeux au ciel. La conception de David d'assurer la paix était de s'armer jusqu'aux dents.

— Combien ça fait, exactement ? demanda-t-il.

Elle se renfrogna. Elle voulut répliquer que ce n'étaient pas ses affaires, cependant la gentille fille en elle se contenta d'un :

— Je ne sais pas.

Il rit.

— Tant que ça, hein ?

Elle le fusilla du regard. OK, elle en avait marre d'être gentille maintenant.

— Je ne sais vraiment pas.

C'était la vérité. Elle avait repoussé un rendez-vous avec les notaires de sa tante parce qu'une partie d'elle avait encore besoin de faire son deuil. Sa tante, le dernier membre de sa famille qui se souciait vraiment d'elle, était morte.

— Et pour être honnête, je m'en fiche.

Il était horrifié.

— Comment peux-tu t'en ficher ?

— L'argent corrompt tout.

— L'argent rend tout possible. Un moyen de parvenir à ses fins.

Elle l'examina de près. Quelles fins ? Que fabriquait-il, ces temps-ci ?

— Peu importe la somme, je songeais à en faire don à une bonne cause, déclara-t-elle.

— Bien sûr, répondit-il en souriant. Donne-la-moi.

J'ai parlé d'une bonne cause, répliqua-t-elle intérieurement.

— Pour que tu en fasses quoi ?

Il ricana.

— Tu plaisantes ? Il faut suivre le rythme à cette époque. Tu sais combien coûte un bon AK-47 ces jours-ci ?

Non, elle n'en savait rien. Mais ce qui la rendait malade, c'était qu'il y avait une époque dans sa vie où elle avait su ce genre de choses. Grandir dans le Maine parmi la milice extrémiste de l'Esprit des Seventy-Sixers lui avait appris bien des choses qu'elle ne désirait pas savoir.

Elle regarda autour d'elle, souhaitant qu'un policier patrouille dans le coin. Mieux encore, un petit bataillon.

Mieux encore, Chase, décida-t-elle.

Elle redressa ensuite les épaules et leva le menton. Elle avait juré de ne plus jamais se laisser malmener, pas vrai ?

— Comme j'ai dit, je dois me remettre au travail. Et tu as ce boulot dont tu dois t'occuper. Donc, au revoir.

Elle manqua d'applaudir devant son expression surprise.

Oui, j'ai du cran. Non, je ne me ratatinerai pas devant toi comme tu aimes tant avec les autres.

Elle n'avait jamais été aussi proche d'avoir des sueurs froides tout en restant parfaitement immobile, mais bon sang. Elle tint bon.

Des bruits de pas éraflèrent sur le sol à sa droite, et elle leva les yeux. En l'espace d'un battement de cœur, elle souriait... elle souriait vraiment, parce que c'était Chase, et que l'habituelle explosion de joie et de lumière afflua dans son cœur. Le médaillon chauffa sous sa main, et un sentiment de paix envahit son âme.

Chase lui sourit en retour, un grand sourire sincère qui ne cachait rien. Mais quand ses yeux se posèrent sur David, son visage changea du tout au tout.

Aïe, manqua-t-elle de dire. Chase faisait la même tête que Darcy quand il s'apprêtait à se jeter sur un autre chien. David le fusillait du regard aussi.

— Chase, dit-elle d'une voix douce pour lui signaler que tout allait bien.

Il avait un côté alpha plus sombre. S'il pensait que David était une menace, qui savait ce qu'il pouvait faire ?

— Sophie, murmura-t-il d'un ton si posé que même elle eut peur.

Elle se racla la gorge et se décida pour une différente tactique.

— Chase, voici David. Il est...

Elle lutta un moment pour compléter la phrase. *Fou ? Quelqu'un que j'aimerais voir disparaître ?*

— Un vieil ami, répondit David.

— Et il s'en allait, conclut Sophie en essayant de le faire partir.

David lui lança un regard vif, comme s'il n'appréciait pas qu'elle lui donne tout à coup des ordres.

Elle écarta un peu plus les pieds, contente de la position dominante que lui offrait le fourgon.

J'ai décidé de mener ma propre vie.

Chase ne dit pas un mot, cependant il écarta ses bras de ses flancs comme un bandit armé prêt à dégainer.

David augmenta l'intensité de son regard noir comme pour menacer Sophie de faire ce qu'il voulait.

Elle secoua lentement la tête et se redressa, se grandissant autant que possible.

Non, je n'en ferai rien.

Elle n'était peut-être pas capable de se montrer menaçante, mais elle pouvait certainement se montrer déterminée. Pour David, c'était toujours une question de gagnants et de perdants. Il devait être le gagnant, ce qui lui offrait un perdant devant qui jubiler. Eh bien, pas cette fois.

Chase, de son côté, la soutint doucement, lui donnant du temps. Seigneur, qu'elle aimait cet homme.

— Je dois vraiment me remettre au travail, tu sais, le rush de fin d'après-midi.

Elle désigna la zone comme si c'était vraiment quelque chose qui existait.

David se renfrogna et jeta un regard de travers vers Chase comme s'il était perplexe qu'elle lui préfère un type comme lui.

Oui. Sans hésiter.

Rester debout n'avait jamais été si difficile, pourtant elle ne lâcha pas. Son médaillon lui semblait de plus en plus chaud et lourd, néanmoins il paraissait étrangement renforcer son assurance.

David finit par reculer, à contrecœur.

— Bien sûr. D'accord. On se revoit bientôt ?

Ses épaules raides l'avertirent du fait qu'il lui donnait une dernière chance.

Une dernière chance de quoi ? avait-elle envie de crier. *Va-t'en !*

Chase se racla la gorge, même si ça ressemblait plus à un grondement grave dirigé vers David.

— Je suis assez occupée, dit-elle rapidement. Mais je suis contente de t'avoir revu.

Le regard de David s'assombrit et elle se demanda ce qu'il ferait si Chase n'était pas là.

— Oui, grommela-t-il enfin. Content de t'avoir revue aussi.

Lentement, il se tourna pour partir, avant de s'arrêter, tapoter ses poches, et d'en sortir un bout de papier. Il gribouilla dessus et le lui tendit, tout plié.

— Voilà mon numéro, dit-il comme s'il lui confiait un secret d'État. Appelle-moi si tu as besoin de quoi que ce soit.

Sophie le rangea au plus profond de sa poche, l'écrasant en passage.

— Souviens-toi de ce que j'ai dit.

Il jeta un regard en coin à Chase.

Sophie fit de son mieux pour garder son sang-froid.

— Au revoir, dit-elle fermement.

Et bon débarras, se retint-elle d'ajouter à la fin.

Chapitre 9

Chase fit de son mieux pour ne pas grogner dans le dos de l'homme.

— Un vieil ami, hein ?

Sophie se racla la gorge, mais quand elle parla, ses paroles furent un gazouillis. Pourquoi était-elle si nerveuse en présence de ce type ?

— Nous avons grandi au même endroit dans le Maine.

Chase y réfléchit. Les vieux amis n'avaient pas à être bons amis, et Sophie était clairement ravie de le voir partir.

Eh bien, il était heureux aussi. Il avait méprisé David à la seconde où il avait vu ce connard envahir l'espace de Sophie. Et puis, il y avait cette griffe d'ours qui dépassait du col de sa chemise.

Enfoiré, gronda son loup.

— Désolée, soupira-t-elle une fois David hors de portée.

Chase pencha la tête vers elle. Pourquoi les humains s'excusaient-ils de problèmes qu'ils n'avaient pas causés ?

Ses doigts tripotaient son médaillon et la tresse simple qu'elle avait faite ce matin. Cette preuve de désarroi était la seule raison pour laquelle Chase restait à ses côtés au lieu d'escorter David vers le prochain vol qui l'éloignerait de Maui. Il l'observa traverser le parc, et c'était sacrément étrange. David marchait avec assurance, mais en même temps, il avait une aura nerveuse, sur ses gardes. Comme une saleté d'espion ou quelque chose comme ça.

Chase renifla profondément, essayant de capturer l'odeur de ce type et la comparer à ce que Darcy avait décrit. Mais c'était un exercice difficile et il n'en retira rien.

David tourna à un coin, et Chase se reconcentra sur Sophie.

— Ça va ?

Elle hocha vivement la tête, trop vivement, et essuya le comptoir à mille à l'heure.

— Ça va, merci. Et toi ?

Les humains répondaient généralement comme ça qu'ils le pensent ou non, cependant il ne pouvait pas mentir à Sophie. Donc il opta pour la vérité.

— Mieux.

Elle leva la tête.

— Mieux ?

— Oui. Maintenant que je peux être avec toi.

Elle rit, et le mouvement fit refléter le soleil dans ses cheveux.

Comme un ange, entonna son loup.

— C'est toujours agréable de te voir.

Il jeta un œil dans la direction que David avait prise.

— Mais pas de le voir lui, en revanche ?

Sophie secoua la tête, et il décida de ne pas insister… pour le moment, du moins. David déclenchait toutes les alarmes de son esprit, même s'il ne comprenait pas pourquoi. Il n'était pas un métamorphe, et Sophie le connaissait. Clairement, elle n'était pas ravie de le voir, toutefois ça ne voulait pas dire que c'était un criminel.

Chase se gratta le front. À présent, il comprenait pourquoi son frère Connor avait été si distrait quand il avait fait la cour à sa compagne. Tout le monde avait l'air d'un ennemi, ce qui empêchait de penser clairement.

— M. Lee t'a vite remise au boulot, consta-t-il, n'étant pas non plus à l'aise avec cette idée.

— Comme on dit, il faut se remettre en selle de suite après être tombé, pas vrai ?

Chase y réfléchit. Se remettre en selle était logique si on était sûr que le cheval n'allait pas vous tuer. Ce qui n'était pas encore très clair.

— Écoute, Sophie…

Il tangua d'un pied à l'autre. Enquêter sur les inconnus, c'était facile. Mais sur la femme qu'il aimait, ça ressemblait bien trop à de la trahison.

— Je déteste poser la question, mais au sujet de ce que l'officier Meli t'a demandé... Y a-t-il une raison qui pousserait quelqu'un à te faire du mal ?

Elle regarda en direction de David, ce qui donna envie à Chase de courir après lui avec les crocs à découvert. Mais elle secoua la tête un moment plus tard.

— Je ne vois personne.

Il avait envie de l'interroger sur M. Lee, cependant il ne voulait pas la troubler encore plus. Dell s'occupait d'enquêter sur cet angle, et Chase n'arrivait pas à croire que le propriétaire prépare une seconde explosion si près de la première, si, en effet, il était coupable d'avoir saboté son propre camion. Il y avait peu de chance, comme avait dit Tim.

— Mais... murmura Sophie, lui faisant relever vivement la tête.

— Mais ?

— Je suppose que quelqu'un pourrait en avoir après l'argent de ma tante.

Il se renfrogna.

— Celle dont tu gardes la maison ?

Elle se mordilla la lèvre.

— Elle est morte, récemment.

La façon dont sa voix se fissura lui comprima la poitrine. Il ne savait que trop bien ce que ça faisait de perdre des membres de sa famille. Comme sa mère, qui s'était roulée en boule pour dormir une nuit froide d'hiver et ne s'était jamais réveillée. Au moins, elle était décédée paisiblement à un âge avancé, parmi sa famille. Mais elle était l'exception. Les morts étaient bien trop fréquentes dans sa meute, et la vague de braconnage n'avait fait qu'empirer la situation. Une autre raison pour qu'il rentre chez lui, et pour qu'il se sente plus déchiré que jamais.

Il chercha la main de Sophie.

— Désolé d'entendre ça.

Pendant un moment, il ne dit rien, et elle non plus. Le monde se réduisit juste à lui, elle, et le soleil se couchant petit à petit. Le chagrin remonta de nulle part, et pendant un bref moment, il se complut dans son malheur. Tous ses camarades, perdus dans une bataille sans fin pour leur survie. Tous les hommes avec qui il avait servi et qui n'étaient jamais rentrés...

Mais quand Sophie pressa sa main, de la lumière se déversa à nouveau dans son âme, équilibrant les choses. Il y avait des moments assez merdiques dans la vie, cependant il y en avait aussi des bons. En particulier quand il avait quelqu'un avec qui tout partager.

Ce serait encore mieux de l'avoir comme compagne, fit remarquer son loup.

Comme s'il n'y avait pas pensé.

— Merci, murmura Sophie.

Elle prit ensuite une profonde inspiration et continua.

— Ma tante Camille a toujours été là pour moi, sans tenir compte des trucs fous qui se passaient chez moi. En fait, c'est elle qui m'a encouragée à venir ici et vivre ma vie comme je le devrais.

Un mainate voleta au-dessus de leurs têtes et ils l'observèrent filer dans le bleu de plus en plus profond du ciel.

— Elle m'a laissé... eh bien, de supers souvenirs, continua Sophie en souriant avant de se renfrogner. Et de l'argent dont je dois m'occuper. Donc, je suppose que la cupidité est un mobile possible. Je n'arrive pas à croire que quelqu'un que je connais serait prêt à tuer pour de l'argent.

— Ça dépend de la somme.

Sophie avait l'air d'avoir réfléchi à la question pendant un moment.

— C'est le souci. Je ne sais pas combien.

Il plissa les yeux. Les humains avaient bien des testaments, des notaires et tout ça, non ?

— Tu n'en sais rien ?

Elle soupira.

— Je suis censée rencontrer un notaire à ce sujet, mais je n'arrête pas de repousser. C'est un peu stupide, hein ? C'est juste que cet argent n'est pas ce à quoi je pense quand je songe à ma tante.

Chase secoua la tête. Stupide ? Cela le faisait l'aimer encore plus.

— Je pense à l'amour, continua Sophie. La joie. Sa manière de célébrer la beauté dans le monde. Elle se fichait un peu de l'argent... sauf pour les choses basiques, du moins.

Chase hocha doucement la tête. Il comprenait. Mais beaucoup de gens ne le pouvaient pas. L'argent ne rendait pas heureux et il ne résolvait pas les problèmes.

— Tu penses que la somme est assez importante pour donner envie de tuer ?

Sophie pinça les lèvres.

— Elle était une artiste qui avait son petit succès. Peut-être que je devrais le découvrir, hein ? Tôt ou tard, il le faudra bien.

Elle n'avait pas l'air ravie, mais oui. Il acquiesça.

— Au mieux, ça nous aiderait à éliminer les possibilités.

Sophie grimaça.

— Et au pire ?

Il haussa les épaules.

— Tu découvriras qui a été écarté de son testament, peut-être ?

Elle se renfrogna, perdue dans ses pensées, et à nouveau, son regard dériva en direction de David.

— Elle n'avait pas d'enfants, donc il n'y a pas d'héritier direct. Elle a dit qu'elle me faisait confiance pour décider quoi faire avec.

Elle fit tournoyer ses cheveux entre ses doigts comme il aimait, surtout parce qu'il imaginait le faire pour elle.

— Je suppose que je dois me sortir la tête du sable et rencontre ce notaire, cependant.

Chase gloussa, et elle lui jeta un regard.

— Quoi ?

Il agita la main.

— Il m'a fallu une éternité pour comprendre cette expression.

Elle rit, et c'était agréable de briser la tension.

Un jeune couple approcha et Chase se décala, leur laissant l'espace. Sophie devait terminer son service, après tout. Il fit le tour du nouveau camion, le vérifiant de près, ne trouvant rien sortant de l'ordinaire. Pourtant, il détestait cette incertitude.

Sophie s'occupa de plusieurs autres clients, assez pour rester occupée pour la demi-heure suivante. Chase se servit de ce temps pour passer en revue chaque centimètre carré du parc et examiner le smoothie truck sous tous les angles avant le coucher du soleil, espérant qu'un indice l'apaiserait ou l'aiderait à comprendre quel chemin prendre. Devrait-il enquêter sur ce David ? Ou peut-être la tante de Sophie ?

Alors que les engrenages de son esprit tournaient, il observa les allées et venues autour du camion. Un coin de sa bouche se releva. Le smoothie truck était un microcosme de tout ce qu'il adorait et détestait chez les humains. Il adorait que les clients sourient du simple plaisir d'une saveur fraîche et fruitée, et la façon dont ils chantaient leur gratitude. Il détestait les visiteurs impatients qui la remerciaient à peine pour son travail, cependant il aimait ceux qui prenaient le temps de glisser un mot gentil. Une femme acheta un smoothie et l'amena à un vieil homme qu'elle ne semblait pas connaître, juste parce qu'elle en avait envie.

Les humains, souffla son loup.

C'était le problème. Les humains étaient si difficiles à comprendre. Ils étaient capables d'actes incroyablement altruistes, mais aussi cruels. Il avait vu beaucoup des deux, même dans des régions déchirées par la guerre où les petits gestes de bonne volonté avaient ravivé sa foi dans le monde alors qu'il en avait le plus besoin. Mais le mauvais pesait souvent plus lourd que le bon, et c'était difficile de garder la foi.

— Le monde a besoin de plus de Sophie, chuchota-t-il pour lui-même.

Nous avons besoin de Sophie, gronda son loup.

Il serra les dents, déterminé à ne pas se laisser emporter par l'avidité de la bête. Protéger Sophie était sa priorité, pas de lui faire la cour. Il se remit donc en mode surveillance. Quand les ventes se calmèrent, il avança sur le côté du camion, et Sophie arriva avec un air surpris.

— Euh... Toc-toc, tenta-t-il.

Elle sourit.

— Qui est là ?

Le ventre de Chase se noua alors qu'il était frappé du souhait désespéré de lui dire la vérité.

Le loup.

Elle lui demanderait : « Quel loup ? »

Et il répondrait : « Le loup qui t'aime. »

Il se racla la gorge. Bon sang. Connor avait raison. L'amour faisait penser aux choses les plus folles.

— Euh, juste moi. Ça te dérange si je vérifie l'intérieur ?

Le sourire de Sophie disparut alors qu'elle comprenait ce qu'il cherchait : c'est-à-dire, s'assurer que le fourgon ne risquait pas d'incidents.

— Bien sûr, murmura-t-elle en lui donnant de l'espace

Il suivit le câble de propane à travers toutes les connexions et les interrupteurs alors que Sophie l'observait.

— M. Lee a pris un peu de retard pour refaire le contrôle technique de l'autre camion, mais je ne vois rien qui a l'air abîmé ou qui n'aurait rien à faire là.

Chase se redressa et se gratta le front.

— Désolé, je n'avais pas l'intention de te faire repenser à ça.

— Ce n'est rien, répondit-elle, même si ses mains qu'elles se trituraient disaient le contraire.

Il n'y avait pas beaucoup d'espace, pas avec les placards et comptoirs qui occupaient chaque centimètre, ce qui signifiait que Sophie et lui devaient se tenir proches l'un de l'autre. Agréablement proches, pour être honnête.

— Tu es sûre ? demanda-t-il.

Son regard s'illumina et une seconde plus tard, ils se frottaient l'un contre l'autre comme des adolescents.

Eh bien, monsieur Hoving ? semblaient dire ses sourcils. *Vous flirtez avec moi ?*

Les loups n'y connaissaient pas grand-chose en flirt, mais bon sang. Peut-être vivait-il dans le monde humain depuis assez longtemps pour repérer certaines choses. Non pas qu'il ait déjà vraiment eu envie de flirter avec qui que ce soit.

— Eh bien, ça pourrait être mieux, murmura-t-elle en chantonnant presque.

Là, c'était bien elle qui flirtait. Chase sourit et se rapprocha un peu plus. Avec elle, c'était impossible de garder ses distances.

— Comment ? chuchota-t-il.

Elle rougit férocement avant de trouver le courage de répondre.

— Peut-être qu'un baiser aiderait.

Elle haussa les épaules comme pour insinuer que c'était du pareil au même pour elle, néanmoins il pouvait voir ses yeux s'illuminer d'espoir.

Un baiser aiderait sans aucun doute, murmura son loup.

Il prit une profonde inspiration. Chaque fois qu'il était proche de Sophie, le désir prenait le pas sur lui, et cela devenait de plus en plus difficile de garder le contrôle sur sa bête intérieure.

Juste un petit baiser, le pressa son loup, bien trop innocemment.

Un petit baiser ne ferait de mal à personne, décida-t-il en se penchant plus près. Et plus près. Et plus près...

Il garda les yeux ouverts, cependant Sophie avait les siens fermés, et il s'émerveilla de sa confiance. Leurs lèvres se pressèrent ensuite, aussi douces que de la soie, et il ferma finalement les paupières également. Il s'abandonna à la sensation, alors que son loup émettait des petits sons fredonnants et heureux.

Il bougea les lèvres sur les siennes, essayant de garder un rythme lent. Mais Sophie était aussi affamée que lui, et quand sa bouche s'ouvrit sous la sienne, il ne put s'empêcher de passer la langue sur la sienne. Ses mains errèrent sur ses flancs, et il savoura la façon dont elle inspirait, faisant gonfler sa poitrine. Un oiseau chanta quelque part, et les vagues s'écrasèrent sur la plage, cependant il perdit graduellement contact avec le monde autour de lui et se concentra sur Sophie. Sa peau était si douce. Ses courbes si parfaites, et son parfum et sa saveur étaient des plus délicieux.

Les mains de Sophie caressaient ses oreilles et son cou, faisant chanter son loup.

Le paradis, murmura sa bête. *Le paradis est ma compagne.*

C'était le paradis, oui, et il ne voulait jamais la laisser repartir. Mais un sifflement vif fit exploser leur petite bulle et un homme gloussa non loin. Ils se séparèrent, clignant des yeux.

— Ne vous préoccupez pas de moi. L'amour passera toujours avant les smoothies, s'exclama l'homme au comptoir en souriant.

Sophie avait les joues en feu.

— Oups. Désolée, Hal.

Il rayonnait, et Chase fut frappé à nouveau par la joie qui venait des petits gestes, comme la jolie fille du smoothie truck qui se rappelait votre nom.

— Pas de souci, poussin, dit l'homme. Je repasserai demain.

Mais Sophie s'était déjà mise en action, jetant les fruits dans un blender et le faisant tourbillonner. Ses joues étaient encore rougies, et Chase ne put s'empêcher de ressentir une pointe de fierté, sachant qu'il était le responsable de l'accélération de son flux sanguin.

Très vite, l'homme eut son smoothie, et Sophie récolta un autre billet dans son bocal à pourboire.

— Assurez-vous de bien la traiter, c'est compris ? lança Hal d'un ton sévère à Chase.

Il leva les mains.

— Oui, monsieur.

Son loup gronda à l'intérieur.

Bien sûr que oui.

L'homme repartit avec un clin d'œil, et Sophie brandit son blender, le secouant.

— Regarde… il en reste. Tu veux une gorgée ?

C'était dingue comme ses paroles pouvaient faire agiter la queue de son loup.

— Tu peux le prendre, dit-il.

Elle sortit un verre droit pour verser les restes à l'intérieur.

— On va partager.

Elle tendit le blender un peu plus haut pour verser, mais dès qu'elle le fit, un sifflement fila dans l'air et à l'oreille de Chase.

Aux abris ! hurla son loup.

Le verre se brisa. Du jus éclaboussa. Sophie poussa un cri.

— Baisse-toi ! s'exclama Chase alors que son instinct de survie se réveillait.

Il se mit à terre, entraînant Sophie avec lui.

— Qu'est-ce que... ? gronda-t-elle alors qu'ils tombaient.

Elle regarda ensuite sa main. Le manche du blender était intact, mais le reste n'était qu'un morceau de verre irrégulier.

Chase se coucha sur elle, tendant l'oreille.

— Une balle, souffla-t-il en la désignant, à un millimètre de là où elle s'était tenue.

Calibre 308, s'il ne se trompait pas.

Sophie resta bouche bée et la referma comme un poisson cherchant de l'air.

— Mais... mais...

— Un fusil de sniper avec silencieux, murmura-t-il en fermant la porte d'un coup de pied.

Son esprit tournait à plein régime.

Tue-le ! Trouve-le ! hurlait son loup.

Chase resta au sol. L'animal parlait du tireur, mais qui était-ce exactement ? Le soleil commençait à se coucher, toutefois il y avait assez de lumière pour qu'un sniper tente un second tir. Il écouta intensément, réfléchissant à ses options. Son loup voulait sortir en trombe et chasser le tireur, mais il laisserait Sophie en position vulnérable. Le camion offrait une certaine couverture tant qu'ils restaient au sol, ainsi que l'espace public du parc. Aucun sniper ne traverserait un jardin public pour terminer ce qu'il avait commencé. Pourtant, ça ne voulait pas dire que Chase était prêt à jeter un œil par la fenêtre de service.

— Oh, mon Dieu, souffla Sophie en scrutant la balle logée dans le mur. Quelqu'un cherche vraiment à me tuer.

Chase suivit son regard vers la balle. C'était ça, ou alors quelqu'un lui envoyait un avertissement.

À quel sujet ? demanda son loup.

Ses tripes se nouèrent.

L'avertir de rester loin de moi, peut-être ?

Le premier suspect à jaillir dans son esprit fut David, mais quelles étaient les chances qu'un type rende visite à une vieille amie pour ensuite lui tirer dessus, tout ça en moins d'une heure ? Et puis il y avait M. Lee, cependant il ne correspondait pas vraiment au profil d'un sniper. Pourtant, c'était impossible à dire. Les humains étaient sournois comme ça.

De sa main gauche, il saisit celles tremblantes de Sophie. De la droite, il chercha son portable dans sa poche.

Les yeux écarquillés de Sophie se posaient partout.

— Tu appelles la police ?

Il secoua la tête.

— J'appelle mes frères.

Personne dans le parc n'avait réagi au tir. Il avait été silencieux, après tout, et curieusement il n'était pas prêt à faire confiance à qui que ce soit autre que sa famille pour l'instant.

— Le seul endroit sûr, c'est à la maison.

— Chez moi ?

— Non, répondit-il sombrement. Chez moi.

Chapitre 10

Ramener Sophie chez elle était dangereux, et Chase le savait. C'était déjà assez difficile de garder son loup sous contrôle. Mais quel choix avait-il, avec un sniper mystère qui ciblait Sophie?

— Tu es sûr de ton coup? avait grondé Dell en jetant un œil du côté conducteur du pick-up.

Il était venu dès que Chase l'avait appelé pour sécuriser la zone. Il avait ensuite foncé avec le pick-up et gardé Sophie à couvert pendant qu'elle montait.

Chase avait hoché la tête et démarré dans un nuage de poussière avec Sophie s'accrochant à sa main. Elle avait insisté pour s'arrêter chez elle récupérer les chiens, et quelques minutes plus tard, ils fonçaient sur la route de la plantation de Koakea.

Sophie tanguait d'avant en arrière, berçant Coco.

— C'était moi. C'était vraiment moi.

Il tourna vivement la tête vers elle.

— L'explosion. Le tir. Quelqu'un veut me tuer. Pourquoi?

Elle contempla ses pieds.

— Qu'est-ce que j'ai fait?

Chase serra les dents. Il aurait bien aimé le savoir, lui aussi.

Il tendit la main pour prendre la sienne.

— Tu n'as rien fait. Je veux dire, rien de mal. Tu es douce. Gentille. Tu te soucies des autres comme peu de gens le font.

Il serra sa main.

— Bref, le problème, ce n'est pas ce que tu as fait, mais ce que cherche quelqu'un, et pourquoi.

Elle secoua la tête.

— Je déteste ça. Je déteste avoir peur. Je déteste soupçon-
ner tout le monde.

Il caressa le dos de sa main du pouce et murmura :

— Le monde est un endroit tordu.

Sophie secoua fermement la tête, même si ses mains tremblaient encore.

— Le monde est beau. C'est juste que certaines personnes
lui donnent mauvais goût.

Il était d'accord sur ce point. Sur le fait que le monde était
beau... eh bien, il n'avait pas encore pris de décision.

Coco lécha ses doigts comme si une léchouille de chien pouvait faire disparaître les problèmes du monde.

Chase soupira et retira son bras. Dommage que ce ne soit
pas si facile.

— Tu as parlé d'un héritage. Je sais que ce ne sont pas mes
affaires, mais c'est peut-être le mobile, ici.

— J'y ai pensé, encore et encore. Si je meurs, le seul béné-
ficiaire, ce sera ma mère. Ma propre mère, Chase.

Sa voix monta dans un cri strident avant de se briser pour
devenir une sorte de sanglot, et elle secoua la tête avec véhé-
mence.

— Impossible que ma mère me veuille du mal. Elle m'aime
et je l'aime. Elle ne comprend pas pourquoi j'ai quitté le Maine,
mais elle ne ferait jamais rien pour me faire du mal.

Chase serra le volant plus fort que jamais, songeant à qui
pourrait être concerné. Mais Sophie était si catégorique qu'il
n'osait pas demander.

— Je suis désolée, dit-elle en enfouissant sa tête dans ses
mains. Je n'arrive pas à penser clairement. J'ai déjà du mal à
voir clairement. Je sais que c'est important, mais je ne parviens
pas encore à accepter l'idée. Est-ce qu'on peut mettre ça de
côté pour l'instant ?

Chase hocha immédiatement la tête. Ses frères ne com-
prendraient pas, cependant il était hors de question de pousser
Sophie dans ses retranchements. Pas ce soir, quand son objectif
principal était de la protéger.

— Tu as raison.

Il toucha son épaule.

— On peut en parler plus tard.

Elle lui lança un regard reconnaissant et se frotta les yeux, presque comme si elle pouvait en faire sortir tout ce qui était arrivé en faisant ça.

— Voilà mon frère, dit Chase en désignant Connor de la tête alors que ce dernier sortait pour les retrouver sur sa Harley, leur offrant du soutien supplémentaire.

Sophie hocha silencieusement la tête, toutefois Coco remua la queue. La petite chienne reconnaissait-elle un dragon quand elle en voyait un ?

Ils roulèrent encore plus de trois kilomètres en silence, et Chase n'avait jamais été aussi content de voir le virage qui menait chez lui. Tim et Hailey attendaient au portail qu'ils avaient récemment installé au bout de l'allée privée. En général, passer ce seuil aidait Chase à se couper du monde extérieur, mais aujourd'hui… Il grimaça. La hauteur de leurs murs et la résistance du portail ne comptaient pas. Le mal se tapissait toujours à proximité.

— C'est joli, murmura Sophie en caressant sa main.

Il serra les dents. C'était sur elle qu'on avait tiré, pourtant c'était elle qui le réconfortait.

— Oui.

Il contempla le paysage. Elle avait raison.

En vérité, la plantation de Koakea était géniale, en particulier maintenant qu'elle était baignée de la lumière orange-rose du soleil couchant. Durant les mois qu'il avait passés ici, sa famille, ses amis et lui avaient œuvré pour remettre la propriété négligée en état. La maison de la plantation, autrefois une ruine de traviole, était devenue le point d'orgue qui mettait en valeur le domaine, avec de l'espace pour que tout le monde se retrouve au rez-de-chaussée. L'étage avait été transformé en appartement douillet pour Cynthia, la jeune veuve qui codirigeait leur petite meute, ainsi que son fils, Joey. Sur les flancs des collines, des rangées nettes des caféiers avaient été débarrassés des mauvaises herbes qui les étranglaient, et la plupart des maisons périphériques arboraient une nouvelle couche de peinture… sans parler de toutes les améliorations à l'intérieur. Il y avait encore beaucoup à faire, cependant il était facile de voir le potentiel des lieux, à présent. Dans l'ensemble, la plantation de Koakea était une oasis isolée des pressions du monde humain.

Chase jeta un regard inquiet par-dessus son épaule. Si seulement les problèmes ne se trouvaient pas à juste un pas de là.

— Tiens. Jette un œil à ça, tu veux bien ? demanda-t-il à Tim en lui tendant la douille en passant.

Si quelqu'un pouvait glaner des informations sur le tireur à partir d'un indice si mineur, c'étaient ses frères.

— Entendu, gronda Tim d'un air sombre.

— On a tout installé pour toi, lança Hailey alors qu'il passait avec le pick-up. Dis-nous si tu as besoin de quoi que ce soit d'autre.

Il fit un signe d'appréciation, souhaitant pouvoir trouver les mots pour montrer sa gratitude. Comme d'habitude, sa meute entière s'était mise en action quand il avait eu besoin de leur soutien.

— Waouh. Vous êtes tous vraiment proches, hein ? murmura Sophie en le remarquant aussi.

Il hocha la tête. *Un pour tous et tous pour un.* Cela résumait à peu près l'état d'esprit d'une meute de métamorphes.

Le fait était que les meutes de loups opéraient aussi selon ces mêmes principes, et cela lui déchirait le cœur de savoir qu'il ne soutenait pas les siens chez lui. Il raffermit sa prise sur le volant. Dès qu'il serait capable de s'assurer de la sécurité de Sophie, il s'occuperait de ces braconniers.

Son loup grommela.

Et bon sang, ils ont intérêt à faire attention.

Des images de mort et de destruction filèrent dans son esprit, et il lutta pour les contrôler. La colère n'était pas une bonne chose, pas pour un métamorphe capable d'agir sous de sombres impulsions. Il devait garder sa tête bien en place s'il comptait aider Sophie... et sa meute d'origine.

Il prit donc une profonde inspiration, gara la voiture à son emplacement habituel et mena Sophie sur le sentier sinueux. Les chiens les suivirent comme leur ombre.

— Bon chien, disait Sophie en les caressant l'un après l'autre. Bien, Coco.

Cette dernière se redressa un peu. Darcy éprouvait toujours du ressentiment envers Chase, cependant celui-ci pouvait vivre avec, en particulier avec la vigilance du Jack Russell. Dans son rôle de garde du corps, Boris l'écervelé laissait un peu à désirer, pourtant il restait quand même alerte.

— Tout ira bien, les rassura Sophie. Tout ira bien.

Chase redressa les épaules. Bon Dieu, il l'espérait.

S'il n'avait pas porté un sac de croquettes de vingt kilos, il aurait passé un bras autour de Sophie juste pour la garder près de lui. Par chance, sa maison n'était pas trop loin. La tresse de Sophie tanguait au rythme de ses pas, et il pouvait à peine détourner son regard.

— Ce n'est pas verrouillé, dit-il en lui faisant signe d'entrer.

Elle poussa la porte, entra et regarda autour d'elle.

— Waouh.

Les chiens la talonnèrent et Chase aussi, grimaçant un peu. Cet endroit n'était pas exactement une maison témoin comme celles que ses frères et leurs compagnes avaient rénovées. C'était juste une grange reconvertie, et il n'avait fait que quelques améliorations rudimentaires depuis qu'il avait emménagé.

— C'est génial, commenta Sophie en tournant sur elle-même.

Chase expira un peu. Il n'avait pas fait grand-chose avec le sol de la grange, cependant il avait recouvert le mur faisant face à l'océan de fenêtres... surtout à l'insistance de Dell, qui avait dit que les loups avaient besoin de lumière du jour pour s'empêcher de devenir trop fous. Le côté ouest de la structure avait ce que Hailey appelait un plafond cathédrale, ce qui le troublait, parce que c'était une grange, pas une église. Le côté est était partagé en deux étages, avec des escaliers montant vers un loft en mezzanine qui donnait sur le rez-de-chaussée.

— Quelle vue, souffla Sophie en regardant par la fenêtre.

Pfiou. Chase était content qu'elle se concentre sur l'explosion des couleurs du coucher du soleil au-dessus du bout d'océan visible depuis son coin, à mi-chemin de la colline, et pas sur le piètre mobilier de sa maison. Mais, waouh. Il avait appelé à l'avance pour prévenir ses amis qu'il ramenait Sophie, et apparemment, quelqu'un s'était dépêché de rafraîchir l'endroit. Le ventilateur de plafond tournait déjà, gardant l'espace frais. Un vase de lys flamboyants se trouvait sur la caisse dont il se servait de table basse, et un sarong à imprimé indien recouvrait le canapé élimé. Quelqu'un avait aussi posé quelques coussins décoratifs dessus. Quand lui les mettait, tout avait l'air en désordre. Quand c'était quelqu'un comme Anjali, tout paraissait joli. Élégant, en fait.

Il renifla l'air et capta une pointe du parfum d'Anjali, ainsi que la fragrance solaire de Jenna. Et... une seconde. Cynthia était-elle venue, elle aussi ? Il suivit son odeur jusqu'à la cuisine de fortune, si on pouvait appeler comme ça l'espace avec un petit réfrigérateur, un micro-ondes et l'évier en inox abîmé. Il vit le mot coincé dans un panier débordant de pains fantaisistes, de fromage et même d'une bouteille de vin.

Quelques douceurs pour t'aider à terminer la journée sur une note positive. Amitiés, Cynthia.

Chase relut trois fois. Waouh. Il allait devoir remercier beaucoup de monde quand il en aurait l'occasion.

P.S. C'est Joey qui a fait les cookies.

Chase sourit, souhaitant que le petit soit là pour pouvoir lui ébouriffer les cheveux.

— Tu as un chien ? demande Sophie, perplexe.

Il suivit son regard vers la pile de vieilles couvertures qu'il utilisait comme lit sous sa forme de loup, quand l'envie de dormir sous forme animale lui prenait.

— Euh, non, murmura-t-il, cherchant un moyen de l'expliquer.

Par chance, le papier aluminium sur le panier de nourriture capta l'attention de Sophie, et elle s'approcha pour regarder. Quand elle prit le mot, ses doigts balayèrent les siens, renvoyant des picotements chauds dans tout son dos.

— Eh bien. Tu as toute une tribu qui garde un œil sur toi, pas vrai ?

« Tribu » n'était pas loin de la vérité. Dommage qu'il ne puisse pas expliquer la partie métamorphe.

— Sur toi aussi, chuchota-t-il en retour.

Cette prise de conscience le touchait presque aussi profondément que le décor et le panier de nourriture. Sa meute ne prenait pas juste soin de lui ; ils prenaient aussi soin de Sophie.

Ils l'acceptent. Ils l'apprécient, dit son loup.

Sophie leva des yeux grands et très expressifs sur lui, et il mourait d'envie de lui raconter la vérité. Plus il tardait à lui dire, plus il avait l'impression d'être un menteur.

Il regarda ses pieds, se maudissant. Il avait du courage à revendre, toutefois ça n'aidait pas. Il pouvait foncer sur le champ de bataille, que les probabilités de remporter la victoire soient en sa faveur ou non. Défier des ennemis impossibles. Risquer sa vie pour le bien de sa meute. Mais babiller quelques mots ?

— Sophie, murmura-t-il.

Même là, sa voix était rocailleuse et maladroite.

Elle glissa ses mains dans son champ de vision, couvrant les siennes, et se rapprocha. Assez pour que son corps réchauffe le sien.

— Je dois te parler, se força-t-il à dire, même si ça lui retournait l'estomac.

— Moi aussi.

Ses oreilles tressaillirent alors qu'il se demandait de quoi il s'agissait. Sophie ne pouvait certainement pas dissimuler le genre de secrets qu'il avait. La grande question était de savoir comment elle prendrait la vérité.

Il imagina différentes façons de lui dire.

« Je suis un métamorphe, Sophie. Un loup. Et je t'aime. »

Ou non. Devait-il commencer par lui dire qu'il aimait, et ensuite passer à la grande révélation ?

— Mais pour l'instant, je n'ai pas envie de parler. Je n'ai pas envie de réfléchir, chuchota-t-elle.

Et lâche comme il était, il lâcha un soupir de soulagement.

— Qu'est-ce que tu veux ? murmura-t-il.

Et, bon sang. Il avait dit ça de manière bien trop suggestive.

Sophie se nicha un peu plus près de lui. Sa respiration chatouilla la joue de Chase, et ses mains remontèrent des siennes à ses flancs.

— Juste... ça.

Elle le serra dans une étreinte.

Ses propres bras s'enroulèrent autour de lui instinctivement, et il inspira son odeur. Elle sentait si bon... comme le miel, accueillante, et... et...

Mienne, entonna son loup. *Comme si elle était mienne.*

Ce qui était génial, cependant l'odeur amère de la peur était là aussi, et il détestait ça. Donc il la tint bien et fermement, faisant de son buste un bouclier. Il baissa la tête pour la caler sur la sienne, la couvrant autant que possible.

Que quelqu'un essaie de lui faire du mal, déclara son loup.

Le problème était que celui ou celle qui ciblait Sophie était un pleutre qui attaquait de loin. Le genre d'ennemi le plus dur à débusquer.

— C'est tellement agréable, murmura-t-elle.

Chase hocha doucement la tête. Bordel, oui. C'était agréable. En particulier alors que les effluves d'excitation prenaient petit à petit le pas sur la peur.

Elle nous désire. On la désire, grommela son loup, lui donnant toutes sortes de mauvaises idées.

Mais Coco ne cessait de sauter contre ses jambes, et la queue fine de Boris lui fouettait les mollets. Sophie soupira et recula avec un air désolé.

— Du calme, tout le monde. Tout va bien.

Elle les caressa l'un après l'autre.

Chase les examina tour à tour, lisant leurs esprits animaux. Coco haletait joyeusement et pensait que oui, tout irait bien parce que la gentille dame le disait. Boris n'en semblait pas aussi sûr, cependant il agita timidement la queue à ses paroles. Darcy avait le visage fermé d'un sergent major britannique qui n'était pas si amusé que ça par la situation.

— Peut-être qu'on devrait les nourrir, suggéra Chase.

Il prit trois gamelles, et rapidement, deux des trois chiens mangeaient joyeusement, alors que Darcy se tenait entre ses croquettes et Sophie, l'air déchiré.

Va manger, mon vieux, insista Chase dans son esprit. *Je te jure que Sophie est entre de bonnes mains.*

L'expression du chien disait que c'était exactement ce qui l'inquiétait, toutefois Chase l'ignora. Sophie peignait ses cheveux avec ses doigts, dénouant sa tresse, et la vue de ses longues boucles brunes rendit son loup dingue. Le ventilateur de plafond tourbillonnait, lui renvoyant sa propre odeur d'excitation.

Ce ne sont que des cheveux, essaya-t-il de se dire. Mais ce n'était pas que ça, avec Sophie. Tout ce qu'elle faisait affolait son rythme cardiaque.

— Donc, tu as une autre pièce là-haut ?

Sophie leva les yeux vers la mezzanine.

Chase retint son souffle. Oui, en effet. Sa chambre, en fait. Ce qui ne fit qu'alimenter la partie obscène de son esprit.

— Euh, oui, marmonna-t-il.

— Ça te gêne si je vais voir ?

Il écarquilla les yeux, et Sophie rougit vivement, comme si elle savait exactement ce qu'elle allait y trouver. Une nouvelle pointe d'excitation flotta dans la pièce. La sienne ou celle de Chase ? Le loup de ce dernier agita la queue.

Bien sûr que tu peux regarder. Aussi près et aussi longtemps que tu veux.

— Bien sûr, dit-il d'un ton aussi neutre que possible.

Les chiens gémirent quand ils virent Sophie grimper, cependant ils ne tentèrent pas de monter les marches escarpées et étroites. Chase suivit, se préparant à prendre ses draps emmêlés et à couvrir le lit. Mais Anjali, Hailey et les autres avaient aussi agité leur baguette magique là-haut. Le lit, un grand matelas jeté par terre, était arrangé avec de jolis draps frais et couvert d'un autre sarong imprimé indien. Quelques bougies étaient posées sur les boîtes qui servaient de tables de nuit, et l'abat-jour de la lampe de chevet n'était plus tordu.

— C'est mignon, commenta Sophie en souriant.

Chase la dévisage. Mignon ? Eh bien, oui. Pour une fois.

— La vue est encore mieux de là. Et, waouh. Tu as beaucoup de livres, souffla-t-elle.

Un côté du loft faisait face aux fenêtres ouest, donnant sur la bande de vert luxuriante et le bleu turquoise de dehors. L'autre mur était rempli d'ouvrages. Entassés même, tous fourrés sur les étagères de fortune le long des poutres qui n'étaient pas terminées. Quelques autres piles biscornues se trouvaient par terre, des livres qu'il n'avait pas encore eu le temps de lire. Sophie passa le doigt sur une rangée et il l'observa, se sentant douloureusement gêné.

— Tu aimes lire, hein ? murmura-t-elle.

Il hocha la tête. Depuis qu'il avait quitté la vie sauvage et appris à lire, il avait passé des heures à tourner les pages de bouquins poussiéreux.

— Ils m'aident à comprendre, répondit-il, avec sincérité.

Quand elle se tourna pour le regarder, ses cheveux cascadèrent sur un côté, et les rayons de soleil rebondirent dessus.

— Comprendre quoi ?

« Les humains », faillit-il répondre, toutefois il parvint à changer de mot au dernier moment.

— Les gens.

Elle sourit, comme si elle savait exactement ce dont il parlait, puis repéra le livre sur sa table de nuit.

— *Orgueil et Préjugés ?* s'étonna-t-elle, un sourcil levé.

Il haussa les épaules.

— Je l'ai peut-être… un peu feuilleté.

Elle sourit.

— Ah oui ?

— Je m'interrogeais au sujet de Darcy. Je ne comprends pas.

En bas des marches, le chien leva les yeux. Sophie pencha la tête.

— Tu ne comprends pas quoi ?

— Pourquoi tu as donné le nom de ce type à ton chien. Il était une vraie ordure avec elle. Du moins, au début.

Sophie secoua la tête.

— J'aime M. Darcy parce qu'il est honnête et se fiche de l'argent. Parce qu'Elizabeth le change et qu'il devient un meilleur homme.

Chase y réfléchit une minute. Cela correspondait bien à ce chien, supposa-t-il.

Cela nous correspond aussi, fit remarquer son loup.

Heureusement, Sophie changea de sujet et prit un autre livre, gloussant.

— *Le Guide du bricolage du Biodiesel et des carburants alternatifs*. Tu as un large éventail de goûts.

Il sourit.

— J'imagine, oui.

Il tendit le bras pour redresser une rangée irrégulière de livres, puis se mordilla la lèvre. Le mouvement les fit se rapprocher encore plus, et bon sang, qu'elle sentait bon.

À en juger par la façon dont son souffle se bloqua, Sophie le remarqua aussi. Elle ne bougea pas, néanmoins. En fait, elle changea d'appui et laissa leurs flancs se coller.

Dehors, un oiseau gazouilla joyeusement, et en bas dans la cuisine, une feuille de papier volait sous la brise provoquée par le ventilateur.

— Et qu'est-ce que tu préfères ? murmura-t-elle.

Chase eut du mal à traiter ses mots avec son loup qui devenait fou en lui. Si elle se rapprochait encore...

Le pied droit de Sophie s'avança, le renvoyant encore plus près de sa limite.

— Ce que je préfère... ? marmonna-t-il.

Sophie était sa préférée pour tout. Sa compagne destinée. Était-ce ce qu'elle voulait dire ?

— Ton livre préféré.

Elle prit sa joue en coupe, bougeant légèrement jusqu'à ce qu'il soit sûr qu'elle se positionnait pour l'embraser. Un baiser qui aurait lieu à un pas de son lit.

Tu sais que tu la veux, gronda son loup.

Putain, oui. Quelque chose était censé le retenir, cependant il ne pouvait pas se rappeler ce que c'était. Bordel, il pouvait à peine réfléchir.

— *Les Trois Mousquetaires*, parvint-il à dire d'une voix rauque. Un pour tous et tous pour un.

Même si, honnêtement, la loyauté de la meute était passée au second plan pour l'instant. Tout ce qu'il voulait, c'était sa compagne.

Et elle nous veut, murmura son loup alors que Sophie glissait ses mains sur ses épaules.

— Qui l'eût cru.

Elle gloussa, cependant ses yeux étaient un peu vitreux... comme les siens, sans doute. Ce qui était logique, parce qu'il arrivait à peine à penser clairement. Ressentait-elle la même chose ?

Je peux te garantir que oui, chantonna son loup.

Chase enroula ses bras autour de sa taille et la tira, la rapprochant de son torse.

— Sophie, murmura-t-il, souhaitant pouvoir s'expliquer.

Elle pressa une main sur ses lèvres et le regarda droit dans les yeux.

— J'en ai envie, Chase. J'en ai besoin.

Il déglutit, parce que même dans le brouillard de son esprit, il savait que cela impliquait un bon nombre de complications dont elle n'avait pas conscience.

— Chase, chuchota-t-elle d'une voix se fissurant de désir.

Il voulait dire quelque chose, n'importe quoi, mais n'y arriva pas, parce qu'une seconde plus tard, il l'embrassait déjà. Elle pressa son corps sous le sien et ouvrit la bouche sous la sienne. Pendant les premières secondes, Chase bougea à peine les lèvres. Mais soudain, le mur qu'il avait élevé en lui pour retenir le besoin, l'envie, et Seigneur, le désir, commença à se fissurer, et ses dernières résistances s'écrasèrent au sol. Ses mains glissèrent de sa taille au creux sous ses seins. Leurs hanches se pressèrent, lui donnant une érection. Les gémissements affamés de Sophie devinrent plus bruyants, et elle tira sur son T-shirt, ses intentions claires. Sa façon de l'attirer contre elle était une extension de sa supplique de tout à l'heure pour avoir une étreinte, et il voulait la recouvrir autant que possible. La protéger de tout le monde extérieur. La faire se sentir bien.

On a clairement besoin de faire en sorte que notre compagne se sente bien, confirma son loup.

— Oui.

Sophie se cambra sous son toucher.

Ce qui était une affirmation aussi claire qu'un homme pouvait le souhaiter... ou même un métamorphe à son point de rupture.

— Sophie, murmura Chase, la baissant vers le lit.

Chapitre 11

Sophie prit une profonde inspiration. Pas à cause de ce qu'elle était sur le point de faire, mais parce qu'être portée et déposée par Chase était comme flotter sur un nuage. Comment un homme si puissant parvenait-il à combiner autant de douceur et d'empressement ? Elle n'en savait rien, mais bon sang, ça marchait avec elle.

C'était fou de voir à quel point elle le voulait. Qu'autant de luxure se cachait dans la gentille fille qu'elle avait toujours été.

— J'en ai envie, répéta-t-elle.

Elle avait eu une sacrée journée, et elle était à fleur de peau. Pourtant, Chase faisait passer la peur au second plan, et plus elle le touchait, plus son monde s'emplissait de joie et de lumière. Elle batailla donc avec son T-shirt jusqu'à ce qu'il l'aide à l'enlever, et waouh... elle était à présent sur le dos avec un demi-hectare de torse dur et lisse au-dessus d'elle. Ses mains dessinèrent directement des cercles apaisants sur sa peau, incapable d'en avoir assez de lui. Comment était-il possible qu'ils ne soient pas allés aussi loin auparavant ?

Pas assez loin, hurla la partie de son corps qui était affamée. *Pas encore, non.*

Elle chercha de l'air entre les baisers et descendit les mains sur son torse, n'étant pas sûre de devoir rire ou se maudire de n'être pas allée jusque-là avec lui plus tôt. Elle n'avait eu que deux relations sexuelles dans sa vie, et aucune n'avait été à la hauteur de tout le battage qu'on en faisait. Quelle imbécile avait-elle été de penser que ce serait pareil avec Chase. Elle était déjà à mi-chemin de l'orgasme, et il ne l'avait même pas encore déshabillée. Ce devait être merveilleux de sentir ses mains dans des endroits plus intimes.

Le médaillon chauffa sur sa poitrine, et waouh. Si c'était un reflet de la chaleur de son corps, Chase devrait faire attention.

Il s'arrêta de l'embrasser et recula, l'examinant comme pour voir si elle était d'accord pour aller plus loin.

— Oui.

Elle leva les hanches jusqu'à ce qu'elles se frottent contre son entrejambe.

Donne-moi plus. Pitié.

C'était drôle de voir ce que la passion pouvait faire à l'esprit d'une fille, parce qu'elle aurait pu jurer que ses yeux noisette commençaient à briller.

Chase fondit sur elle, couvrant sa bouche jusqu'à ce qu'elle gémisse pour avoir plus. Il se pencha ensuite plus près, suçotant sa lèvre inférieure... lui chatouillant le menton... lui embrassant le cou. Quand il érafla sa peau douce de ses dents, elle se cambra, le suppliant silencieusement. Mais un instant plus tard, Chase recula dans un halètement, comme s'il avait soudainement pilé.

Son cou la picota, et une partie d'elle souhaita qu'il l'ait mordue. Juste un peu pincé. Ça aurait été marrant.

Pourtant, Chase paraissait bien décidé à éviter ça à tout prix. Au Alors il se cala contre elle et elle gronda, se délectant de la légère brûlure de son chaume. Si son contact était si agréable contre son cou, qu'est-ce que ce serait quand il descendrait un peu et...

— Oh! s'exclama-t-elle quand il bougea vers sa poitrine.

Il remonta la main au même moment, repoussant son T-shirt et son soutien-gorge. Quand ses lèvres touchèrent sa peau nue, elle gémit.

— Ça va? murmura-t-il, la bouche entrouverte.

Seigneur, oui, voulait-elle répondre. Elle noua ses doigts dans ses cheveux à la place, le maintenant près d'elle. Si elle allait bien? C'était l'euphémisme de l'année, en particulier une fois que ses lèvres douces se dirigèrent sur ses seins pour enfin les capturer. Elle se cambra sous lui, se tortillant et gémissant.

— Si bon...

Chase ne dit pas un mot, même si ses yeux brillaient, lui disant qu'il était tout aussi scotché par l'expérience qu'elle et qu'il lui tardait d'en avoir plus. En même temps, cette vulnérabilité timide de chiot était toujours là, la faisant fondre. Ce n'était pas un homme prêt à cocher un nouveau nom sur sa liste de conquêtes. Plutôt un homme-enfant. Calme et sensible, pourtant puissant et même sage. Regarder dans ses yeux était comme regarder dans les iris expressifs d'un chien espérant trouver un nouveau foyer.

Elle rit presque à cette comparaison. C'était plutôt elle le chien errant qu'on tirait du froid.

— Attends.

Elle l'aida à enlever son T-shirt et son soutien-gorge, puis se laissa retomber. Chase suivit, à jamais plus de deux centimètres de son corps.

— Si belle, murmura-t-il avant de s'atteler à son sein droit.

Des étoiles filèrent dans son esprit alors qu'il l'embrassait et suçait. Délicatement, puis plus fort, jusqu'à ce qu'elle soit sûre qu'elle allait exploser. Au début, elle resta immobile, une prisonnière volontaire de son toucher. Mais petit à petit, sans même en être consciente, elle fit plus qu'attendre son attention. Elle monta la chair délicate de son sein vers sa bouche. Une main erra plus bas, et elle se retrouva à empoigner le renflement dans son jean. Dès qu'elle s'en rendit compte, ses yeux s'ouvrirent en grand. Ceux de Chase, en revanche, se fermèrent presque. Il baissa les hanches pour se frotter contre la pression qu'elle appliquait. Et lorsqu'il cessa de l'embrasser, ce fut juste assez longtemps pour ouvrir le bouton de son jean.

Est-ce que ça va ? demandait son regard.

Sophie hocha rapidement la tête. Le fait que ce soit si bon lui faisait un peu peur. Ainsi que le fait qu'elle veuille si terriblement caresser chaque partie de sa chair dure et brûlante.

Ce qu'elle put faire pendant les quelques minutes suivantes. Elle y prit grand plaisir, en fait. Se sentant incroyablement coquine et tellement bien à la fois. Elle se souvint à peine comment elle parvint à enlever son propre short. Mais elle se retrouva nue, juste en sous-vêtements, enroulée autour de l'homme ses rêves.

La grange était calme... trop calme, étant donné que les chiens étaient en bas. Écoutaient-ils ? Elle décida que ça n'avait pas d'importance. Tout ce qui comptait, c'était que Chase éteigne l'incendie qui embrasait son être.

Oui, gémit-elle presque quand Chase glissa une main sur son ventre.

Il s'arrêta à l'élastique de sa culotte, et elle gémit encore. *Oui. Pitié. Plus.*

Elle était presque sûre de n'avoir rien dit à voix haute, pourtant Chase était tellement en phase avec elle qu'il continua à bouger après la plus brève des hésitations, emportant sa culotte. La descendant sous ses genoux et finalement ses chevilles. Quand elle donna un coup de pied pour l'envoyer voler, il posa une main sur l'intérieur de sa cuisse et remonta lentement, lui laissant tout le temps de haleter ou de protester.

Au final, ce fut elle qui écarta les jambes, lui offrant de l'espace, le suppliant silencieusement de lui donner plus. Elle ne l'implora pas longtemps cependant, parce que dès que Chase sentit son accord implicite, il se dépêcha de la satisfaire.

Elle haleta ; pas de surprise, mais de pur plaisir. Et quand Chase inclina la tête, roulant ses lèvres autour de son téton tout en explorant son point le plus intime, elle se cambra sur le lit.

— Oui...

Chase traîna le plat de sa main entre ses jambes, la cimentant sur place. Il plongea ensuite un doigt en elle, allant plus loin et dessinant des cercles.

Oui ! voulait-elle crier. *Oui, oui, oui !* Pas juste à cette sensation particulière... elle parlait de tout. Parfois, il fallait vraiment chercher pour trouver de la beauté dans la vie. Mais d'autres fois, quand son cœur s'emplissait jusqu'à exploser et que sa tension artérielle s'emballait, le monde semblait s'imprégner de bonté et d'amour.

L'amour. Elle parvint à peine à ravaler le mot. C'était certainement trop tôt pour penser si loin ?

Ce n'est pas trop tôt, disait une petite voix. *Tu as assez attendu.*

Et tout aussi facilement, son besoin remonta d'un cran, et elle se remit à caresser la hampe de Chase. Rivant son regard à celui de son amant jusqu'à ce que leurs mouvements soient à l'unisson. Il poussait pendant qu'elle tirait, et ils commencèrent tous deux à se balancer comme s'ils étaient déjà unis dans la danse la plus primaire du monde.

— Chase, haleta-t-elle, levant sa tête de l'oreiller.

Quand il leva les yeux, le regard qu'il portait sur elle manqua de la renverser. Le besoin. L'intensité animale.

Oui ? dirent ses sourcils arqués.

Elle désigna la table de chevet.

— Préservatif. S'il te plaît. J'ai besoin de toi en moi.

Ses yeux papillonnèrent et quand il tendit le bras avec hésitation vers la table de nuit, elle eut le doute profond qu'il pourrait ne pas en avoir. Cependant son visage s'illumina ensuite et il sortit toute une série de préservatifs. Avait-il oublié qu'il en avait ?

Sophie s'en fichait. Elle était une chatte en chaleur, et bon sang, elle avait besoin de lui.

Elle l'aida à en sortir un de l'emballage, et même à le dérouler sur son sexe dressé, à son grand choc. Elle n'avait jamais pris autant les devants auparavant.

Auparavant, ce n'était pas avec Chase, fit remarquer son subconscient.

Et, bon sang, c'était la vérité. Aucun autre homme n'avait jamais rivé sur elle un regard aussi intense et affamé. Un regard qui promettait de la faire hurler de plaisir et de la vénérer à la fois. Aucun ne s'était jamais mis si délibérément en position au-dessus d'elle ni ne l'avait contemplée comme si elle était son seul intérêt.

— Oui, souffla-t-elle, refermant ses jambes autour de sa taille.

— Sophie, murmura-t-il, tremblant presque de besoin.

Elle hocha brièvement la tête, espérant qu'il percevait à quel point elle se sentait bien, qu'elle était prête. Ça dut être le cas, parce qu'un instant plus tard, il recula avec précaution avant de s'enfoncer profondément.

Empoignant ses épaules, elle poussa un cri.

Les lèvres de Chase se retroussèrent et il ferma les yeux. Sentait-il la même brûlure délicieuse et douloureuse qu'elle ? Son pouls s'emballait-il autant que le sien ?

Sa pomme d'Adam s'agita et il rééquilibra son poids, puis répéta le mouvement. Plus vite. Plus fort. Plus avide. Lentement, il ressortit, avant de la marteler à nouveau.

— Oui, gémit-elle.

Elle n'avait pas besoin de douceur. Elle voulait que ce soir chaud et dur.

Oui, elle. La bonne fille. La fille calme. Celle qui gardait tout à l'intérieur. Elle avait aussi ses besoins, et ils avaient été réprimés depuis trop longtemps.

— Oui, dit-elle, plus exigeante que jamais.

Chase remonta sa jambe droite plus haut contre son corps et s'enfonça à nouveau. Elle hurla, parce que l'angle intensifia le plaisir exquis. Son pouls tambourinait dans ses oreilles, et quelque chose brilla sur sa poitrine... sa sueur, mélangée à l'éclat de celle de Chase.

Il prit ses mains et les releva au-dessus de sa tête. Elle fut ancrée sur place, une sacrée bonne chose, parce qu'elle commençait à remonter sur le matelas à chacune de ses poussées.

Sophie ouvrit et ferma les yeux, prise entre deux mondes. De prime abord, le sexe était brut et primaire. Presque sale. Mais tout ce qu'elle sentait, c'était de la magie. Ça, et un désir presque insatiable. Elle pleura presque, parce qu'aussi haut que pouvaient l'emmener les coups de boutoir de Chase, son corps demandait toujours plus. Un plaisir ultime et indescriptible était à portée, et pourtant si loin.

— Bientôt, murmura Chase dans une voix rauque. Bientôt, mon amour.

Elle expira, s'obligeant à se détendre. Bouger avec lui et laisser le plaisir monter naturellement au lieu de la forcer. Plusieurs secondes avaient dû passer avant qu'elle ne saisisse ses paroles. « Mon amour » ?

Une vague chaude envahit son corps et Chase lui sourit. Un sourire comme un rayon de lumière, lui assurant que c'était exactement le bon mot. Soudain il devint tout sérieux à nouveau et recula.

— Hé, protesta-t-elle.

Il secoua la tête, l'implorant de comprendre.

— Comme ça. D'accord ?

Elle écarquilla les yeux alors qu'il bougeait ses jambes sur ses épaules jusqu'à être fermement accrochée à lui. Oh, Seigneur. Allait-il... ?

— Oh...

Elle rallongea le son sur plusieurs syllabes quand il revint puissamment en elle. L'angle était juste parfait, et son besoin atteignit un nouveau sommet. Toute la chaleur dans son corps recula comme une vague prête à se briser sur les récifs.

Chase la maintint fermement, et elle alla à sa rencontre avec une pression interne qui les fit tous deux haleter. Leurs mouvements à chacun prirent un rythme régulier qui aurait fait tanguer n'importe quel lit classique. C'était une bonne chose que le matelas soit sur le sol, et pas juste pour cette raison. Elle se sentait déjà monter, étendue dans ce loft aéré, sans parler de la sensation d'un orgasme intense qui augmentait en elle.

Elle serra les poings sur les draps alors que la chaleur entre leurs corps redoublait.

Oui... Oui... commença-t-elle à psalmodier, possiblement à voix haute, ou juste dans sa tête.

Chase cogna plus vite, plongea plus loin, jusqu'à...

Elle hurla, puis frémit, et un millier d'étoiles filantes explosant dans son esprit.

— Oui !

Le barrage en elle s'écroula, le désir laissant place à un plaisir plus grand que tout ce qu'elle avait ressenti auparavant. Une montée de chaleur. Une explosion d'énergie. Une sensation de flottement au-dessus de la Terre.

Les mains de Chase se raffermirent jusqu'à ce qu'il se raidisse, jouissant une seconde après elle. Ils restèrent parfaitement immobiles, formant une statue vivante et respirante de deux amants au sommet de leur plaisir. Sophie s'observa, préservant cette vision érotique dans son esprit. Elle assimila son corps enroulé autour de Chase. La ligne de muscles descendant au centre de l'abdomen de Chase, jusqu'à l'endroit où ils étaient liés.

Elle se mordilla la lèvre. Il était en elle. Elle pouvait sentir la chaleur palpitante, l'énergie qui pulsait. Et au-delà, elle ressentait une connexion spirituelle qui était totalement unique.

Oui, chuchota une voix profonde. *Vous êtes connectés. Il est tien, et tu es sienne.*

Elle s'enfonça dans le matelas, trop défaite pour se demander ce que cette voix aurait pu être. Le destin, ou tout un tas d'hormones qui pourraient lui faire penser ça de quelqu'un ?

Pas juste quelqu'un, décida-t-elle, rejetant immédiatement l'idée. *Juste Chase.*

Soudain elle se rendit compte que ses jambes étaient encore sur ses épaules, et le bonheur total de l'orgasme laissa place à la gêne. Oh, Seigneur. Elle avait l'air d'un personnage sur ces vases grecs cochons que les musées ne montraient pas au grand public.

Pendant un moment, ses insécurités menacèrent de se faufiler en elle à nouveau, cependant quand Chase frotta son menton contre l'intérieur de sa jambe avec un air de ravissement total, ses doutes disparurent. Elle se sentait tellement bien, bon sang. Mieux que jamais. Pourquoi devrait-elle être gênée ?

Elle gloussa, faisant lever les yeux à Chase qui affichait cette expression qu'elle aimait.

« Tu es si amusante » semblaient dire ses yeux. « Je ne te comprends peut-être pas, mais j'aime tout chez toi. »

— Quoi ? demanda-t-il d'un ton grave et profond.

Un son pur de satisfaction de mâle.

— Ça chatouille, rit-elle. Mais j'aime ça.

Un sourire s'étendit sur son visage, petit à petit, comme l'aube, et tout aussi vif et mystérieux.

— J'aime aussi.

Il frotta encore un peu, puis la libéra lentement jusqu'à ce qu'ils soient couchés côte à côte. Le ventilateur du plafond tournait silencieusement au-dessus d'eux, rafraîchissant sa peau. Dehors, les criquets chantaient et les arbres se balançaient sous la brise marine. Chase roula loin d'elle, se débarrassant du préservatif, avant de l'attirer dans une étreinte ferme. Face à face, poitrine contre poitrine, avec le médaillon pressé entre eux.

— C'est si bon, ne put-elle s'empêcher de soupirer. Mais il y a juste une chose.

Il se raidit comme s'il était inquiet de ne pas avoir satisfait chacun de ses besoins.

— Quoi ?

Elle lui caressa la joue.

— Pourquoi n'a-t-on pas fait ça plus tôt ?

Au début, son expression était neutre, puis ils éclatèrent tous deux de rire en même temps.

— C'est drôle, murmura Chase en la serrant fermement. Je pensais la même chose.

Chapitre 12

Chase enroula ses bras autour de Sophie et la tint près de lui. Vraiment près, comme on le ferait avec un rêve qu'on ne voudrait pas laisser s'échapper. Il y avait tellement de choses qu'il souhaitait lui dire... et tellement qu'il espérait l'entendre dire. Et en même temps, il se délectait de ce doux silence. Il avait sa compagne. De quoi d'autre avait-il besoin ?

Pourtant, il était parfaitement conscient que tôt ou tard, ces mots devraient sortir. Sophie avait raison sur le fait qu'ils avaient attendu trop longtemps pour coucher ensemble. Avait-il attendu trop longtemps pour lui parler de son loup aussi ?

— Sophie, murmura-t-il, rassemblant son courage pour enfin cracher le morceau.

Elle lui lança un sourire paresseux et doux, celui d'une personne qui ne s'était jamais sentie aussi satisfaite.

— Oui ?

Seigneur, qu'il l'aimait. Devrait-il commencer avec ça ?

Il embrassa son épaule, puis sa clavicule, et finalement la partie supérieure de sa poitrine. En partie pour gagner du temps, et en partie parce qu'il le pouvait enfin. Toutes ces courbes sublimes, toute cette chair lisse à découvert qu'il pouvait explorer...

Son médaillon était calé entre ses seins, et ses yeux brillaient quand elle baissait les yeux. Il posa le menton sur sa poitrine et leva les siens vers elle. C'était une toute nouvelle perspective à laquelle il pourrait s'habituer. Ses boucles longues et sombres étaient étalées sur l'oreiller, tourbillonnant d'un côté et de l'autre, et il enroula un doigt autour d'un.

— J'ai toujours voulu faire ça, avoua-t-il.

Sophie se mordilla la lèvre.

— Moi aussi. Je veux dire, que tu fasses ça.

Doucement, il passa les doigts dans une longue mèche de cheveux jusqu'à ce qu'elle soit étalée sur sa poitrine au lieu des draps. Ce qui n'était pas la meilleure façon quand on voulait révéler la vérité, parce que cela força son regard à se poser sur son corps, le distrayant à nouveau.

Discussions, plus tard. Amour, maintenant, marmonna son loup dans son sommeil postcoïtal.

Et aussi facilement que ça, il rejoua la scène dans son esprit. L'extase. L'intensité… tellement qu'il avait même imaginé une force mystique les alimentant tous les deux. Le sommet bouleversant et l'après-coup incroyable.

Encore, supplia son loup. *Recommençons.*

Aussi tentant que ce soit, il chassa cette pensée. Il devait parler à Sophie. Le soleil s'était couché depuis longtemps, et la lune montait dehors… un paysage approprié pour ce qu'il avait à lui annoncer. Mais Sophie commença à parler avant lui et il ne supportait pas de l'interrompre.

— J'ai l'impression de te connaître depuis toujours, murmura-t-elle en touchant sa joue.

C'est le destin, voulait-il répondre.

— Comme si je me réservais pour toi, même à l'époque où je vivais dans le Maine et le Vermont…

— Le Vermont ?

Elle hocha la tête.

— Des amis d'amis avaient une ferme là-bas, et ils m'ont offert un boulot.

Son sourire s'agrandit.

— Ils avaient un peu de tout. Des légumes, des fleurs, même des alpagas.

Il rit.

— Des alpagas ?

Elle hocha la tête.

— J'adorais vivre là-bas. J'avais une serre juste pour moi.

Ses yeux dérivèrent vers la fenêtre et elle rit franchement.

— C'était un peu l'opposé de Maui. Pas vraiment besoin de serres ici, pas vrai ?

Il pouffa. Oui, c'était différent aussi de l'endroit où il avait grandi. Il renifla profondément, se demandant ce que le destin lui réservait. Une gentille vie calme à Maui avec Sophie, ou celle d'un loup vagabond dans la nature ?

Il tint ses mains fermement, comme si le destin pouvait se faufiler et lui voler Sophie.

— Si tu pouvais faire tout ce que tu voulais, qu'est-ce que ce serait ? chuchota-t-il.

Sophie sourit timidement.

— Honnêtement, j'aime ma vie d'aujourd'hui. J'aime travailler au smoothie truck, et j'aime Maui. J'aime...

Sa voix se tut et pendant une seconde, Chase pensa qu'elle allait parler de lui. Qu'elle l'aimait lui. Mais au lieu de ça, elle se dépêcha d'ajouter :

— J'aime te voir. J'aime pouvoir te voir tous les jours.

— J'aime ça aussi.

Il tint leurs mains près de son cou.

Pendant les quelques secondes suivantes, ils restèrent ainsi, se dévisageant.

Je t'aime, s'entraîna-t-il à dire dans son esprit. « Je t'aime ». Pourquoi était-ce si difficile à dire ?

Peut-être parce que le terme était galvaudé. Il avait entendu des humains le répéter des milliers de fois, et ils n'avaient pas toujours été sincères. Pourtant, il le pensait. « Je t'aime, Sophie. Plus que je ne peux le dire. »

Mais tout ce qui sortit, ce fut :

— C'est tout ce que tu veux ?

Sophie éclata de rire et fit semblant de lui claquer le bras.

— Il se trouve que c'est suffisant, monsieur. Eh bien, d'accord, avoua-t-elle. Ça ne me dérangerait pas d'avoir un jardin potager.

Chase sourit et caressa sa joue du pouce. Certaines femmes rêvaient de diamants et de célébrité. Sophie voulait un jardin.

Je lui en creuserai un, déclara son loup. *Le meilleur jardin du monde. Juste là.*

— N'oublie pas les livres, ajouta-t-il.

Les yeux de Sophie dérivèrent vers les étagères, et Chase se demanda si elle s'imaginait vivre ici. Ou peut-être prenait-il ses désirs pour des réalités.

Sophie hocha la tête.

— Beaucoup et beaucoup de livres, et de temps pour les lire.

Elle se tortilla ensuite un peu dans ses bras et le regarda dans ses yeux.

— Et toi ? Si tu pouvais faire tout ce que tu voulais, qu'est-ce que ce serait ?

Devenir ton compagnon, répondit immédiatement son loup.

— Je suppose que je me trouverais un job à Lahaina et que je m'achèterais un smoothie tous les jours.

Son sourire s'étira.

— Tu aimes les smoothies, hein ?

Il secoua la tête.

— Non. Je veux dire, oui. Mais surtout, je t'aime bien.

Il secoua ensuite la tête.

— Même plus que bien, Sophie.

Sa bouche devint sèche, cependant il continua quand même. Si ce n'était pas maintenant, alors quand ?

— Sophie, je t'ai…

Elle pressa un doigt sur ses lèvres et ferma les yeux.

— J'ai envie de t'entendre dire ça, murmura-t-elle, ayant l'air plus mélancolique que jamais. Plus que tout. Mais je crois…

Elle ne termina pas sa phrase, se racla la gorge, et recommença.

— Je crois que je dois te raconter mon histoire d'abord. Juste au cas où.

Il détestait le doute dans sa voix. Rien au monde ne chasserait son amour pour elle. Ne le savait-elle pas ?

D'un autre côté, il ne la comprenait que trop bien. Il avait besoin de lui parler de son côté métamorphe. Donc il prit une profonde inspiration et ouvrit la bouche afin d'insister pour tout raconter en premier. Mais un petit coup retentit en bas et les chiens se mirent à aboyer comme des fous. Darcy se jeta contre la porte et Sophie se redressa, serrant les draps contre sa poitrine.

— Coco ! Darcy ! Boris ! Du calme ! lança-t-elle.

Chase soupira. Ce n'était pas la faute des chiens. C'était celle de Connor pour être passé. Que pouvait bien vouloir son frère à un moment pareil ?

Sortir du lit n'avait jamais été une telle torture, parce que Sophie était là, et il ne souhaitait pas partir. Il se leva néanmoins avec réticence et enfila son pantalon.

— Je reviens tout de suite.

Sophie hocha la tête, ayant l'air aussi triste qu'il l'était. C'était une bonne chose que le matelas soit si proche de la limite de la mezzanine, et que les escaliers soient si escarpés. Le seul moyen de descendre était de face, comme pour une échelle. Quand il arriva sur la troisième marche, il s'arrêta pour l'embrasser.

— Sympa, murmura-t-elle.

Il sourit.

— Vraiment sympa. Je reviens de suite, d'accord ?

Elle hocha la tête et il descendit, faisant attention où il mettait les pieds. Les chiens étaient rassemblés au bas des marches, aboyant pour l'alerter de l'arrivée d'un intrus à la porte, comme s'il n'avait pas remarqué.

— Bon chien.

Il se pencha pour caresser le premier qui se présenterait sous sa main.

C'était dingue de voir à quel point ils étaient excités, comme s'ils avaient déjà accepté ce lieu comme leur foyer et devaient le défendre à tout prix. Et c'était tout aussi dingue que ça lui paraisse normal... d'avoir Sophie dans son lit et ses chiens chez elle. Comme s'ils étaient déjà une grande famille heureuse qui vivait ensemble depuis des années.

Captant cette pensée avant que son loup ne s'enfuie avec, il marcha jusqu'à la porte.

— Ça suffit, ordonna-t-il. Calmez-vous.

Ils obéirent, même Darcy, même s'il eut besoin d'un regard insistant supplémentaire. Chase ouvrit ensuite la porte pour accueillir Connor.

— Euh, salut.

Son frère se tenait à un mètre du seuil. Oui, il savait que son timing était horrible.

Chase sortit avec une grimace et ferma la porte dès que les chiens se faufilèrent dehors. Ils foncèrent tous et reniflèrent les pieds de Connor.

Ce dernier jura, reculant.

— Tu t'attelles à monter ta propre meute ?

Il se renfrogna ensuite en regardant Darcy, qui se tenait devant la porte en grognant.

Arrête ça ou je te transforme en hot-dog.

Darcy l'observa, inquiet.

Chase fit un signe de tête au petit rageux.

Dragon métamorphe. Fais attention.

Le pauvre chien eut l'air un peu bouleversé, mais il tint bon, faisant savoir au monde qu'il défendrait sa maîtresse jusqu'à la mort.

— Un petit dur à cuire, hein ? lança Connor en souriant.

Son expression joyeusedisparut dès qu'il prit un air sérieux, cependant.

— Écoute, désolé de te déranger.

Chase ne s'embêta pas à cacher son agacement. Connor avait beau l'aider et être le chef de leur meute, c'était la maison de Chase, et sa compagne se trouvait à l'intérieur. Ses cheveux ébouriffés et son torse nu étaient un indice clair sur ce que Sophie et lui avaient été en train de faire, cependant il ignora le regard entendu de Connor.

— Qu'est-ce qu'il y a ?

— Juste un avertissement.

Connor regarda par la fenêtre ouverte, puis entraîna Chase assez loin pour que le bruit distant des vagues couvre leurs voix.

— Nous venons d'apprendre que Moira est passée à l'action.

Le vent fouetta les jambes de Chase, lui donnant froid dans le dos. Moira, la dragonne sans pitié avec une vendetta contre les métamorphes de Koa Point ?

— Qu'est-ce qu'elle prépare ?

Connor passa une main dans ses cheveux.

— Tout ce qu'on sait, c'est que plusieurs de ses mercenaires ont réservé un vol pour Oahu.

Chase regarda vers la grange, et même s'il ne pouvait pas voir Sophie, il pouvait sentir sa présence, et son corps était pressé de retourner auprès d'elle.

Tiens-la dans tes bras, gronda son loup. *Protège-la et ne la quitte pas. Jamais.*

Chase soupira. Si seulement le monde pouvait être cet endroit ensoleillé en lequel Sophie essayait tant de croire.

— Est-ce en rapport avec le tueur de dragons dont on entend parler régulièrement ? demanda-t-il.

Connor se renfrogna profondément, ayant l'air d'avoir pris dix ans de plus.

— Peut-être, peut-être pas. Ou alors un autre métamorphe. On espère que c'est une fausse alerte, mais...

Chase grimaça. L'espoir avait ses limites. Le reste n'était que du travail sur le terrain. Mais, bon sang. Il regarda son frère, résigné.

— Qu'as-tu besoin que je fasse ?

Connor le claqua à l'épaule pour le féliciter.

— Pour l'instant, rien. Jenna et moi allons voler à Oahu pour garder un œil sur les hommes de Moira. Pendant ce temps, les autres continueront à suivre nos pistes. Tu as la nuit pour toi, au moins.

Les yeux de Connor errèrent vers la maison.

— Mais, je préfère de te prévenir... tu dois être prêt à bouger au matin si on a besoin de toi.

Chase hocha amèrement la tête. Ils avaient quitté l'armée, cependant certaines choses ne changeaient jamais, en particulier dans le monde sombre et dangereux des métamorphes.

Connor l'examina de près puis se pencha pour murmurer :

— Une dernière chose.

Chase plissa les yeux, attendant la bombe que son frère était sur le point de larguer.

— Au sujet de Sophie... Je sais que tu ne voulais pas qu'on enquête sur elle, cependant on vient de recevoir ça de la police. Son nom de famille n'est pas Wilkins. C'est Brenner. Tu le savais ?

Le loup intérieur de Chase gronda.

On s'en fiche de son nom. C'est notre compagne.

Il secoua la tête, refusant de mordre à l'hameçon.

— Et donc ? Peut-être qu'elle tient à son intimité. Ou qu'elle est en cavale.

— Peut-être qu'elle se cache, ajouta Connor avec un regard dur.

— Quoi ? Comme Jenna quand elle est venue ici ?

Les joues de Chase rougirent.

Connor leva les mains.

— Écoute, je ne la juge pas. Mais c'est quelque chose dont tu dois être conscient.

Oh, Chase était conscient de beaucoup de choses... comme le fait qu'il était tenté de cogner son frère. De quel droit creusait-il dans les affaires de Sophie ?

— Tout ce que je dis, c'est que certaines choses ne semblent pas ce qu'elles sont. Peut-être que vous devriez parler tous les deux, continua Connor.

Chase serra les dents. Il avait été sur le point de faire ça quand il était arrivé. Fichu Connor.

Il se ressaisit soudain. Son frère essayait seulement d'aider.

— Et la balle que l'on a sortie du mur du camion ?

— On dirait qu'elle a été tirée d'un Steyr AUG, mais on ne sait rien de plus.

Chase se renfrogna.

Les Steyr étaient connus pour être des fusils de sniper... et quelqu'un s'en était servi pour viser Sophie ?

— Qu'as-tu trouvé au sujet de ce type, David ? demanda-t-il.

— On travaille là-dessus, répondit Connor. Ils ont vraiment grandi au même endroit, et ils ont vraiment continué leur route chacun de leur côté. On essaie encore de découvrir ce qu'il a fait ces derniers temps. Mais, Chase... Laisse-moi te prévenir. Sophie a une famille sacrément barge.

Chase grimaça.

— Quoi ? Comme la nôtre ?

Connor rit franchement et lui claqua l'épaule.

— Tu n'as pas tort, petit frère.

Il désigna ensuite la maison d'un coup de menton.

— Écoute, je ne vais pas te retenir. Tu as toute la nuit devant toi. Mais au matin...

Il baissa la voix d'avertissement.

Chase prit une lourde respiration. Le devoir l'appelait... encore. Eh bien, il y répondrait, comme toujours. Entre temps, il avait du temps à allouer à sa compagne.

Il hocha lentement la tête.

— Dis aux autres de me joindre dès qu'ils ont quelque chose. *Mais pas une seconde plus tôt,* grogna son loup.

Connor resta immobile, ayant dit tout ce qu'il avait à dire, sans pour autant être prêt à partir. Chase ne l'était pas non plus. Il avait beau avoir envie de retourner auprès de Sophie, il devait penser à son frère. Dans le pire des cas, Connor et Jenna pouvaient voler vers une guerre totale entre dragons.

Chase remua sur place avant de finalement reprendre la parole.

— Prends soin de toi, mec. Fais attention à toi.

Cela lui rappelait l'armée aussi. Les petits au revoir. Les craintes immenses et implicites. Le nombre de fois que « Ce n'est probablement rien » était devenu de célèbres dernières paroles.

Connor afficha un sourire suffisant.

— C'est censé être ma réplique.

C'était aussi comme à l'armée. La fanfaronnade. « T'inquiète, tout ira bien ».

Chase commença à refermer la main sur le bras de son frère, avant que ça ne devienne une étreinte. Une rapide, juste au cas où. Les bras puissants de Connor le pressèrent aussi fermement qu'un boa puis le relâchèrent.

— Berk. Tu sens le sexe.

Connor le chassa vers la grange avec un large sourire.

— Retourne auprès de ta compagne, là où est ta place.

Chase ne pouvait s'empêcher de sourire. Sa compagne. Seigneur, qu'il aimait entendre ça.

Connor marcha d'un pas lourd sur le sentier, cependant Chase le rappela depuis la porte d'entrée.

— Hé !

Son frère se tourna avec un regard plein d'espoir.

— Dis aux gars… et aux filles que je les remercie. Pour tout.

Connor sourit.

— Les coussins décoratifs n'étaient pas mon idée.

Puis, il ajouta mentalement :

Mais les capotes…

Chase se racla la gorge et se dépêcha de ramener les chiens dans la maison. Certains jours, ses frères le rendaient dingue. D'autres, il aurait pu les embrasser. La plupart du temps, c'était un mélange des deux.

Il sourit. Une famille de fous.

La pensée chassa son sourire, le remplaçant par un froncement. Qu'avait dit Connor au sujet de Sophie ?

Un nuage glissa devant la lune… un parmi d'autres, remarqua-t-il. Le signe d'un changement dans l'air. Il entra, les sourcils froncés de consternation. Sophie était descendue, l'attendant, et il ne put s'empêcher de rayonner à nouveau.

— Est-ce que tout va bien ? demanda-t-elle, inquiète.

Plus que bien, répondit son loup. Sophie portait le T-shirt qu'il avait jeté un peu plus tôt… et pas grand-chose d'autre. Il inspira profondément, adorant que leurs odeurs se mélangent.

Il s'avança pour un câlin. Un sacré câlin, en fait, parce que la timidité entre eux était partie. Enfin, en grande partie. Sophie rougit, comme toujours, et son visage s'échauffait aussi. Maintenant, il savait pourquoi ses frères et Dell avaient toujours l'air si abrutis en présence de leurs compagnes. Ils étaient absolument, totalement, désespérément amoureux. Tout comme lui.

— Je vais peut-être avoir besoin de vérifier certaines choses demain matin.

Il posa sa joue contre ses cheveux soyeux.

— Mais pour ce soir, on est tranquilles.

— Pas de signe du tireur ?

Sa voix vacillait et sa prise sur ses épaules se raffermit.

— Ils suivent de nouvelles pistes, mais ça ne donne rien pour l'instant.

Chase laissa passer quelques secondes, se demandant s'ils devaient avoir cette conversation maintenant. Mais il était trop nerveux après les avertissements de Connor, et son loup faisait les cent pas.

— Tu veux manger un bout ?

Il parlait de la corbeille de nourriture, néanmoins son animal répondit d'un ton concupiscent.

Oui. Une morsure d'union.

— Bien sûr, acquiesça Sophie, semblant ravie d'une distraction.

Ensemble, ils choisirent parmi les propositions, c'est-à-dire un pain élaboré, du fromage et du jambon, avant de manger sur le comptoir de la cuisine. Les chiens étaient couchés en ordre, prouvant à quel point ils étaient bien élevés dans l'espoir de récupérer des morceaux. Chase était déchiré entre le besoin d'alpha dur à cuire de les repousser et celui de montrer un peu de cœur. Ces cabots avaient été les seuls réconforts de Sophie avant qu'il n'arrive, et ils lui avaient sauvé la vie. Il leur en serait éternellement redevable.

Il lança un petit bout de saucisse à Darcy.

Pour t'être bien occupé de ma compagne.

Tu veux dire, ma gentille dame, souffla le petit chien.

Chase laissa couler. Il y avait assez de conflits dans le monde. Pas besoin d'en ajouter un de plus.

— Oh, regarde.

Sophie sortit une boîte de la corbeille.

— Des fraises. Miam.

Chase sourit. À l'armée, les gars essayaient de s'aider à oublier les dangers du monde extérieur, cependant c'était difficile. Sophie pouvait lui vider agréablement l'esprit avec quelques mots.

Elle tendit une fraise et il la mangea dans sa main. Tant pis pour l'alpha dur à cuire.

— C'est bon, hein ? s'amusa-t-elle.

Il ferma les yeux, dissimulant son expression. Oh, c'était bon, oui. Pas juste pour la saveur du fruit rouge, mais aussi parce qu'il se rappelait qu'il avait pu balayer ses lèvres sur son corps un peu plus tôt. Sa bouche... son cou... ses seins...

Il se décala pour donner plus d'espace à son sexe qui durcissait.

— Tu en veux d'autres ? demanda-t-elle.

Il risqua un regard dans sa direction. Était-ce de la malice dans sa voix ?

Ses yeux étaient joyeux et ses joues rouge vif. Oh, elle le taquinait, oui.

— Bien sûr.

Sa voix était plus rauque que jamais, comme quand il reprenait forme humaine après une transformation.

Sophie lui tendit une autre fraise et tint la queue pendant qu'il mordait.

Elle me chauffe clairement, dit son loup en léchant ses lèvres.

Il laissa son regard rivé sur celui de Sophie tout le long, essayant de chasser la lueur de luxure de ses yeux. Une bataille perdue d'avance, parce que, bon sang. Il était dur comme la pierre et son pouls s'emballait. Il ne mit pas longtemps pour bloquer Sophie contre le comptoir de la cuisine, ses lèvres contre son oreille.

— Tu veux plus d'espace ? murmura-t-il, désespéré qu'elle dise non.

Elle glissa ses mains sur ses fesses.

— J'en veux moins.

Un élan d'excitation traversa ses veines.

— Et ça ?

Il la hissa sur le comptoir et entra dans le V entre ses genoux.

— Parfait, souffla-t-elle.

Ses doigts s'étalèrent sur son ventre et son pouce joua avec son nombril.

Il mordilla sa lèvre puis se pencha derrière Sophie pour tout repousser. La corbeille de nourriture, le grille-pain, tout. La salière et la poivrière se renversèrent à l'autre bout du bar, faisant s'éparpiller les chiens.

— Chase ! le réprimanda-t-elle, avec néanmoins une lueur dans les yeux.

— Sophie, gronda-t-il, couvrant sa bouche de la sienne.

Ce baiser était plus chaud et plus affamé que jamais, et il se nicha contre elle, la laissant ressentir son érection.

— Et ça? demanda-t-il en faisant traîner ses lèvres le long de son cou.

Un petit gémissement lui échappa et elle bascula la tête en arrière.

— Encore mieux.

Il aurait bien gloussé, mais il était trop occupé. Tous ces cheveux, cette peau lisse. Par où commencer?

Son loup poussa un petit souffle.

N'est-ce pas évident?

Il bougea lentement, remontant ses mains sur ses hanches un délicieux centimètre à la fois, roulant l'ourlet du T-shirt qui la couvrait à peine.

La pièce était silencieuse, les chiens ayant battu en retraite de l'autre côté de la grange. Sophie écarta encore plus les jambes, l'invitant.

— J'ai une nouvelle réponse, murmura-t-elle en inclinant la tête.

Il leva les yeux.

— À quoi?

Elle haleta alors que son pouce la toucha entre les jambes. Elle déglutit ensuite quelques fois et parla d'une voix tremblante.

— Si je pouvais faire quoi que ce soit, je ferais ça. Exactement ça.

Elle noua ses doigts dans ses cheveux et se balança contre sa main.

Chase érafla ses dents contre son cou puis prit une profonde inspiration. Tant d'options. Tant de récompenses. Mais s'il allait trop vite, Sophie se déroberait.

— Plus, protesta-t-elle quand il s'arrêta.

Son loup le provoqua.

Elle aimera. Je te jure qu'elle aimera.

Et, idiot qu'il était, Chase écouta. Il remonta son T-shirt un peu plus haut et recula du comptoir sans détacher ses lèvres de son corps. Il se baissa encore et encore, empoignant ses cuisses, priant pour qu'elle ne l'arrête pas.

— C'est sympa, murmura-t-elle.

Quand il embrassa le haut de sa cuisse, Sophie guida sa tête vers son centre. Elle se pencha en arrière pour lui offrir plus d'espace, retenant son souffle.

Il arriva doucement vers son entrejambe, cependant dès que sa langue assimila son parfum sucré...

— Oh, oui... gémit-elle, le maintenant près de lui.

Il lécha durement et profondément, comme le loup sauvage qu'il était.

Il retint sa chair délicate entre ses pouces, déterminé à la faire jouir aussi fort et vite que possible. Et pendant tout ce temps, Sophie geignit sous sa langue.

Oui, gronda son loup. *Fais jouir notre compagne...*

Un instant plus tard, Sophie poussa un cri. Chaque muscle de son corps se contracta, et il la soutint, continuant à la laper.

— Si bon... gémit-elle, se ramollissant dans ses bras.

Il la tenait, et au début, ce fut comme porter une poupée de chiffon. Puis, petit à petit, Sophie se redressa et ses yeux se concentrèrent. Il ne l'avait jamais vue si calme. Aimante. Sereine.

Soudain, ses joues prirent des couleurs et ses yeux brillèrent plus vivement.

— C'était bon pour moi. Mais pauvre de toi, roucoula-t-elle, glissant un doigt séducteur sur son membre.

— Oui, pauvre de moi, gronda Chase. Les préservatifs sont tous là-haut.

Il s'affaissa sur son épaule alors que son sexe se languissait.

Sophie se racla délicatement la gorge.

— La majorité, oui. Mais si tu regardes mieux...

Il leva les yeux alors qu'elle tapotait la poche de poitrine de son T-shirt. Cette femme était un génie.

Elle guida sa main sur ses seins jusqu'à ce que cette douceur réchauffe sa paume. Et au milieu... et il tendit les doigts et en sortit un emballage d'aluminium.

— Une bonne chose que l'un d'entre nous ait réfléchi, dit Sophie en papillonnant des yeux.

Il déchira le paquet pour l'ouvrir et s'arrêta, lui tendant. Elle ne le prit pas, cependant elle garda les mains sur les siennes quand il l'enfila.

— Et à quoi pensais-tu exactement ? demanda-t-il, respirant à peine.

Elle passa le T-shirt par-dessus sa tête, lentement, pour laisser ses yeux se régaler. Elle enroula ensuite ses jambes autour de sa taille et ses bras autour de ses épaules, le rapprochant. Ses tétons frôlèrent son torse et ses cheveux soyeux chatouillèrent sa clavicule. Comme si ce n'était pas suffisant, elle caressa ses oreilles, rendant fou son loup intérieur.

— Je pensais que tu méritais de t'amuser aussi, chuchota-t-elle.

Chase serra plusieurs fois les dents. S'amuser n'était pas vraiment le terme, pas avec toutes les émotions qui montaient dans sa poitrine, pas avec le besoin physique pur sous lequel son corps tremblait. Mais les mots n'étaient pas son truc. Les faits, oui.

Il la rapprocha, crispant la mâchoire alors qu'elle accueillait son membre tendu. Lentement, il prolongea cette glorieuse brûlure.

Elle haleta dans son oreille.

— Plus loin.

Ses mots étaient plus un ordre que des paroles coquines, et il poussa plus loin, réprimant un grognement. Elle glissait tellement, était si serrée autour de lui. Étroite à mesure qu'elle cédait. Il recula puis entra à nouveau, la faisant crier.

— Oh !

Ses yeux se plissèrent, cependant il les garda verrouillés sur elle, observant son expression qui changeait. Concentrée au début, et ensuite plus euphorique. Il ne fallut pas longtemps pour qu'ils halètent tous les deux, s'empoignent, gémissent...

Sophie ! voulait-il hurler. *Tu es ma compagne. La seule et l'unique.*

Ses canines le démangeaient, désespérées de s'étendre, cependant c'était la seule chose qu'il retenait. Le besoin de lui faire plaisir avait le champ libre. L'instinct de la marquer de son odeur. Le désir urgent d'emplir cette femme, encore et encore...

— Oui... gémit-elle, se contractant autour de lui.

Oui, siffla son loup alors qu'il se libérait profondément en elle.

L'adrénaline embrasa son corps et il resta aussi immobile qu'une statue, s'accrochant à chaque goutte de bonheur. Quand Sophie poussa un cri avec une réplique, il la pénétra une nouvelle fois. Et quand elle s'affaissa dans ses bras, il força ses membres raides à se relâcher et la bercer. Sa poitrine se gonfla à chaque souffle haletant. Sophie le tint fermement, le menton calé sur son épaule, les doigts étalés dans son dos. Une larme chaude roula sur sa peau, suivie par une autre, et il recula. Oh, Seigneur. Avait-il été trop rude ? Trop rapide ? Trop profond ?

Sophie passa une main sur ses yeux et sourit.

— Je suis désolée. Je vais bien.

Elle enfouit sa tête contre son épaule.

— Je suis plus que bien. De tellement de manières...

Il enroula ses bras autour d'elle si loin qu'ils se chevauchèrent. Il se nicha ensuite contre son oreille.

— Je vois ce que tu veux dire.

— Vraiment ? Parce que je ne me suis jamais sentie aussi bien.

Elle tangua dans ses bras.

Chase inspira leurs odeurs entremêlées et sentit le ravissement pur réchauffer ses os.

— Moi non plus, murmura-t-il. Moi non plus.

Chapitre 13

Sophie se tourna lentement, ouvrant à peine les yeux avant de les refermer. C'était le matin, elle pouvait le voir, cependant elle avait peur que la soirée précédente n'ait été qu'un rêve. Et si elle ne venait pas de passer la meilleure nuit de sa vie dans les bras de l'homme parfait ?

Mais le poids sur ses jambes n'était pas celui d'un des chiens couché le long de son corps, et elle n'imaginait pas les doigts rudes et nerveux noués aux siens. Lentement, elle ouvrit les yeux. Elle les referma ensuite, expirant de soulagement. Elle était vraiment pelotonnée contre Chase, et elle avait réellement passé la nuit dans ce loft douillet avec lui.

L'horloge montrait qu'il était tout juste six heures passées. Chase était en cuillère derrière elle, sommeillant paisiblement. Était-il épuisé, ou se réveillerait-il tout revigoré ? Elle se sentait un peu des deux, même si elle se doutait un peu que le côté « revigoré » pourrait reprendre le dessus et les lancer dans une nouvelle partie de jambes en l'air.

Un grand sourire s'étala sur son visage alors qu'elle revivait ce qu'ils avaient fait aux premières heures du matin. Quand elle avait remué à l'aube, Chase avait embrassé son épaule, et en peu de temps, ils avaient recommencé à le faire comme des lapins.

Pas comme des lapins. Comme des loups, l'avait corrigé Chase quand elle avait plaisanté après coup.

C'était une description appropriée, parce que même s'ils l'avaient fait en levrette, ils l'avaient fait avec une intensité brute et animale dont elle ne s'était pas crue capable. Même Chase, son tendre et doux amant, avait montré son côté sauvage, mordillant son cou et s'enfonçant en elle comme jamais. Quand ils s'étaient écroulés après, soufflant et haletant, elle aurait pu jurer l'avoir entendu murmurer un simple mot.

Mienne.

Elle ferma les yeux, serrant son bras contre son ventre. Elle voulait être sienne, et qu'il soit sien.

— Hé, murmura Chase, attirant son regard sur lui.

Elle roula pour le voir et fut à nouveau percutée par sa sincérité. Par sa douceur.

Sa musculature, ajouta la partie coquine de son esprit après un coup d'œil vers son torse fuselé.

Pourtant, cette pointe de vulnérabilité était là, même si elle ne pouvait vraiment expliquer pourquoi. C'était mignon comme tout, néanmoins cela l'inquiétait aussi. Qu'est-ce qui pouvait hanter cette âme si calme et introspective ?

— Bonjour, murmura-t-elle.

— Bonjour, répéta-t-il.

Une seconde plus tard, ils rirent tous les deux, parce que voilà qu'ils recommençaient, fleur bleue du simple fait d'être ensemble.

— Je perds ma langue avec toi.

Elle pressa son corps contre le sien.

— Hmm. Perdre sa langue, dit-il en la rapprochant. J'aime bien ce que ça implique.

Ils s'embrassèrent une bonne minute, puis soupirèrent et se recouchèrent, affichant un grand sourire. Son pied cogna celui de Chase, et quand il baissa les yeux, il passa un long moment à les remonter jusqu'à son visage.

Elle rougit, pas nécessairement de timidité, mais en se rendant compte qu'elle était vraiment à l'aise avec l'idée qu'il la regarde. Soudain, elle chercha autour d'elle, essayant de se concentrer sur autre chose que sur leurs corps et le bien qu'elle ressentait. Derrière les énormes fenêtres tournées vers l'ouest, le ciel était couvert, et le vent soufflait, faisant plier et tanguer les arbres. Ce n'était pas une belle journée classique de Maui qui se profilait. Mais ce n'était pas grave, pas quand elle avait Chase et un coin chaud dans lequel se réfugier.

— J'aime ce que tu as fait de cette grange. C'est génial.

Il regarda lentement autour d'eux.

— C'est vrai. Mais je dois admettre qu'en temps normal, ce n'est pas si joli. Mes amis l'ont un peu arrangée.

Il soupira.

— Je suppose que c'est nous, qu'ils essayaient d'arranger.

Elle rit.

— On dirait bien qu'on leur en doit une, alors.

Il hocha la tête avec une expression qui disait qu'ils leur devaient bien plus encore.

— Vous avez toujours été si proches ?

Il y réfléchit un moment avant de répondre.

— Je suppose. Et toi ? Pas de frère pour t'embêter ?

Elle rit.

— J'aimerais bien avoir des frères. Des sœurs. N'importe qui.

Cette vieille tristesse se faufila à nouveau en elle, cependant elle la repoussa :

— J'avais un chien, en revanche.

Il gloussa.

— Comme c'est étonnant.

— Roscoe. Le meilleur des chiens. Oups.

Elle baissa les yeux vers le sol où les chiens ronflaient.

— Je veux dire, du point de vue d'une fille de douze ans.

Le regard de Chase scintilla.

— Que faisait-il ?

Elle haussa les épaules, essayant de trouver quelque chose de concret dans ses souvenirs.

— Il écoutait.

Comme toi.

Chase attendit patiemment la suite, et oui... comme Roscoe. Chase inclinait même la tête comme lui. Et les yeux de Chase... étaient si sérieux, si innocents, d'une façon qu'elle ne pouvait expliquer.

— On avait notre propre club de lecture, Roscoe et moi. On a lu James Herriot et toute la série *L'Étalon noir*.

Chase éclata d'un rire plus chaleureux que jamais.

— Et comment ça fonctionnait, exactement ?

Elle sourit au plafond. Enfin, un souvenir agréable de son enfance. On pouvait compter sur Chase pour aider à trouver du bon dans tout le mauvais.

— C'était sous forme de salon de thé avec des peluches. Je lisais à voix haute et Roscoe écoutait.

Elle capta ensuite le regard dubitatif de Chase et le cogna avec un oreiller.

— Les hommes. Tu ne comprendrais pas. Je parie que tu jouais avec tes petits soldats quand tu étais enfant.

Chase secoua la tête, donc elle tenta de deviner à nouveau.

— Est-ce que tu as construit une cabane dans les arbres ?

— Plutôt une tanière.

Elle rit presque, cependant quelque chose dans son expression disait qu'il ne plaisantait pas.

— Hé, murmura-t-il.

Ses doigts pianotaient nerveusement les siens, et un tressaillement se réveilla dans sa joue.

— Il y a quelque chose que je dois te dire depuis un moment. À mon sujet, je veux dire.

Et tout à coup, la légèreté disparut de sa voix. Mais Chase avait raison. Ils avaient repoussé les sujets sérieux trop longtemps, et elle avait besoin de se libérer de ce poids.

— Je dois te dire quelque chose aussi. À mon sujet. Qui je suis. D'où je viens.

Chase secoua la tête.

— Rien de tout ça ne compte, Sophie. Je sais qui tu es. Mais je dois te dire qui je suis à l'intérieur.

Elle sourit. Le pauvre bougre n'avait jamais été bon avec les mots. Elle savait qui il était à l'intérieur... Son Chase doux et expressif.

— Moi d'abord, insista-t-elle. S'il te plaît. Écoute-moi.

Chase fit la moue, l'air sincèrement déchiré. Il finit par hocher la tête pour lui indiquer de commencer.

— Sophie est mon vrai prénom, mais depuis mon arrivée à Maui, j'utilise un autre nom de famille. Mon vrai nom est Brenner.

Elle patienta, examinant sa réaction, cependant il se contenta de hausser les épaules.

— Brenner, comme dans Carl Brenner. Ma mère m'a fait prendre le nom de mon beau-père quand ils se sont mariés.

Toujours rien. Sophie cligna des yeux. Chase avait mentionné avoir grandi dans un coin isolé, et il avait passé la dernière décennie à être posté elle-ne-savait-où. Avait-il manqué d'une façon ou d'une autre les gros titres qui avaient dominé la presse nord-américaine quelques années plus tôt ?

— Carl Brenner. L'Esprit des Seventy-Sixers ? L'attaque sur le Pentagone ?

Chase inclina la tête.

— Ton beau-père a essayé de forcer l'entrée du Pentagone ?

Waouh. Apparemment, il n'en avait vraiment jamais entendu parler.

— Il n'a pas juste essayé. Il est allé aussi loin que possible de la porte à la salle des archives. Et puis, ce fut le chaos.

Sa voix s'étrangla un peu. Sept personnes avaient trouvé la mort dans la fusillade qui avait suivi, et tout était la faute de son beau-père.

— Il a été condamné sept fois à la prison à perpétuité.

Chase caressa son épaule, y réfléchissant.

— Tu penses qu'il ne le méritait pas ?

Elle secoua immédiatement la tête.

— Il aurait dû avoir la peine de mort, si ça ne tenait qu'à moi. Mais ce n'est pas la question, Chase. Ce criminel est mon beau-père. Je suis liée à la « milice de l'illuminé ».

Elle mima les guillemets alors que des images des gros titres apparaissaient dans son esprit.

— J'ai grandi avec ça. Les théories conspirationnistes. Les doutes infondés et dingues. Les plans pour l'apocalypse.

Chase la serra aussitôt dans ses bras, lui montrant qu'il s'en fichait.

— Donc, c'est ça que tu voulais dire en parlant d'être préparée. De stocker. Que tu avais du mal à te débarrasser des mauvaises habitudes.

Son ventre se noua alors qu'elle hochait la tête. Oui, oui et oui. La détesterait-il pour ça ?

— Et ce que tu voulais dire en parlant de voir les bonnes choses de la vie, murmura-t-il.

Elle retint son souffle, attendant son verdict. Tant de gens la jugeaient à cause de sa famille. Chase ferait certainement la même chose, non ?

Pourtant il se contenta de hausser les épaules et de la regarder, totalement imperturbable.

— Mon père est aux abonnés absents. Qu'est-ce que ça peut faire ?

Sophie plissa les lèvres. C'était une chose d'avoir un père bon à rien. C'en était une autre d'en avoir un comme le sien. Elle essaya une nouvelle fois.

— Tu as entendu ce que je viens de dire ?

Il hocha la tête. Deux fois.

Elle le dévisagea.

— Et ?

Il haussa les épaules.

— C'est une autre personne. Ce n'est pas toi.

Il la rapprocha d'elle, effaçant la distance qu'elle avait inconsciemment créée entre eux.

— Je te connais. Tu es gentille. Tu prends soin des autres. Tu fais partie de ces rares personnes qui le pensent quand elles disent « Passez une bonne journée ».

Elle le dévisagea. Allait-il vraiment la dédouaner aussi facilement ? Elle avait passé des années à vivre avec cette culpabilité. Pourtant, Chase balayait tout ça en moins de deux.

— Tu sauves des chiens. Tu plantes des fleurs. Tu es une bonne personne, Sophie.

Elle voulait y croire. Désespérément. Mais un coin de son esprit ne cessait de lui rappeler ses liens avec ce monstre qui avait prêché tant de haine et causé tant de problèmes.

Chase l'étreignit.

— Mon père est un connard aussi. Ça ne veut pas dire que j'en suis un.

Sa voix était étouffée contre ses cheveux, cependant elle pouvait entendre la détermination pure qui y était mêlée.

— Tu t'en fiches vraiment ?

— Je m'en fiche vraiment. Même si je dois dire que je suis curieux de savoir quelles archives il cherchait. Ou est-ce une question que je ne devrais pas poser ?

Elle grimaça et il se reprit immédiatement.

— Oublie. Ce n'est pas important.

Mais étrangement, ça l'était pour elle. S'ils voulaient une relation sérieuse, elle devait lui raconter la vérité. Toute la vérité, et rien d'autre.

Sa bouche s'assécha et ses mains étaient toutes fébriles, mais elle se lança néanmoins.

— Il était obsédé par le surnaturel. Il pensait que le gouvernement développait le soldat ultime, et il voulait mettre la main sur ces plans pour son propre bénéfice.

Chase se raidit.

— Quel bénéfice ?

Elle prit une profonde inspiration. C'était la partie épineuse.

— Il croyait aux métamorphes. Tu sais, comme les loups-garous et trucs du genre. Dingue, hein ?

Mis à part le pouls qui palpitait à son cou, Chase aurait pu être une statue.

— Peut-être pas si dingue, murmura-t-il enfin.

La bouche de Sophie n'avait jamais été si sèche.

— Non, c'est vrai, avoua-t-elle dans un murmure. J'en ai vu un.

Chase écarquilla les yeux.

— Un métamorphe ?

— Juste avant de partir de chez moi. Mon beau-père était en prison, mais son frère, Mike, était obsédé par l'idée d'un pouvoir métamorphe. Cela aurait rendu notre milice presque invincible, donc il refusait d'abandonner l'idée.

— Quelle idée ?

— D'en trouver. D'en apprendre plus sur eux. De devenir aussi forts qu'eux, parce qu'ainsi, ils deviendraient invincibles.

Chase blêmit. Bon sang. Il devait penser qu'elle était totalement folle. Pourtant, maintenant qu'elle avait commencé, elle devait terminer.

— C'est devenu l'obsession de Mike. Quand il a découvert que le Pentagone n'avait pas de vrais renseignements sur les métamorphes, il a décidé de suivre une nouvelle piste. Il est parti à la recherche de métamorphes nés dans la nature.

Chase parut sincèrement inquiet.

— Mais. . .

— Je sais, ça a l'air fou. Mais le fait est qu'il a réussi. Il a trouvé un métamorphe ours, et il est même parvenu à se faire mordre. Selon sa théorie il gagnerait ainsi la faculté de se transformer lui aussi.

— Il est malade ou quoi ?

Il avait l'air réellement soucieux. Presque comme s'il était déjà au courant pour les métamorphes.

Oui, il est malade, voulait-elle répondre.

Elle soupira.

— Mike y croyait. Tu sais, comme dans les vieilles histoires. Quand on est mordu par un loup-garou et tout.

Elle n'avait jamais vu Chase si incrédule.

— Ce n'est pas si facile.

Elle regarda dans le vide.

— Enfant, j'ai entendu des histoires. J'ai même cru que ce serait cool d'être une métamorphe. Tu sais, de se changer en animal et de renifler à quatre pattes.

À ce moment, l'expression de Chase devint pleine d'espoir, et elle se demanda pourquoi.

— Mais ensuite je l'ai vu de mes propres yeux. . . un homme se changeant en animal.

Elle déglutit difficilement.

— Mike, je veux dire. C'est arrivé en une semaine. Il a commencé à agir étrangement, comme s'il entendait des voix dans sa tête. Et puis, il s'est mis à changer. Il avait plus de poils, et puis redevenait normal. Il criait et se pliait en deux, et ses jambes ont commencé à changer de forme. C'était horrible.

Chase chuchota si faiblement qu'elle eut du mal à l'entendre.

— Horrible ?

Elle ferma les yeux, repoussant les souvenirs.

— Il souffrait atrocement. Pendant deux jours, ça n'a pas arrêté. . . Il se transformait à moitié, puis revenait. Je l'ai vu de mes yeux. Il se changeait en ours. . . ou s'en rapprochait. Et tout le temps, il gémissait, comme si quelque chose le dévorait de l'intérieur.

Étrange, cette histoire ne semblait pas surprendre Chase. Néanmoins elle était si absorbée qu'elle ne le déchiffrait peut-être pas correctement.

— C'était monstrueux. Contre nature. Comme si quelque chose avait mal tourné.

Mis à part son teint complètement blême, Chase ne montrait aucune émotion.

— Contre nature ?

Elle hocha la tête ; elle aurait préféré n'avoir jamais abordé le sujet. Elle souffla un grand coup pour se ressaisir et essaya de résumer la suite.

— Il a eu une mort terrible. Mon beau-père est en prison... tout ça parce qu'ils voulaient être des métamorphes. Le père de David a ensuite pris la tête du groupe...

Chase leva le menton.

— David ?

Elle acquiesça.

— Au moins, son père s'est montré plus raisonnable que Mike et que mon beau-père. Il a interdit à quiconque de poursuivre ce projet de métamorphes, et pendant un moment, les choses se sont calmées. Entre temps, j'en ai eu marre, donc j'ai déménagé dans le Vermont.

— Et David ? demanda-t-il en fronçant les sourcils.

— Je n'en suis pas sûre. Je ne l'avais pas revu depuis des années... avant aujourd'hui. Pourquoi ?

Chase scruta le vide, songeur. Une bonne minute plus tard, il murmure :

— Je m'interrogeais, c'est tout.

Sophie regarda par les fenêtres à l'ouest de la grange. Le temps était venteux et nuageux, un peu comme son humeur. Avait-elle tout gâché avec lui ?

— Je suis désolée, chuchota-t-elle en prenant ses mains. Je devais juste t'en parler. J'avais besoin que tu saches d'où je viens. Ce que j'ai quitté, et pourquoi.

Chase hocha lentement la tête, sans pour autant dire un mot. Il ne croisa même pas son regard.

Elle déglutit.

— J'espère que ça ne change rien.

Pitié, pitié, pitié, voulait-elle dire. *Pitié, je ne veux pas te perdre à cause de tout ça.*

Chase lui lança un sourire bref et forcé. Ses yeux étaient maussades et apathiques, cependant ses mains étaient fermes sur les siennes, presque comme s'il y avait quelqu'un là dehors, prêt à l'enlever. Des messages contradictoires, en d'autres mots. Mais ceux qu'il prononça ensuite manquèrent de l'assommer.

— Ça ne changera en rien mon amour pour toi.

C'était jute un murmure, néanmoins elle en resta bouche bée.

— Tu... tu m'aimes ?

Son sourire était à la fois doux et triste, et elle ne pouvait comprendre pourquoi.

— Je t'aime depuis le début. Je t'aime plus que ce que je peux dire.

Aussi belles que soient ses paroles, quelque chose lui disait qu'il y avait un « mais ».

— Ton passé n'est pas important, continua-t-il. Tu as laissé cette vie derrière toi pour une raison.

Alors... quoi ? Pourquoi ne sommes-nous pas en train de danser de joie ?

— Mais quelque chose te retient, dit-elle, en s'étranglant presque sur les mots.

— Je me fiche de ta famille. Le problème, c'est la mienne.

Elle leva les yeux, souffrant rien qu'en entendant la douleur dans sa voix.

— Ta famille est géniale. Et quoi qu'il en soit, ce n'est pas important. Rien ne changera mon amour pour toi.

Les yeux de Chase s'illuminèrent avant de se ternir.

— Alors, je suppose que c'est à mon tour de tout te raconter. À mon sujet, je veux dire.

Elle hocha la tête avec empressement. Quoi que ce soit, ça n'avait pas d'importance. Plus vite il lui parlerait, plus vite elle pourrait lui assurer que tout allait bien.

— Alors, dis-moi, murmura-t-elle. S'il te plaît.

Chapitre 14

Un lourd silence s'étira entre eux et Sophie attendit avec impatience que Chase se lance. Enfin, il ouvrit la bouche, prêt à commencer, quand...

Il tourna vivement le menton sur le côté, comme s'il avait entendu une sonnerie. Son front se plissa, et tout son comportement changea.

— Bon sang, marmonna-t-il.

Sophie cligna des yeux.

— Tout va bien ?

Ses épaules s'affaissèrent une seconde, puis il serra les poings.

— Oui. Non. Merde. Je dois aller voir.

Il la fixa intensément pendant un long moment, et elle pouvait voir la lutte qui faisait rage en lui. Il se leva, chercha ses vêtements, puis prit sa main.

— Je t'expliquerai tout, Sophie. Je le jure.

Il l'embrassa. Elle voulait le lui rendre, cependant ses lèvres rencontrèrent le vide alors qu'il reculait.

— Je te jure que je le ferai, marmonna-t-il, renfilant son pantalon.

Elle l'avait déjà vu se mettre en mode soldat auparavant, mais jamais aussi brutalement. Sa voix tendue de détermination et son ton morne et bas l'effrayaient un peu. Que se passait-il, exactement ?

Un de ses frères était venu la veille au soir, et Chase était rentré dans la maison avec un air préoccupé. « Je vais peut-être avoir besoin de vérifier certaines choses demain matin. »

Elle regarda autour d'elle. Qu'est-ce qui avait pu le faire basculer si soudainement ?

Chase posait déjà un pied dans l'escalier, plus déterminé que jamais. Peut-être n'avait-elle pas entendu le coup à la porte ou la sonnerie d'un téléphone.

— Tu penses qu'il y a eu une avancée dans l'enquête ? demanda-t-elle.

Il secoua vivement la tête, ce qui aurait pu signifier n'importe quoi, et ses paroles eurent le même effet.

— Laisse-moi aller voir. Je reviens aussi vite que possible.

Un poids s'abattit dans sa poitrine, mais elle se força à sourire.

— D'accord.

Il l'embrassa à nouveau, assez longtemps cette fois pour qu'elle y réponde. Un baiser profond et ardent qui réveilla l'espoir en elle. Quoiqu'il se passe, c'était un souci à l'extérieur, pas entre eux.

— D'accord, répéta-t-elle quand il recula.

Chase hocha une fois la tête et sortit de son champ de vision. Sophie se roula en boule dans les draps, écoutant le vacarme des chiens qui se réveillaient. La porte s'entrouvrit, puis claqua, et le silence revint.

Elle resta assise pendant une autre bonne minute, enroulée dans les couvertures, prête à pleurer. Soudain, elle se força à bouger. Larmoyer ne menait à rien, et de ce qu'elle en savait, Chase pourrait bientôt revenir avec des nouvelles.

Elle descendit dit, fit sortir les chiens, les nourrit, tout en s'imaginant avec Chase, ayant la matinée qu'elle aurait souhaité. Elle regarda autour d'elle avec nostalgie. Eh bien, elle pouvait au moins préparer le petit déjeuner, comme ça quand Chase reviendrait, tout serait prêt. Ensuite, elle pourrait s'habiller et se peigner, avec une tresse en cascade par exemple, et puis...

Elle fit tout ça, puis attendit, et attendit encore un peu. Enfin, la porte s'ouvrit, et elle bondit sur ses pieds.

— Salut, murmura-t-elle.

— Salut, répondit Chase, immobile.

Sophie aurait pu pleurer, parce que le malaise dont ils s'étaient débarrassés était de retour.

— Des nouvelles ?

Il passa une main dans ses cheveux, cherchant ses mots.

— Ouais. Beaucoup. D'abord, j'ai été recontacté par l'officier Meli. La police a mis quelqu'un en garde à vue. David.

Elle se laissa tomber sur le tabouret de la cuisine. Une partie d'elle s'en était doutée depuis le début, cependant, elle n'arrivait toujours pas à y croire.

— David ?

Était-il vraiment capable d'essayer de la tuer ?

Chase hocha la tête avec lassitude.

— J'ai besoin d'aller au poste pour savoir exactement ce qu'ils ont contre lui. Mais, oui, c'est bien lui.

— Je vais venir.

Chase secoua immédiatement la tête.

— Je pense que c'est une mauvaise idée, pas toi ?

Sophie regarda ses pieds. Que lui dirait-elle ? Que devait-elle faire ?

— Je suppose que non.

Quand elle leva les yeux, il lui sembla plus inquiet que jamais.

— Qu'est-ce qu'il y a ?

— Un autre problème s'est présenté. Sans rapport avec toi, ajouta-t-il rapidement. Un problème de sécurité avec le domaine voisin.

Elle l'examina de près, cependant son expression prudente ne lui révélait rien. À quel point était-ce sérieux ? Quel genre de problème ?

— Quoi qu'il en soit, je dois aussi m'occuper de ça.

Il regarda par-dessus son épaule, totalement abattu.

— Mince. Tu as préparé le petit déjeuner et tout. J'aimerais ne pas devoir y aller.

Elle voulait claquer la porte et tenir éloigné le monde extérieur. Mais ce n'était pas comme ça que ça fonctionnait. Chase avait un travail à faire, et il lui avait déjà consacré tellement de temps !

— J'aimerais aussi.

Elle glissa ses mains sur son bras.

— Mais on peut discuter plus tard, pas vrai ?

Il se mordilla la lèvre et elle se demanda pourquoi il avait l'air si déchiré.

— Oui. Plus tard. Tu m'attendras ?

Elle se frotta les bras, y réfléchissant. Elle n'était pas vraiment censée travailler aujourd'hui, et puisque les chiens étaient déjà avec elle...

— Bien sûr, dit-elle en essayant de paraître joyeuse, en vain.

Ils restèrent debout à se dévisager en silence, et Sophie sentit un millier de regrets traîner entre eux comme une longue voie de chemin de fer. L'un après l'autre, enchaînés, s'étirant sans fin. Chase fourra ses mains dans ses poches, pas du tout prêt à s'en aller. Toutefois un klaxon retentit dehors, et il leva les yeux.

— Bon.

Il déposa un petit smack sur sa joue.

— À tout à l'heure.

— À tout à l'heure, répéta-t-elle en le regardant partir.

Elle ferma ensuite la porte et resta là cinq bonnes minutes à espérer entendre ses bruits de pas revenir vers elle.

Les chiens la contemplèrent tristement, cependant elle ne put entendre que le bruissement violent des arbres. Un vent puissant s'était réveillé cette nuit, et le ciel était d'un gris lugubre.

— Je suppose que la météo avait raison, marmonna-t-elle.

Une demi-heure passa, et elle eut l'impression que ça faisait des heures. Elle finit par montrer la porte aux chiens. Elle allait devenir folle à attendre comme ça.

— Et si on allait se promener, les gars ?

Comme toujours, les chiens étaient partant, et ils filèrent, remontant le sentier jusqu'à l'allée où était garée sa Nissan cabossée. Dell l'avait conduite la veille au soir, l'aidant à nouveau. Les clefs étaient sur le contact, donc elle poussa les chiens à l'arrière et roula aussi doucement qu'elle le put. David était en garde à vue, donc elle n'était pas en danger, et puisqu'il y avait un souci sur le domaine voisin, elle ne voulait déranger personne. En plus, elle avait besoin de passer un moment seule à réfléchir dans son coin spécial. Ce n'était pas loin, et avec un temps aussi couvert, il n'y aurait pas grand-monde.

Elle roula donc vers le nord et engagea la voiture dans le passage où le bitume de la voie rapide d'Honoapi'ilani lissait place à une route qui n'était pas terminée. Après, elle suivit le sentier étroit et tortueux et se gara à l'embranchement du geyser. Comme elle l'avait espéré, il n'y avait pas de visiteurs. Juste elle, l'océan, et le vent qui fouettait. Elle remonta la fermeture de son anorak et se dirigea vers le geyser, où elle trouva une pierre plate sur laquelle s'asseoir. Les chiens errèrent dans le coin, reniflant les buissons et les flaques, la laissant seule avec ses pensées.

Le problème était que son esprit partait dans tous les sens, de ses souvenirs torrides de la nuit passée avec Chase à la nouvelle à glacer le sang de l'arrestation de David. Elle regretta de ne pas avoir demandé plus de détails. David était-il accusé d'avoir installé la bombe *et* de lui avoir tiré dessus ?

Le vent du large fouettait ses cheveux. Elle tira sur sa capuche et se recroquevilla. La côte brute et dégagée correspondait bien à son humeur, et elle n'était pas pressée de partir. Même si David avait été arrêté, elle ne ressentait aucun soulagement, juste une impression profonde de mystère... et de tristesse. Elle était venue à Maui pour chercher du bonheur et de la joie, cependant David avait jeté un nuage si épais sur elle qu'elle se demandait si elle allait pouvoir en réchapper.

Son médaillon chauffa et elle le ramena devant ses yeux. Au moins, il y avait ça. Sa tante avait insisté sur le fait que le bijou était une réserve de bonté et d'amour. Et mince, qu'est-ce qu'elle en avait besoin !

Les vagues s'écrasaient sur le littoral rocheux et le geyser explosa, projetant un panache d'eau dans l'air. Boris se glissa jusqu'à elle pour se cacher derrière ses jambes, tremblant.

— Ne t'inquiète pas, dit-elle en lui frottant les oreilles. Ça fait ça tout le temps. Regarde.

Une explosion plus petite s'ensuivit, accompagnée d'un souffle gargouillant.

— Tu n'as pas à t'inquiéter.

Le pauvre Boris resta roulé en boule, peu convaincu. Quand le geyser reprit quelques minutes plus tard, les recouvrant d'une brume fine, il frissonna de la même façon.

— Stupide chien, se moqua quelqu'un.

Sophie sursauta. Quand elle se tourna pour voir qui c'était, elle en resta bouche bée.

— David?

Le bruit du vent et des vagues lui avait permis de se faufiler jusqu'à elle sans se faire remarquer. Darcy et Coco se précipitèrent à ses côtés en grondant.

Elle bondit sur ses pieds, serrant son trousseau de clefs, souhaitant avoir quelque chose de plus gros pour se défendre.

— Qu'est-ce que tu fiches ici?

— Oh, tu sais. J'observe le panorama.

Ses yeux étaient rivés sur elle, pas sur le geyser, et un frisson la parcourut.

Derrière lui, trois hommes en costumes se frayaient un chemin sur les rochers, détonnant dans le paysage. Le vent agitait leurs cravates et les pans de leurs vestes alors qu'ils avançaient. David sourit et repositionna le long sac noir sur son épaule.

Darcy grogna, reculant jusqu'à ce que son arrière-train cogne les jambes de Sophie, formant sa dernière ligne de défense.

Un regard désespéré vers la route étouffa ses espoirs. Il n'y avait personne pour aider. Juste le SUV sombre avec lequel David et les hommes avaient dû arriver. Sophie les observa. Qui étaient-ils? Que voulaient-ils? Et, waouh. David n'était-il pas censé être en garde à vue?

Quand il s'approcha, elle recula, et il sourit.

— Oh, allez, Sophie. Tu n'as pas à avoir peur de moi.

Son regard de prédateur lui disait le contraire, et elle continua à reculer, pataugeant dans les flaques laissées par le geyser. La police l'avait-elle libéré ou s'était-il évadé?

— Qu'est-ce que tu fais ici?

Elle regarda autour d'elle, se demandant comment elle pourrait s'échapper. La saillie rocheuse avait une limite et finissaient par tomber dans le ressac. Les nuages gris acier obstruaient le ciel, et le vent humidifia ses joues avec les éclaboussures d'une vague.

— Eh bien, j'ai un problème, tu vois? dit-il. Et je cherche à le résoudre.

Sophie se décala, tournant en rond au lieu de reculer vers le bord de la falaise.

— Et ce problème, c'est... ?

Le visage de David se fissura en un sourire.

— Toi.

Curieusement, il trouva ça amusant, et elle ne comprenait pas pourquoi. Mais en même temps, David avait toujours été comme ça. À arracher les pattes des insectes pour les voir se tortiller. À donner des coups de pied aux chiens pour s'amuser. À tirer sur les lapins et faire exprès de les manquer pour les voir paniquer et détaler.

— Je suis le problème?

Elle calcula la distance jusqu'à sa voiture, cependant elle lui semblait être à des kilomètres.

— Tu es le problème et en même temps la solution.

David éclata de rire comme si c'était la réponse la plus intelligente du monde.

— Je ne comprends pas.

Elle glissa une main dans sa poche et appuya sur quelques boutons de son portable, espérant que ce soient les bons. Si elle pouvait d'une façon ou d'une joindre Chase ou la police... Bordel, elle serait même contente de tomber sur M. Lee.

— Et maintenant, c'est ton problème à toi, continua-t-il. Tu ne sembles rien comprendre.

— Alors, pourquoi tu ne m'expliques pas?

Il leva les yeux au ciel.

— Je te l'ai déjà dit. J'ai besoin d'argent. Tu as de l'argent. Simple.

— Ce n'est pas le mien.

— Maintenant si, vu que cette vieille bique a cassé sa pipe.

— Je t'interdis d'appeler ma tante comme ça!

Il soupira.

— Tu vois ? C'est ça, ton problème. Tu t'attaches toujours. À cette vieille femme. À tes chiens débiles. À ce type avec qui tu traînes.

Son visage s'assombrit.

— À cause de tout ça, tu ne vois pas les choses en grand.

Elle se frotta les bras. Cette réplique sortait tout droit de la bouche de son beau-père. Et pour lui, voir les choses en grand ne présageait rien de bon.

Elle tourna dans l'autre sens.

— Quelles choses ?

Zoom ! Le geyser explosa à nouveau, et l'eau trempa un des trois hommes, qui la fusilla du regard comme si c'était sa faute.

— Les grandes choses, affirma David. Le plan de ton père. Tu ne veux pas le rendre fier ?

— Mon *beau*-père, et non. Je ne veux rien avoir à faire avec ses idées folles.

— Elles n'étaient pas folles. Nous devons nous défendre. C'est comme l'a dit Darwin. Manger ou être mangé. Vivre libre ou mourir.

Sophie fit la grimace.

— « Vivre libre ou mourir » ? C'était John Stark.

— Peu importe, dit-il en haussant les épaules. Ce que je veux dire, c'est que pour avoir une vision, il faut de l'argent. C'est là que tu entres en jeu.

Darcy gronda un peu plus fort et Sophie prit un peu de son courage pour elle-même.

— Non, c'est là que tu t'en vas gagner toi-même ce dont tu as besoin.

Une voiture apparut et disparut dans une courbe de la route, réveillant les espoirs de Sophie avant de les emporter.

David grimaça.

— Bon sang, Sophie. Tu pourrais te rendre la vie bien plus facile, tu sais.

Elle posa les mains sur ses hanches.

— Tu veux dire, plus facile pour toi ?

— Tout ce que tu as à faire, c'est me donner l'argent.

Elle en resta bouche bée. Elle avait eu des doutes, mais à présent, elle était sûre.

— C'est toi. Tu as déclenché cette bombe.

Elle couvrit sa bouche de sa main, toujours incapable d'accepter cette vilaine vérité.

— Tu m'as tiré dessus.

Et David, cet enfoiré, sourit comme le chat du Cheshire.

Sophie se rendit compte que ses mains tremblaient, d'un mélange de peur et de colère.

— Je ne comprends pas. Pourquoi ne pas juste demander ? Pourquoi s'embêter à faire exploser le camion ? Pourquoi s'embêter à me tirer dessus ?

Un sourire sournois se dessina sur le visage de David.

— Ce n'étaient que des messages. Tu sais, pour que tout soit clair. Si j'avais voulu ta mort, ma chérie, tu serais morte.

Sophie ravala un sanglot. Elle ne pouvait pas montrer qu'elle avait peur. Pas devant David.

— Et maintenant que tout est clair... continua-t-il.

— Clair ? cria-t-elle presque. Rien de ce que tu dis n'a de sens.

— Tu veux que je te l'énonce clairement ? Très bien. Je veux cet argent. Je te voulais aussi, mais maintenant, je m'en fiche un peu.

Il ricana. Était-elle censée se sentir coupable ?

— Et si je ne te le donne pas ?

Il haussa les épaules.

— Alors, on passe au plan B. Tu sais qui est le suivant dans la ligne de succession ?

Sophie n'en croyait pas ses oreilles. Il était vraiment sérieux ?

— Ta mère, voilà qui. Et elle sait qu'il vaut mieux se montrer maligne, contrairement à toi.

Sophie avait envie de crier. Sa mère jouait la sécurité. Elle ne posait pas de questions et ne réfléchissait pas par elle-même. Elle faisait juste ce qu'on lui disait.

— Tu t'écoutes parler, un peu ? dit-elle en essayant de faire appel au petit garçon qu'elle avait connu.

— Non, toi, tu dois écouter. J'ai besoin de cet argent, et tu vas me le donner.

Pendant un moment, il y songea. Aucun montant ne valait qu'elle risque sa vie. Mais s'il s'en servait pour faire du mal à d'autres ?

— Pourquoi le veux-tu ? demanda-t-elle en posant les mains sur les hanches, plus pour se donner plus de courage que pour impressionner David.

— Il y a certaines choses qu'il ne vaut mieux pas savoir, poussin.

Sophie tapa du pied. Elle avait beau ne pas être une guerrière, elle n'était pas un paillasson. Du moins, plus maintenant.

— Eh bien, je veux savoir. C'est moi qui suis en charge de cet argent, après tout.

Elle avait du mal à ne pas trembler après ça, parce que ça lui semblait étrange de donner un ordre au lieu de le recevoir.

David se renfrogna, agacé, mais il répondit enfin :

— Très bien. Pourquoi pas ?

Les trois hommes derrière lui se regardèrent, inquiets. Au loin, quelque chose bougea et le cœur de Sophie bondit dans sa poitrine. Un véhicule apparut, ralentissant avant de s'arrêter au bord de la route. Le pick-up de Chase !

Elle détourna ses yeux avant que David ne le remarque. Plus il parlait, plus Chase aurait le temps de descendre et de l'aider à gérer ce chaos.

— D'abord, il nous faut plus d'espace pour nous entraîner, commença David. Pour nous préparer. Un endroit depuis lequel lancer nos opérations.

Sophie fit de son mieux pour lui prêter attention pendant que Chase, accompagné de Dell, béni soit-il, se frayait un chemin sur le sentier rocheux descendant depuis la route.

— Un endroit privé où on pourrait mettre en place ces « mises à jour » dont ton père rêvait, continua David en mimant les guillemets.

La surprise de Sophie devait se voir, parce qu'il sourit.

— Tout à fait, ma chérie. La machine de combat ultime. Nous allons enfin réaliser ce rêve.

Elle resta bouche bée alors que David tapotait son pendentif de griffe d'ours. Parlait-il des métamorphes ?

— Tu ne te rappelles pas ce qui est arrivé à Mike ? demanda-t-elle d'une voix basse.

David haussa les épaules.

— J'ai trouvé un meilleur moyen.

Sophie observa les autres hommes. Ne s'inquiétait-il pas qu'ils l'entendent ?

Il éclata franchement de rire.

— Ha. Je n'ai pas de secrets pour eux. Je te présente Lamont, Nelson et Vucovich... ou devrais-je dire, mon pote loup et ses deux amis, les ours.

Sophie s'immobilisa. Il était sérieux ?

L'homme à droite, Nelson, lança un regard vif à David.

— Fais attention à ce que tu racontes, connard. La patronne aura ta peau si tu ne gères pas ça en douceur, comme elle l'a ordonné.

Sophie les dévisagea. Les épaules rondes et corpulentes et son épais chaume lui rappelaient vaguement le frère de Chase, Tim. Vucovich était pareil... bâti comme un char. Avec un peu d'imagination, elle pouvait les voir se transformer en ours.

Pitié, non, voulait-elle supplier.

L'autre type, Lamont, était plus fin et plus agile, avec des cheveux châtains mi-longs qui retombaient sur ses yeux. Sa façon de jeter des regards en coin vers lui faisait penser à des images qu'elle avait vues de loups dans la nature, au tout début d'une chasse. Il avait un côté méfiant et vigilant. Un peu comme Chase, en fait.

Elle recula d'un pas, scrutant les hommes. Un loup-garou ? Et deux ours-garous ?

Son esprit s'emplit d'images de la mort atroce de Mike, et elle grimaça.

— Ça ne marchera pas. Tu te souviens de Mike ? Le changement l'a tué. Ce n'est juste pas possible. Oublie cette idée, David, Pitié.

Sa voix n'était qu'un murmure et ses mains tremblaient.

Le sourire de David devint encore plus sinistre.

— Ooh, je savais que tu tenais à moi. Mais ne t'inquiète pas. J'ai quelqu'un qui m'aide à faire ça comme il faut.

Il gonfla les muscles de son torse comme s'il essayait déjà un nouveau corps puissant.

Sophie jeta un coup d'œil à Chase, qui était à mi-chemin du sentier. Dell s'était détaché de lui pour arriver par la droite. Ils seraient rapidement à leurs côtés et...

Ses pensées furent brutalement interrompues. Si les complices de David étaient vraiment des métamorphes, Chase et Dell étaient en grand danger. Même deux soldats d'élite des forces spéciales ne pouvaient se défendre à mains nues contre des animaux sauvages.

— Donc, je parie que tu reconsidères la situation, maintenant, continua David, aussi arrogant que jamais. Tu veux être dans le camp des vainqueurs, pas vrai ?

Il sourit, à nouveau amical.

— Réfléchis-y, Sophie. On pourrait créer un nouveau groupe. Les successeurs des Seventy-Sixers. Ce pourrait être nous que les autres admireraient.

Elle serra les poings. David était fou s'il pensait qu'elle avait changé d'avis.

— Le camp des vainqueurs ?

— Ouaip. Le mien, bébé. Celui des métamorphes.

— Et qui est l'ennemi, exactement ?

Son visage s'assombrit.

— Le gouvernement. Les multinationales. Tous les connards qui pensent avoir le droit de me dire quoi faire.

Zoom ! Le geyser explosa, accentuant le point de vue de David.

Darcy gronda. Coco et Boris étaient pressés contre ses jambes. Chase et Dell avaient ralenti pour se faufiler discrètement, mais d'un instant à l'autre...

— Montre-lui, Nelson, lança David en claquant des doigts.

Nelson lui jeta un regard malveillant.

— Je suis là sur ordre de la patronne, pas de toi.

Sophie se creusa la tête à la recherche de l'identité de cette personne. Ils avaient parlé d'une femme, mais qui ?

Lamont sourit et commença à desserrer sa cravate.

— Qu'est-ce que ça peut faire ?

— Ouais, ajouta Vucovich. Imagine que c'est un échauffement pour la mission principale qui nous amène ici.

Sophie ne comprenait pas un mot. Qu'avaient-ils prévu exactement ? Et si elle n'était que l'échauffement, quelle était cette mission principale ?

Elle recula alors que les chiens grondaient vers les hommes.

— Essayez de m'arrêter, les toutous, ricana Lamont en retirant sa veste.

Quelques secondes plus tard, il déboutonna sa chemise et commença à détacher sa ceinture. Quand Vucovich fit de même, Sophie blêmit. Seigneur, le viol faisait-il partie de leur plan ?

— Ne te laisse pas distraire, l'avertit Nelson.

Mais David encouragea les deux autres.

— Allez, montrez-lui. Ce sera amusant.

Amusant ? On aurait plutôt dit un tour cruel.

Le vent ne cessait de rabattre ses cheveux dans son visage et Sophie les repoussait pour regarder autour d'elle. Chase était accroupi près d'un rocher derrière Lamont, ayant l'air plus sombre et plus dangereux qu'elle ne l'avait jamais vu. Dell n'était pas loin de Nelson, cependant se rendaient-ils compte du danger dans lequel ils se trouvaient ?

Chase ! voulait-elle crier. *Aide-moi. Sauve-moi. Non, attends... fuis !*

Lamont dénoua ses chaussures et baissa son pantalon.

— Regarde ça, chérie. Plus vrai que nature.

Elle ne voulait pas voir ça, cependant elle ne pouvait non plus détourner les yeux, parce que Lamont tomba à quatre pattes et baissa la tête. Darcy sautilla sur deux pas, aboyant comme un fou, puis battit en retraite entre les jambes de Sophie.

— Ouais, mate ça, le chien, rit David.

Elle pria pour que tout ne soit qu'une mauvaise plaisanterie, néanmoins Lamont et Vucovich commencèrent à faire des bruits comme Mike à l'époque. De la fourrure apparut partout sur leur peau et s'épaissit. Quand Mike avait essayé de se métamorphoser, les poils étaient allés et venus en touffes irrégulières, et ses cris de douleur avaient été continus. Lamont et Vucovich en revanche changeaient tout en douceur, sans presque aucun bruit. Leurs oreilles s'effilèrent en triangles et leurs nez s'assombrirent. Elle remarqua à peine les étapes de leurs visages s'étirant ou de leurs jambes changeant de forme.

Un instant, Lamont était un homme, et le suivant, il était un loup. Vucovich était un ours. C'était saisissant, mais pas terrifiant. En fait, il y avait quelque chose de magique.

Mais d'un coup, les yeux de loups se rivèrent sur elle, dans une soif de sang pure et visible.

— Non, murmura-t-elle, se décalant sur le côté.

Si, semblait-il dire, dévoilant ses longs crocs pointus.

David gloussait comme un fou.

— Bientôt, je serai aussi capable de faire ça. Et ensuite...

Il se tourna alors que Chase sortait de derrière les rochers. Sophie manqua de crier de soulagement, cependant elle s'étrangla de peur. Que pouvait-il faire ?

Il contourna le rocher, s'avançant vers Sophie.

— Arrête ça, gronda-t-il vers le loup. Arrête ça tout de suite.

Chapitre 15

Sophie s'immobilisa alors que Chase tendait les mains, montrant qu'il ne voulait pas se battre. Cependant ses yeux luisaient d'une façon inattendue, le marron noisette prenant une nuance brique enflammée. Ils étaient pleins de colère, mais aussi de regret. Pourquoi ?

— C'est notre territoire, et vous le savez, aboya Chase vers Vucovich et Nelson avant de se tourner vers David. Tu n'as aucune idée de ce dans quoi tu as mis les pieds.

Il désigna la route du pouce.

— Dernière chance pour t'en aller.

David éclata de rire.

— Ou quoi ?

— Ou tu meurs.

La voix de Chase était amère et lasse. La voix d'un homme qui avait vu assez de mort et de destruction pour le restant de ses jours.

— Ah ouais ? Tu vas te débarrasser de nous à toi tout seul ?

— Non, répondit-il simplement alors que Dell apparaissait près de Nelson.

Le plaisantin insouciant avait disparu ; c'était le Dell guerrier furieux, prêt à se battre.

Chase le désigna.

— Il y a lui, plus mes frères, qui sont en chemin.

Les espoirs de Sophie redoublèrent à la pensée de tout ce monde qui arrivait pour aider. Mais elle ne voyait rien sur la route en contre-haut et craignait qu'il ne soit trop tard.

Les pattes de Lamont éclaboussèrent les alentours depuis les flaques dans lesquelles il avançait, s'intercalant entre Sophie et Chase.

— Arrête ! cria-t-elle en espérant que le loup comprenne. C'est de la folie.

— Ce n'est pas de la folie. C'est le destin, exulta David.

Chase secoua la tête.

— Le destin ? Ça n'a rien à voir avec le destin.

Son regard se posa sur Sophie et ses yeux brillants s'adoucirent.

L'amour, pensa-t-elle, se réchauffant. *C'est la couleur de l'amour.*

Elle regarda ensuite Lamont, et derrière lui, Vucovich. Leurs yeux brillaient aussi, mais d'une nuance meurtrière. Sophie inclina la tête alors que des pensées éparpillées se rassemblèrent dans son esprit comme les pièces d'un puzzle. Pas assez pour s'emboîter, juste pour dessiner une ébauche de silhouette.

Quoi ? voulait-elle hurler. *Quel est le lien ?*

— J'en ai marre de ce connard, lança David en claquant des doigts. Tuez-le. Je m'occupe d'elle.

Les mains de Sophie tremblaient. Il le pensait vraiment. Ainsi que Lamont dont les canines montraient qu'il s'exécuterait avec plaisir.

— Chase, l'avertit-elle, souhaitant qu'il s'enfuie.

Il se tourna vers elle avec un air si tiraillé, si endeuillé, qu'elle en pleura presque.

— Je t'aime, Sophie.

Elle en eut mal au cœur. Pourquoi cela ressemblait-il tellement à un adieu ?

— Je t'aime aussi, murmura-t-elle.

Chase continua comme s'il n'avait pas entendu.

— Pitié, ne me déteste pas pour ça.

Comment pouvait-elle le détester alors qu'il avait accouru pour lui venir en aide ?

— Je ne pourrais jamais…

Tout à coup, toute couleur quitta le visage de Sophie, parce que celui de Chase se tordit, et sa chemise se déchira en bas de son dos.

— Ne me déteste pas, répéta-t-il d'une voix plus basse et crispée.

Sophie se couvrit la bouche, étouffant un cri. Des poils poussèrent sur la peau de Chase alors qu'il se débarrassait de ses lambeaux de vêtements. Ses doigts se courbèrent et fusionnèrent, et son froncement s'étendit, révélant des dents plus pointues. Ses oreilles reculèrent et ses membres se plièrent.

— Non, murmura Sophie.

Ce n'était pas possible.

David gloussa alors que Darcy aboyait furieusement.

— Je suppose que ton amant n'a jamais mentionné qu'il était un métamorphe, pas vrai ?

Sophie le dévisagea avec incrédulité. L'homme doux et attentionné avec qui elle venait de passer la nuit se transformait en loup. Un qui trouva son équilibre sur ses pattes arrière avant de se laisser tomber à quatre, comme pour illustrer son propos. Humain. Bête. Métamorphe.

— Chase ? appela-t-elle d'une petite voix.

Une bête avec une fourrure marron, exactement comme ses cheveux. Ses yeux lupins étaient emplis d'amour, du moins pour le moment, alors qu'ils étaient rivés sur elle. Car quand il tourna soudain la tête vers Lamont, sa lueur devient meurtrière à nouveau.

Coco gémit et Sophie fit presque de même. Darcy resta parfaitement immobile, scrutant Chase puis l'autre loup, presque comme s'il choisissait un camp. Sophie empoigna fermement son col. Le petit chien avait du cœur, néanmoins il n'avait pas sa place au milieu d'un combat de loups.

Soudain, Lamont fonça vers Chase, qui bondit pour parer. Sophie poussa un cri. Seigneur, non.

— Enfin, un peu d'action, gloussa David.

« Un peu » d'action ? Tout ce que Sophie vit, ce furent des silhouettes floues alors que les loups se sautaient dessus, éclaboussant les alentours avec les flaques peu profondes laissées par le geyser. Leurs griffes s'agrandirent et leurs babines reculèrent pour exposer leurs longues canines blanches. Leurs corps se percutèrent en plein vol. Quand ils s'écrasèrent, ils roulèrent, se séparèrent d'un bon, et se sautèrent à la gorge à nouveau.

Sophie avait assisté à plusieurs combats de chiens, cependant elle n'arrivait pas à croire la férocité et la puissance dont faisaient preuve les loups. Ils étaient bien plus grands, bien plus mortels que des chiens. Plus expérimentés aussi. Chaque mouvement qu'ils faisaient était fait pour tuer, pas pour faire le beau.

Vucovich, l'ours, les observait de près, prêt à bondir au milieu du combat à la moindre occasion qui se présenterait.

Nelson jura et dénoua sa cravate.

— Tu n'as pas besoin de t'impliquer, avertit Dell, le séparant des autres. Limite tes pertes et va-t'en.

Nelson leva les yeux au ciel.

— Ouais. C'est ça.

Darcy aboyait comme un fou. Sophie l'empoignait par le col, autant pour empêcher le chien de participer au combat que pour s'ancrer dans la réalité.

Le loup le plus sombre, Chase, se décala pour éviter l'attaque de Lamont et lacéra son épaule, faisant couler son sang. Chase recula ensuite et s'arrêta, donnant à son ennemi une chance de plus de repenser à la situation. Mais Lamont se secoua, grogna et fonça à nouveau, déterminé à lutter jusqu'à la mort.

— Bon sang, marmonna David à Nelson. Je croyais que Moira avait dit que vous étiez les meilleurs.

Sophie se renfrogna. Elle ne se souvenait pas d'une Moira. Y avait-il une nouvelle femme dans la milice?

— Moira, cracha Dell. J'aurais dû m'en douter.

— Va l'aider, ordonna David à Nelson.

L'homme costaud avait les bras fermement croisés sur son torse, néanmoins il finit par céder.

— J'y vais… mais seulement pour qu'on avance. Ne perds pas de vue la vraie raison de notre présence ici.

— De *votre* présence ici, marmonna David dans sa barbe.

Nelson sembla cependant l'ignorer. Il retira sa veste et sa cravate pour les poser de côté sans se presser, en contraste total avec le combat de loups qui avait lieu non loin.

Darcy lui montra les dents. Sophie le contempla avec une fascination tordue alors qu'il se transformait en ours sans même un grognement. La fourrure poussa uniformément, et il garda son équilibre sur ses deux pieds.

La métamorphose n'avait pas à être horrible, comme l'avait dit David, et peut-être qu'il avait raison. La transition de Nelson était totalement fluide, presque gracieuse. Le genre de processus que Sophie avait imaginé quand elle l'avait naïvement vu dans ses rêves d'enfant.

Mais elle avait imaginé des créatures à poils qui gambadaient dans la forêt, pas des bêtes enragées avec des griffes et des crocs de plusieurs centimètres. L'ours se dressa un moment, laissant le vent ébouriffer sa fourrure. Soudain, il marcha d'un pas lourd vers les loups qui se battaient et...

— Dernière chance, marmonna Dell, lui bloquant la route.

Sophie voulait crier. Était-il fou ?

Elle écarquilla alors les yeux, parce que Dell se mit aussi à changer. Elle vit ses traits fauves émerger du mélange des formes humaines et animales.

— Hein ? haleta-t-elle.

Elle avait toujours perçu Dell comme un Viking, avec ses longs cheveux dorés et sa barbe épaisse. Mais jamais comme un lion.

— Dell ? souffla-t-elle, sous le choc.

Le lion secoua sa crinière et rugit. Coco et Boris se recroquevillèrent. Nelson gronda en retour, cependant le grizzly n'avança pas. Il resta juste là, Dell tournant autour de lui, alors qu'il regardait l'issue du combat.

Ce qui laissait Chase face à un loup et un ours de son côté, sans parler de David, qui posa son sac à bandoulière pour en sortir un fusil. Il assemblait la crosse et le canon tout en marmonnant.

— Quand on veut que quelque chose soit fait, autant le faire soi-même.

Le cœur de Sophie se serra. Seigneur, non.

Elle regarda la route, espérant voir les amis de Chase émerger d'une voiture, tous armés jusqu'aux dents. Mais il n'y avait personne. Cette pensée l'aida à mettre en place une autre pièce du puzzle dans son esprit. Dell était un métamorphe, et Chase également. Cela signifiait-il que ses frères l'étaient aussi ? Et Anjali, Hailey et les autres ?

Pendant un moment, elle se sentit trompée, même trahie. Mais tout disparut quand elle les imagina, chacun d'entre eux. Connor était amical et poli, Tim était toujours gentil. Dell, drôle et enjoué. Tous étaient fous de leurs compagnes avec le genre d'adoration et de dévotion dont peu d'hommes feraient preuve, et ils avaient tous accouru pour l'aider après l'explosion du camion à smoothie.

Son cœur gonfla. Tous ces étrangers s'étaient montrés bons avec elle. C'était David, celui avec qui elle avait grandi, en qui elle ne pouvait avoir confiance.

Le médaillon chauffa contre sa poitrine, et une voix dériva dans son esprit.

Tu peux leur faire confiance. Tu peux avoir confiance en l'amour.

Sophie regarda Chase. C'était facile d'aimer cet homme. Mais un loup ?

Quelque chose sauta dans sa main, et elle baissa les yeux. Darcy venait de lui échapper.

— Darcy ! Non ! cria-t-elle, en vain.

Le chien courut dans une flaque, se dirigeant tout droit vers l'ours qui avançait vers Chase.

Coco et Boris emplirent l'air de leurs aboiements comme pour dissuader leur compagnon, lui dire qu'il était tout petit face à un grand ours, cependant Darcy semblait s'en fichait.

L'ours, Vucovich, changea de direction, visant directement le chien. Sophie plongea pour prendre un caillou et le lança de toutes ses forces. Elle s'attendait à ce que la pierre rebondisse sans rien faire sur l'épaule de l'animal, cependant elle atterrit dans un bruit sourd et l'ours chancela en arrière. Il la fusilla alors du regard en retroussant les babines, comme s'il avait changé de nouveau de cible.

Le pouls de Sophie s'emballa. Était-elle dingue, à provoquer un ours comme ça ?

Cela dit, Darcy était là, sans parler de Chase et Dell. Tous risquaient leur vie pour elle.

Le chien se mit en position à côté de Chase, ayant choisi son camp. C'était presque risible de voir le petit terrier faire face à un loup et un ours, néanmoins le cœur de Sophie se réchauffa. Ce petit chien avait tout le courage du monde, et il était l'être le plus loyal qu'elle connaissait.

Tout comme Chase, lui dit la petite voix.

Une vague de chaleur irradia dans sa poitrine alors qu'elle scrutait la fourrure marron foncé de Chase. Il avait tellement fait pour elle et demandé si peu en retour. Enfin, elle comprenait ce qu'il avait voulu dire sans y parvenir.

Mais, punaise. L'homme qu'elle aimait était un loup ?

Vucovich gronda et s'avança, lançant la charge suivante. Lamont bondit devant lui, et Chase se prépara pour l'attaque. Quand les deux loups se percutèrent, l'ours suivit. Darcy aussi, jappant et mordant pour distraire le loup. Le grizzly lui donna un coup de patte et le chien sauta juste à temps pour l'éviter.

Sophie jeta un autre caillou sur l'ours. Celui-ci s'écrasa sur son front, provoquant un nouveau rugissement furieux. Elle en prit ensuite un autre et...

— Tu veux bien arrêter ça ? grogna David en lui empoignant le bras.

Elle se tortilla pour essayer de se libérer, cependant son pied glissa.

David jura, chassant Coco et Boris de sa route. Ils n'étaient pas des guerriers comme Darcy, cependant ils lui mordillaient les chevilles, la protégeant du mieux possible.

Sophie se retrouva embarquée dans le chaos. Des chiens aboyant, des bêtes grondant, de l'eau éclaboussant. Le geyser se réveilla dans une explosion tonitruante, les trempant tous. Elle cligna des yeux, essayant de dissiper le brouillard dans son esprit.

« Garde l'esprit clair », résonna la voix de sergent instructeur de son beau-père distinctement dans sa tête. Il disait toujours ça durant les exercices qu'il faisait subir aux recrues involontaires de son armée privée. « La panique est l'ennemie ».

Jamais dans ses rêves les plus fous Sophie n'aurait imaginé qu'elle trouverait ces leçons utiles, et certainement pas dans une telle situation. Mais elle était là, étendue aux pieds d'un fou alors que des animaux sauvages se mettaient en pièces à quelques pas de là. Elle prit une profonde inspiration et plongea un peu plus loin dans ces souvenirs indésirables. David était plus grand et plus fort. Pire, il avait une arme. Mais elle avait été entraînée pour ça, pas vrai ? Elle avança un pied et recula l'autre, se préparant. Elle fit tourner rapidement son bras, et avec un petit coup d'épaule, elle tira le bras de David vers le bas et...

— Hé ! cria-t-il alors qu'elle lui faisait une prise de judo, le hissant par-dessus son épaule et l'écrasant par terre.

Sophie le dévisagea, émerveillée que ça ait réellement fonctionné.

Le fusil avait atterri sur un côté, et elle bondit en avant pour donner un coup de pied dedans, hors de portée. Quand David se précipita dessus, un souvenir vague traversa l'esprit de Sophie. Elle avait glissé, mais avant même qu'elle puisse s'en rendre compte, elle roulait en ciseaux pour faucher David. Soudain, elle courut vers la route, Coco et Boris sur les talons. Elle n'était pas sûre de devoir se sentir fière ou malade que cette formation paramilitaire qu'elle avait été forcée de suivre soit encore embourbée dans son âme, même après tout ce temps.

— Salope ! hurla David en plongeant vers elle.

Les chiens le firent trébucher, laissant Sophie avoir un peu d'avance. Si elle pouvait y arriver et sauter dans sa voiture...

Dans un halètement, elle fut coupée dans son élan. Vucovich s'était détaché du combat entre loups pour se planter fermement devant son chemin, la défiant de se rapprocher.

— Laisse-la-moi, ordonna David, se pressant derrière elle.

Un hurlement retentit à sa gauche, et Sophie regarda autour d'elle. Un des loups se tenait sur l'autre, plongeant ses crocs dans son cou. Ils étaient tous les deux maculés de sang, et son cœur bondit dans sa poitrine. Était-ce Chase ?

Il lui fallut dix atroces secondes pour déterminer qui était qui. L'animal qui se débattait au sol était Lamont, et le vainqueur était Chase.

Lamont cessa de lutter et s'immobilisa. Chase tint encore quelques secondes avant de libérer sa prise. L'autre loup tomba comme une masse, sans bouger. Mort ?

Le reniflement hautain de Darcy sembla le confirmer.

Sophie avait la nausée.

Chase tourna la tête avec une expression pleine de regrets, ce qui lui brisa le cœur.

Pardonne-moi, suppliait ses yeux. *Ne me déteste pas pour ce que je suis. Pour ce que je dois faire pour te sauver.*

Sophie le dévisagea. Pendant le plus bref des instants, sa concentration s'affûta comme jamais.

— Chase, murmura-t-elle.

La peur et la surprise tourbillonnèrent autour de son cœur, cependant l'amour emplissait la majorité de l'espace.

« L'amour est la plus puissante force sur Terre », avait un jour dit sa tante. « Et quand tu sais, tu le sais vraiment. »

Sophie ravala un profond soupir, se raisonnant. Elle aimait Chase. Est-ce que ça comptait vraiment qu'il soit un homme ou un loup ?

Jusqu'à présent, Nelson s'était tenu à l'écart des combats, cerné par Dell sous forme de lion. Soudain, l'ours gronda et attaqua ce dernier. De son côté, l'autre ours se dressa sur ses pattes arrière, surplombant Chase.

— Ce sera moi un jour, gronda David alors qu'il rattrapait Sophie et la saisissait par-derrière. Mais en mieux.

Le collier avec la griffe d'ours s'enfonçait dans son dos, et il retint fermement ses poignets d'une main. Il claqua l'autre sur son buste, couvrant son médaillon.

— Oh, oui. Je vais avoir besoin de ça aussi, marmonna David.

Elle se raidit. Pourquoi serait-il intéressé par ce bijou ?

Instinctivement, elle lui écrasa le pied et fit une embardée.

— Bordel, jura-t-il, lui courant après.

Avec un loup et un ours bloquant un chemin et un combat entre un lion et un deuxième ours coupant l'autre, Sophie n'avait d'autre choix que de foncer vers le bord de la falaise. Le geyser entra en éruption, la trempant. L'eau plaqua ses cheveux sur son visage et elle tomba sur les genoux à un centimètre de la limite des rochers. Elle jeta un œil en bas ; impossible de sauter pour s'échapper.

— Où vas-tu aller maintenant ? ricana David, lui claquant la tête par-derrière.

Le coup l'envoya tituber sur un côté. Son épaule percuta la pierre et elle poussa un cri. Un loup hurla et elle sut qu'il s'agissait de Chase. Mais quand elle leva les yeux, elle ne put voir que la silhouette imposante d'un grizzly au-dessus de lui.

— Non !

Elle crapahuta pour se remettre sur pied, cependant elle s'était cognée dans sa chute et tout se déroula dans un lent brouillard. Coco et Boris gémirent et aboyèrent, formant un nuage de marron et de blanc à ses pieds. David était là aussi, cherchant le fusil avec ce qui ressemblait être deux mains droites.

Dépêche-toi, murmura une voix alors que son médaillon irradiait de chaleur. *Repousse-le.*

Elle se concentra juste à temps pour voir Vucovich entailler l'épaule de Chase avec ses énormes griffes ratissantes. L'ours chercha à le tuer alors que Chase roulait au sol. Mais Darcy, ce brave et indomptable Darcy fonça, plantant ses dents dans la patte arrière du grizzly. L'ours rugit et se tordit, le chassant d'une patte.

— Darcy ! cria Sophie alors que le chien volait au-dessus des rochers avant de s'écraser.

Il resta là, dans un petit tas immobile.

— Putain de chien, marmonna David alors qu'il se rapprochait du fusil.

Coco et Boris se précipitèrent vers Darcy. La colère monta en Sophie... ou était-ce de la haine ? Des émotions qu'elle avait bannies depuis si longtemps et qui mettaient de côté tout l'amour qu'elle avait si méticuleusement rassemblé au fil de ces derniers mois.

Sans réfléchir, elle donna un coup de pied dans le fusil, l'éloignant des mains de David. L'arme cliqueta sur les rochers avant de basculer de la falaise.

— Salope ! cria David, trop tard.

Sophie bondit sur ses pieds et leva les poings. Pour la première fois de sa vie, elle comprenait pourquoi la haine était si puissante, et pourquoi les hommes comme David prennent tant de plaisir à puiser là-dedans. Mais quelque chose réchauffa sa poitrine. Dès qu'elle toucha le médaillon, l'amour revint à la hâte dans son cœur, étouffant la haine. Le médaillon était si chaud qu'elle retira presque la main, cependant cette chaleur ne brûlait pas. Elle affluait en elle, l'emplissant d'une source différente de pouvoir.

L'amour. C'est la chose la plus puissante qui existe, avait un jour dit sa tante.

Et, waouh. Sophie y croyait. Elle serra fermement le médaillon.

— Comment oses-tu ? hurla David.

— Et toi ? cria-t-elle en retour, essayant de jauger la situation.

Chase et Vucovich s'affrontaient de près. Dell et Nelson occupaient de larges portions du territoire, bondissant l'un sur l'autre, avant de battre en retraite. Ils étaient à une bonne vingtaine de mètres, leur distance augmentant petit à petit. Ce qui laissait David, qui...

Sophie haleta alors qu'il lui tordait la main sur le côté.

— Maintenant, ça suffit. Choisis. La vie ou la mort, Sophie. Qu'est-ce que ce sera ?

— Chase, déclara-t-elle, luttant encore. Je choisis Chase.

David ricana.

— Ce n'est pas une option, chérie. C'est moi ou rien.

De la chaleur irradia à travers sa poitrine, et un gargouillis se fit entendre derrière David, signalant que le geyser allait les interrompre. Le regard de Sophie se posa sur le trou béant à quelques pas d'elle.

David rit.

— Je suppose que c'est la mort, alors. Dommage.

Il se pencha, se concentrant sur son cou. Ses yeux s'illuminèrent comme s'il se délectait déjà de l'idée de lui ôter la vie. D'ignorer ses suppliques étranglées et de la regarder lentement mourir. Il la secouerait un peu et, beurk, embrasserait sa joue alors que la vie quittait son corps. Ensuite, dans un geste glacial, il pousserait son corps de la falaise.

Elle put voir tout ça dans les yeux de David. Mais en même temps, une autre vision se déroula dans l'esprit de Sophie. Une image de Chase, la regardant alors qu'ils riaient au lit. Son doux baiser, ses délicates caresses. Tout cet amour et ce désir dirigé vers elle.

Elle serra les dents. David avait raison. C'était la vie ou la mort, et elle devait choisir.

Ses yeux glissèrent de David vers le geyser gargouillant.

Attention. Restez à bonne distance du geyser. Vous pourriez être aspiré et mourir.

David se pencha pour l'étrangler et Sophie tangua vers l'arrière, se servant de la surface glissant pour lui faire perdre l'équilibre. Puis, faisant appel à toute l'énergie qui lui restait, elle le poussa. Elle le poussa *vraiment*, avec plus de force qu'elle n'en avait jamais eu dans sa vie.

David s'étala en arrière, grommelant de surprise. Il chancela vers le bord du geyser un instant, et Sophie retint son souffle alors qu'elle baissait les yeux vers lui. Quand il lui rendit son regard, elle y lut une envie de meurtre.

— Ça suffit, grommela David. Tu vas souhaiter…

Ses mots furent noyés par le débordement de l'eau, et Coco, si petite et sans défense, bondit sur ses mollets, le repoussant. Ce n'était pas grand-chose, et David tendit facilement le pied droit pour se rattraper de l'autre côté du trou. Mais le gargouillis devint un rugissement, et le regard de David passa de l'agacement à la panique.

Zoum ! Le geyser explosa.

David se débattit dans tous les sens, entouré d'eau qui jaillissait avec la force d'une lance à incendie. L'eau retomba après, et David aussi. Une minute il était là, et la suivante l'eau l'avait emporté hors de vue.

— David… dit Sophie à la fois dans un murmure et un jappement.

Coco avait été projetée sur le côté par l'éruption, cependant quand le geyser se calma, elle secoua sa fourrure et regarda dans le trou.

— Coco ! appela Sophie en s'agitant comme une folle pour faire revenir le roquet auprès d'elle.

Sophie scruta le geyser puis examina la zone. David serait-il extirpé de là ? Pouvait-il survivre ?

Soudain, un rugissement retentit derrière elle, et elle tourna les talons pour faire face au combat entre métamorphes.

Chapitre 16

Sophie se tourna juste à temps pour voir Chase être projeté contre les rochers. Son corps de loup était abîmé, et Vucovich saignait de plusieurs plaies profondes. Mais le grizzly avait l'avantage, et il se rapprochait pour assener le coup fatal.

— Non !

Elle prit une pierre et courut, la lançant vers l'ours. L'énorme bête se tourna et lui gonda dessus, ignorant Chase. Elle lança un autre caillou, puis un autre. Chaque coup provoquait une plus grosse réaction chez le grizzly, qui grimaça, esquiva et rugit.

Une petite partie de son esprit se disait qu'elle ne devrait pas être capable d'avoir autant d'impact. Que quelque chose d'autre que la panique pure pouvait l'alimenter. C'est alors que le grizzly fonça droit sur elle et elle se figea sur place, contemplant la mort qui arrivait.

Soudain, Darcy, son cher petit Darcy qui boitillait comme un Napoléon qui ne savait pas quand s'arrêter, enfonça ses crocs dans les pattes arrière de l'ours. La bête se tourna pour le repousser, laissant sa nuque exposée. Chase lutta pour se redresser et plongea, les mâchoires grandes ouvertes.

Le collier du grizzly devait être incroyablement épais, cependant une fois que le loup enfonça ses crocs dedans, il refusa de lâcher. Darcy non plus, qui restait suspendu alors que l'ours se débattait. Au début, la bête sembla simplement agacée. Cependant les crocs du loup avaient dû pénétrer plus profondément la peau, parce que les mouvements de l'ours devinrent plus désespérés. Se secouant puissamment, il envoya valser Darcy dans les airs. Le Jack Russell s'écrasa contre un rocher, immobile.

— Darcy ! hurla Sophie.

Elle se précipita presque vers lui, mais elle n'avait pas le temps. Sans la distraction créée par Darcy, le grizzly aurait concentré son attention sur le fait de mettre Chase en pièces avec ses griffes.

Alors, bouge. Va aider Chase, s'ordonna-t-elle.

Elle cria et agita les mains, ignorant son instinct lui disant de fuir. Si Darcy pouvait affronter une bête si énorme, elle pouvait se forcer à faire de même.

L'ours tourna et lui donna un coup de patte, balayant l'air devant son visage. Chase était toujours accroché à son cou, et du sang maculait les poils de leurs poitrails. Sophie s'enfuit presque, cependant elle trouva la force de plonger à nouveau, criant vers la bête. Plus l'ours se concentrait sur elle, plus Chase avait le temps de l'épuiser et le tuer.

— Par ici ! hurla-t-elle, prenant un autre caillou.

L'ours leva le nez alors qu'elle lançait la pierre avec une puissance et une précision qui la choquèrent. Quand elle frappe son museau, il hurla et se cambra.

Coco aboya, comme pour acclamer Chase.

Maintenant ! Attaque-le !

Le loup cramponna ses mâchoires encore plus fort et l'ours poussa un rugissement final qui se dissipa. Il tomba ensuite sur le côté dans un mouvement étrangement lent, donna quelques coups de pied et se ramollit enfin. Pendant un moment, le seul son qui se fit entendre fut celui de vagues s'écrasant sur les roches. Le loup relâcha ensuite l'ours et chancela. Après trois pas tremblants, il s'écroula.

Sophie vacilla en arrière, atterrit sur ses fesses et resta assise là, à le contempler. Son cœur tambourina encore plus fort dans le silence qui les entourait. Mais quand elle chercha son médaillon, elle se retrouva de nouveau sur pied, courant vers Chase. Elle s'agenouilla devant lui et...

Elle s'immobilisa, et ses mains tremblèrent alors qu'elle s'apprêtait à le toucher. Ce n'était pas juste une bête sauvage.

C'était un loup-garou… le genre de bête qui l'avait horrifiée pendant si longtemps.

Pas juste un loup-garou, lui rappela un coin de son esprit. *C'est Chase.*

Coco arriva à ses côtés, reniflant avec prudence.

Elle se tourna, parce que Dell et l'autre ours étaient toujours là, puis se détendit parce que le lion poursuivait Nelson qui battait en retraite. Ce dernier ne s'était jamais réellement engagé à combattre, et maintenant il minimisait les dégâts, semblait-il.

Sophie se retourna vers Chase, pétrifiée. Quelle était l'étendue de ses blessures ?

Lentement, elle tendit la main et toucha son flanc de loup. Ses poils étaient plus doux qu'elle ne l'avait cru, et lui rappelaient facilement quand elle passait les doigts dans les cheveux de Chase.

— Chase…

Elle caressa ses oreilles de loup.

C'était vraiment lui, et il avait tout risqué pour elle. Mais il restait totalement terrifiant.

Une larme roula sur sa joue, suivie d'une autre. Et d'autres, et rapidement toute une rivière l'aveugla alors qu'elle murmurait son nom.

— Chase…

Elle ne savait pas combien de temps elle avait sangloté pour l'homme qu'elle aimait et pour Darcy. Pour tout, semblait-il. Tous les plus grands chagrins de sa vie remontèrent au même moment, et elle se sentait perdue.

Soudain un doigt calleux lui frôla la joue et elle cligna des yeux.

— Chase ?

Le loup avait disparu, laissant un homme à sa place.

— Sophie, coassa-t-il.

Une goutte d'eau était suspendue à son sourcil et ses cheveux étaient mouillés, tout comme le loup avait été trempé.

Elle retint son souffle. Chase était-il vraiment de retour ? Elle haleta en voyant soudain ses blessures. Son épaule gauche

était ouverte en deux, et quatre griffures parallèles lui traversaient le torse. Malgré tout, il prit sa joue en coupe et la caressa
du pouce.

— Est-ce que ça va ? Pitié, dis-moi que ça va, supplia-t-elle.

— Je vais bien, dit-il d'une voix rauque. Et désolé. Je suis
tellement désolé.

Elle essuya ses larmes et le serra aussi précautionneusement
que possible.

— Désolé pour quoi ?

— Pour tout ?

Elle se redressa.

— Tu m'as sauvée. Encore. C'est moi qui devrais être
désolée. Tu as essayé de me le dire, n'est-ce pas ?

Son estomac fit une embardée.

— Pitié, ne me dis pas que c'était autre chose. Quelque
chose d'encore plus énorme.

Il secoua la tête.

— Juste la partie métamorphe. Pas d'autres surprises, je
le jure.

Il referma sa main sur la sienne et la regarda avec tant de
prudence qu'elle en eut le cœur brisé.

— Mais au sujet de...

Elle secoua la tête.

— Je t'aime, Chase. Rien d'autre ne compte.

Bien sûr, elle aurait besoin de temps pour digérer toute
cette histoire de métamorphe. Mais rien ne l'empêcherait de
l'aimer.

— Rien d'autre, murmura-t-elle en l'étreignant.

Elle aurait pu rester là une éternité à écouter son cœur
battre. Mais quand elle ouvrit les yeux, elle vit le sang sur son
torse et la réalité de la situation la frappa à nouveau. Elle se
rassit et agita les mains, impuissante, scrutant ses blessures.

— Oh, Seigneur. Il faut arrêter le saignement...

Chase serra ses mains, la calmant.

— Tout ira bien. On guérit vite.

Il parlait des métamorphes, supposa-t-elle, cependant tout
ce qui comptait, c'était qu'il irait bien.

Des rugissements retentirent au loin, et Sophie grimaça. Une partie de ce son était un cri de victoire, mais l'autre était le dernier souffle de la mort.

Elle serra la main de Chase.

— C'était Dell ou l'ours ?

— Dell, dit-il. Je veux dire. Il l'a eu. Enfin...

Sophie ferma les yeux, essayant de ne pas s'imaginer les détails. Soudain, ses yeux s'ouvrirent de panique, et elle se tourna.

— Darcy !

Le chien était étendu là où il avait été projeté par le grizzly, complètement immobile. Boris était près de lui, reniflant l'air, craignant d'approcher.

Sophie se précipita vers lui.

— Darcy...

Lentement, précautionneusement, elle le prit dans ses bras et les larmes revinrent quand il ne réagit pas.

— Mon gentil Darcy, si courageux...

Elle le berça, impuissante. Elle pouvait à peine voir à travers ses larmes, et la chaleur émanant du médaillon augmenta.

Elle ne savait pas comment Chase avait pu trouver l'énergie de boiter jusqu'à elle. Elle souhaita juste que Darcy ait les pouvoirs guérisseurs d'un métamorphe. Son pouls était faible, son corps immobile. Était-elle témoin des derniers moments de sa vie ?

— Parle-lui, murmura Chase. Dis-lui.

Sa gorge était trop gonflée pour qu'elle parle, toutefois elle s'étrangla sur quelques mots.

— Mon courageux, courageux Darcy. Tu es un si bon chien.

Tout espoir la quitta. Ce n'était qu'une question de temps, cependant. Elle ferma les yeux et pensa au Pont de l'arc-en-ciel, ce poème pour enfant qui parlait du paradis pour chien en termes simples et beaux. En général, l'idée la réconfortait, cependant ça ne l'aidait pas trop pour l'instant. Ses yeux la piquaient et sa tête la lançait.

— Darcy... pleura-t-elle, le tenant près d'elle.

Quelque chose frôla son coude, mais elle s'en fichait. Pareil quand ça recommença. Mais à la troisième...

Elle baissa les yeux. Une seconde. Était-ce sa queue qui remuait ? Elle retint son souffle.

Darcy entrouvrit les yeux et lécha sa main. Si faiblement qu'elle eut peur, toutefois l'espoir la submergea en même temps.

— Bon garçon, Darcy, dit-elle en le caressant doucement. Bon garçon.

De la chaleur palpita dans son bras et elle ferma les yeux, suivant le chemin dans son esprit. C'était son médaillon, ne lui donnant pas seulement de la force à elle, mais se déversant aussi dans Darcy. Était-ce juste l'amour qui était à l'œuvre ici, ou quelque chose de plus ?

Les paupières de Darcy se fermèrent à nouveau, ce qui la terrifia, toutefois Chase lui toucha le dos.

— Petit dur à cuire. Il va s'en sortir.

— Comment peux-tu le savoir ?

Chase se mordilla la lèvre.

— Euh... je le sais juste. Continue à le tenir dans tes bras.

Oh, elle allait le tenir, oui. Juste comme elle le ferait avec Chase quand elle en aurait l'occasion.

— Tu es sûr ? demanda-t-elle d'une voix aiguë.

— J'en suis sûr.

Les yeux de Chase s'illuminèrent, lui rappelant ceux d'un loup, et tout à coup, Sophie comprit. Pas les détails peut-être, mais l'essentiel. Les chiens pouvaient communiquer les uns avec les autres, donc les loups le pouvaient probablement aussi.

Coco et Boris vinrent lécher Darcy et Sophie les caressa, riant et pleurant à la fois. Elle saisit la main de Chase et la chaleur du médaillon s'étendit dans cette direction également.

L'amour est la force la plus puissante sur Terre...

Elle avait sans aucun doute vécu des moments de doute. Mais là, elle était sûre. L'amour pouvait vraiment tout conquérir.

Des bruits de pas éraflèrent alors les rochers et son cœur bondit dans sa poitrine. Elle leva les yeux, effrayée de découvrir de qui il s'agissait. Soudain, les visages familiers des amis de Chase entrèrent dans son champ de vision, et elle expira. Tim fut le premier à se présenter, suivi par Hailey. Anjali n'était pas loin derrière, même si elle coupa pour intercepter Dell, qui boitait vers eux, toujours en forme de lion.

— Ça va, mec ? demanda Tim plus sérieux que jamais.

Chase hocha lentement la tête.

— Et Darcy ? s'enquit Hailey en rejoignant Sophie.

Cette dernière caressait ses poils lisses et humides.

— Je crois que ça ira.

Hailey s'avança, observant Sophie et Chase tour à tour. Elle inclina ensuite la tête et demanda, très doucement :

— Et toi ?

Sophie se mordilla la lèvre. « Secouée » décrivait à peine ce qu'elle ressentait, en particulier à l'idée qu'Hailey et les autres étaient probablement des métamorphes. Son cœur tambourina dans sa poitrine alors qu'elle examinait ses traits de près.

Un instant plus tard, elle secoua cette pensée. Métamorphe ou pas, ce n'était pas important. Leur amour pour Chase était palpable, et ils avaient prouvé leur bienveillance à son égard encore et encore.

— Sophie ? appela Hailey, inquiète.

Sophie regarda Darcy puis Chase, qui serrait sa main. Seigneur, qu'elle l'aimait.

— Je vais bien, murmura-t-elle en gardant les yeux fermement rivés sur lui. Vraiment bien.

Chapitre 17

Chase se réveilla lentement, ayant toujours du mal à croire ce qui était arrivé. Une semaine était passée depuis cette terrible journée sur les rochers, celle où il aurait pu perdre Sophie. On ne pouvait pas lui en vouloir de l'avoir tenue toute la nuit sans vouloir la relâcher maintenant que c'était le matin, n'est-ce pas ?

— Hmm.

Elle soupira et se rapprocha encore plus de lui.

Coco et Boris se calèrent contre eux aussi et Chase soupira. Mais, bon sang. Il pouvait bien supporter deux chiens au pied du lit.

— Hé, mon pote.

Il tendit la main pour caresser Darcy, qui ne tressaillit même pas. En fait, il semblait même apprécier.

Le petit Jack Russel avait passé la nuit sur un oreiller juste à côté du canapé ; l'oreiller le plus gros et pelucheux qu'ils avaient pu trouver. Il était même énorme, et les pampilles dorées aux coins donnaient des airs de maharadjah à Darcy. Anjali l'avait ramené peu de temps après le combat, et Sophie avait passé les premières quarante-huit heures qui avaient suivi à les dorloter, Chase et lui.

Chase observa la mezzanine. Ses blessures l'avaient empêché de monter au début, donc ils s'étaient fait un lit de fortune dans le salon. Il avait récupéré assez vite, cependant ils avaient continué de dormir en bas sur le canapé pour garder un œil sur Darcy. Maintenant que le pire était passé, Chase avait espoir de remonter. Les chiens devraient rester au rez-de-chaussée, néanmoins ils survivraient.

Je suis l'alpha de notre meute, expliqua-t-il à Darcy. *Mais tu es mon lieutenant et c'est toi qui commandes en bas. Celui qui fait en sorte qu'aucun méchant ne passe la porte. Je peux compter sur toi ?*

Darcy agita la queue.

Oui, chef.

Chase lui caressa les oreilles, faisant attention à éviter ses blessures. Le petit bonhomme avait eu du mal à l'accepter au début, cependant tout avait changé depuis le combat, quand ils avaient affronté un ennemi commun pour sauver Sophie.

Je n'aurais pas réussi sans toi, mec, dit-il dans l'esprit du chien.

Darcy afficha un petit sourire suffisant puis ferma les yeux. Il faudrait un moment avant qu'il puisse vraiment commencer son rôle de garde, mais il irait bien.

Quant à Sophie...

Elle s'est sauvée toute seule, murmura une petite voix dans l'esprit de Chase.

Il glissa une main sur le flanc de sa compagne. Tant de choses s'étaient mal passées ; pourtant, tout s'était étrangement bien terminé. Le matin avant le combat, il avait filé vers le poste de police, seulement pour découvrir qu'ils avaient arrêté le mauvais type. Quand il s'était précipité chez lui, Sophie avait disparu. Ses camarades avaient été en train de se préparer pour traquer les métamorphes intrus, qui avaient échappé à Connor et Jenna sur Oahu en laissant une fausse piste. Chase et Dell avaient dû donc retrouver Sophie et n'avaient eu d'autres choix que d'attaquer les intrus sans attendre les renforts.

Les souvenirs étaient moches, toutefois Sophie avait été merveilleuse, restant lucide et se battant avec un incroyable courage. Elle avait fait une prise de judo à un homme adulte, pour l'amour de Dieu, et ce mouvement de balancier qu'elle avait utilisé pour projeter David vers le geyser avait été aussi plutôt impressionnant.

— *Où as-tu appris ça ?* avait-il demandé à un moment dans la semaine.

Sophie avait fait la grimace.

— *Enfant, j'ai dû apprendre plein de choses que je ne voulais jamais utiliser.*

Elle avait baissé les yeux sur son médaillon et bougé les lèvres comme pour ajouter quelque chose, avant de se retenir finalement.

Il avait observé le bijou contre sa peau nue. Parfois, il avait senti du pouvoir émaner de lui. Il avait conclu que c'était une conséquence de son esprit amoureux embrouillé. Mais à présent, il n'en était plus si sûr.

Pourtant, il n'était pas prêt à poser plus de questions. Sophie lui en avait déjà révélé beaucoup, lui racontant les détails de sa vie dans la milice dans laquelle elle était plus jeune. Tous les exercices matinaux, les entraînements, la propagande folle qu'elle avait laissée derrière elle.

— *Ma tante était mon phare durant toute cette période. La seule voix me rappelant qu'il y avait de l'amour dans le monde, pas juste de la peur et de la haine.*

Chase avait embrassé sa main.

— *Tu as clairement bien retenu ses leçons sur l'amour.*

Elle avait retrouvé son sourire, et ils avaient passé dix bonnes minutes à s'étreindre pour tout renforcer.

L'amour, murmura son loup.

Chase hocha la tête. L'amour était réellement la force la plus puissante qui existait.

Il avait eu l'occasion de s'ouvrir à Sophie aussi, lui expliquant toute son enfance. Ou du moins, sa vie de louveteau, puisqu'il avait grandi dans une meute de loups. Il avait eu peur qu'elle en soit dégoûtée, cependant elle avait été fascinée par chaque détail.

— *Tu veux dire, que tu as pu hurler vers la lune et tout ?*

Il avait éclaté de rire et l'avait étreinte à nouveau. Bien sûr, c'était logique qu'une femme qui aimait les chiens puisse comprendre, mais quand même. Il n'arrivait pas à croire qu'il soit si chanceux.

— *On ne hurle pas vers la lune. On hurle à la lune. Un jour, je te montrerai.*

Elle avait semblé apprécier l'idée, et il s'était emballé à nouveau. Elle avait été triste d'apprendre les détails, en revanche.

Que la vie dans la nature pouvait être épuisante, et qu'il avait été difficile pour lui de faire la transition avec sa nouvelle vie. Qu'il avait souvent pensé à tourner le dos au monde humain.

— *Je comprends ce que tu veux dire,* avait-elle répondu dans un soupir. *Les humains craignent vraiment parfois. Mais il y a aussi des moments pleins de beauté.*

L'amour. La beauté. Le soleil. Ils étaient tous faciles à trouver en présence de Sophie.

Il regarda le plafond. Il ne s'était jamais senti aussi ancré dans le monde humain. La possibilité de devenir sauvage avait disparu pour de bon.

Au final, il était parvenu à raconter à Sophie tout ce qu'il avait retenu. Il lui avait parlé des métamorphes et des compagnons et compagnes, et de la facilité avec laquelle ils se transformaient. Il lui avait aussi parlé des différentes espèces de métamorphes : les loups comme lui, les ours comme Tim, les lions comme Dell ou encore les dragons comme Connor.

Sophie avait blêmi en apprenant l'existence de dragons, néanmoins elle n'était pas non plus partie en courant. Elle avait juste pris une profonde inspiration, hoché la tête et traité silencieusement l'information.

— *Des gentils dragons ?* avait-elle chuchoté après un long moment.

Il l'avait tenue contre lui.

— *Vraiment gentils. Je te promets.*

Elle s'était pressée contre son torse encore plus fermement après ça. Mais elle avait fini par reposer des questions sur les loups. Des questions qui n'étaient pas posées par peur, mais par curiosité et même... envie ?

— *J'adorerais courir librement comme* ça, avait-elle dit dans un soupir, faisant gonfler ses espoirs.

Et maintenant...

Chase baissa la tête alors que Sophie étendait ses bras et le regardait de ses yeux vert forêt lumineux.

— À quoi tu penses ? murmura-t-elle.

Il l'embrassa doucement.

— À toi. À moi. À ma chance.

Ils avaient eu le temps de parler de tout, et pas juste des gros sujets. Sophie lui avait raconté toutes sortes de petits détails, comme ses couleurs ou ses fleurs préférées. Les peluches qu'elle avait avant, et son premier jour de travail dans cette ferme du Vermont. Il lui avait parlé de son lit superposé quand il avait emménagé avec Tim et Connor adolescents, et il avait radoté sur des blagues que ses frères lui avaient faites à l'armée. C'était génial, ça lui semblait remonter à une éternité. Tout le monde avait grandi depuis... devenant plus sérieux, trouvant des compagnes, s'installant.

Son sourire s'étira. Il était comme ça lui aussi.

Sophie lui toucha la joue.

— Tu as mieux dormi cette nuit ?

Il hocha fermement la tête. Et comment. Les premières nuits après la bataille, il avait eu trop mal pour dormir correctement. Ensuite il avait été hanté par des cauchemars au sujet de braconniers traquant sa meute. Mais la meilleure nouvelle qu'il aurait pu souhaiter lui était soudain parvenue : Tim était ami avec un clan d'ours métamorphe en Arizona qui vivait dans un petit coin sympa qui s'appelait le *Blue Moon Saloon*. Une branche de ce clan avait déménagé dans le Montana et ils s'étaient dépêchés d'aller voir comment se portait sa meute. Selon eux, les braconniers étaient partis ou alors faisaient profil bas. Malgré tout, Todd Voss et son gang de divers métamorphes avaient juré de rester dans les environs, s'assurant que le danger était vraiment parti.

— Tim dit qu'on peut compter sur Todd et son clan. Si quelqu'un peut renifler les ennuis, c'est bien eux.

Sophie dessina des cercles paresseux sur son torse.

— Le *Blue Moon Saloon*. J'aime bien ce nom. Il faudra vraiment que nous leur rendions visite, un jour.

À chaque fois qu'elle disait « nous », le sourire de Chase s'agrandissait. Et quand elle parlait des métamorphes de manière positive, en particulier des ours qui lui avaient donné une si mauvaise impression pendant si longtemps, son âme se réjouissait.

Il embrassa sa main.

— Peut-être sur le chemin du Montana.

— Un jour.

Elle soupira et tripota son médaillon d'un air absent.

— Une fois qu'on sera bien installés ici, je suppose.

Son loup intérieur remua la queue.

Installés. Ça veut dire unis.

Chase se retint de répondre. Ça pouvait signifier beaucoup de choses, et il ne voulait pas presser Sophie. Elle avait déjà assez de choses à gérer.

— Je dois parler à M. Lee, dit-elle en regardant au loin.

Elle était déterminée à retourner travailler pour Sunshine Smoothies, et maintenant que le danger que représentait David était écarté, Chase ne pouvait pas vraiment objecter. En vérité, il aimait l'idée qu'elle soit proche du *Lucky Devil*. Ils pouvaient aller au travail ensemble, se retrouver à leur pause...

Il freina son imagination avant qu'elle ne s'envole.

Il faut d'abord s'unir, insista son loup. *La faire nôtre pour toujours.*

Il le voulait, désespérément, cependant il aurait besoin de temps pour expliquer à Sophie les détails de l'union. Il se disait qu'elle n'aurait pas de problèmes avec le « pour toujours », néanmoins une gentille fille comme elle ne rechignerait-elle pas face à l'idée d'une morsure d'union faite durant le sommet de l'orgasme ? Et, merde. Comment pouvait-il exactement le formuler ?

Donc, il faut se mettre nus, coucher ensemble, et juste quand on est sur le point de jouir, je te mords...

Il rougit juste en pensant à dire une telle chose.

— Et il est grand temps que je recontacte le notaire de ma tante, murmura Sophie, l'air troublée.

Cela le fit sourire. Il aimait tellement de choses chez elle, et c'en était une. Elle connaissait la valeur de l'argent, toutefois elle n'en faisait pas le centre de son monde.

— Ensuite, je chercherais une bonne cause à laquelle donner cet argent, ajouta-t-elle, s'illuminant.

Il pouffa.

— Et si c'est vraiment beaucoup d'argent ?

— Alors, j'en donnerai à plusieurs. Je pensais à un refuge pour animaux, pour commencer...

La plupart des gens auraient secoué la tête devant une suggestion aussi folle, cependant Chase trouvait que c'était génial. Il l'écouta réfléchir à des idées pendant un moment, puis somnola dans un agréable brouillard. Soudain, Sophie dit autre chose, et il la dévisagea. Wouah. Venait-elle de parler d'union, ou son loup jouait-il avec son esprit ?

— Euh... répète ça ? parvint-il à demander.

Elle rougit et baissa les yeux. Ils étaient tous les deux nus parce qu'ils avaient fait l'amour la veille. Du sexe doux et lent auquel il aurait pu repenser toute la journée... ou mieux encore, qu'il aurait pu recommencer quelques fois.

Plusieurs fois, insista son loup, rêvassant à nouveau.

Chase cligna pour chasser cette pensée, essayant de se concentrer sur ce que Sophie marmonnait. Il inclina la tête, ne captant toujours pas ses paroles.

Elle finit par soupirer et lui claquer l'épaule d'un geste espiègle.

— Je parlais de l'union. C'est aussi sur ma liste de choses à faire.

Il écarquilla les yeux, et ses joues rougirent.

Son loup intérieur bondit pour attirer son attention.

Elle a parlé d'union. Alors il est temps de s'y mettre.

— Tu... veux ça ? demanda-t-il, terrifié d'avoir mal compris.

Elle referma ses bras autour de son cou.

— Bien sûr que je le veux. Je veux t'appartenir et je veux que tu sois mien aussi. Pour toujours.

Chase la serra fermement. S'unir avec Sophie serait un rêve devenu réalité, mais quand même. Avait-il bien entendu ?

— S'unir signifie que... euh... Il faut...

— Une morsure ? L'interrompit-elle enfin dans un petit murmure qui paraissait à la fois timide et concupiscent.

Chase en resta bouche bée.

— Tu es au courant pour ça ?

Elle éclata de rire.

— Anjali et Hailey sont venues il y a deux jours alors que tu dormais et m'ont expliqué certaines choses.

Il déglutit difficilement. Waouh. Il avait eu l'intention de remercier les femmes de Koakea pour leur aide, toutefois maintenant il leur devait encore plus.

— Qu'ont-elles expliqué exactement ?

Sophie se pencha plus près et murmura à son oreille :

— Tout.

Il ne savait pas si elle avait eu l'intention d'exciter tout son désir refoulé avec ses paroles, mais ce fut ce qui arriva. D'un autre côté, il était abasourdi. Les autres femmes lui avaient parlé de l'union ? Il avait passé les derniers jours à comater, mais maintenant qu'il y pensait, il avait un vague souvenir de gloussements coquins provenant du porche.

— Tout ? demande-t-il d'une voix grave, rauque et excitée.

— Tout.

Ses lèvres frôlèrent son oreille et elle se rapprocha de lui, ses hanches tout juste contre son érection grandissante.

— Elles m'ont dit à quel point c'était bon. Et que je pourrais te mordre en retour... quand je serai prête, je veux dire.

Elle cala son nez contre lui et il fit de même, emballé par ses mots. Il passa ses mains sur ses flancs, taquinant la limite de ses seins.

— Tu la veux vraiment ? La morsure d'union ? vérifia-t-il une troisième fois.

— Plus que tout, acquiesça-t-elle mordillant son oreille.

— Tu sais que ça nous liera pour toujours. Vraiment pour toujours... plus loin que n'importe quels vœux de mariage ou certificat. Nous serons ensemble pour le reste de nos vies et à jamais.

Elle prit ses joues en coupe des deux mains.

— Je sais, dit-elle avant de sourire. Tu comprends ? Je sais.

Il rit et lissa ses cheveux en arrière, surtout pour empêcher ses mains d'errer trop bas.

— Cela fera de toi une métamorphe loup. Elles te l'ont aussi expliqué ?

Sophie déglutit, avant de hocher fermement la tête.

— Elles ont expliqué que ça peut être dangereux pour les hommes humains de se transformer, mais que c'est facile pour les femmes.

Chase hocha la tête. Les corps masculins luttaient contre le changement, et peu survivaient à l'expérience. Les femmes, en revanche, acceptaient les modifications internes plus naturellement.

Les yeux de Sophie se posèrent au loin.

— Anjali m'a raconté à quel point c'était agréable... comme le meilleur des yogas, avec tes articulations qui deviennent toutes souples. Hailey a parlé de fait de se sentir forte.

Elle lui lança un sourire triste.

— Je me suis dit que j'aurais bien besoin de ça.

Il secoua la tête.

— Tu as déjà prouvé ta force, quand on était au geyser.

Elle fit la moue avant de poursuivre.

— Jenna m'a parlé de la vue et des odeurs... Elles étaient toutes d'accord sur ça. Que c'est si bon. Si naturel. En lien avec la Terre.

Elle lâcha ensuite un profond soupir.

— Elles disent que se transformer est un don.

Chase ferma les yeux, y repensant. Il avait toujours considéré sa capacité comme acquise. Mais elles avaient raison. C'était un don. Un qu'il lui tardait de partager avec sa compagne.

Alors, qu'est-ce que tu attends ? grommela son loup.

Pourtant, Chase se força à poser une nouvelle fois la question.

— Tu es vraiment d'accord ?

Elle se mordit la lèvre.

— Honnêtement, j'ai un peu peur. Mais je... eh bien...

Elle rougit encore plus.

— Je suis curieuse, aussi.

Ils se dévisagèrent pendant les quelques secondes qui suivirent. Et s'embrassèrent. Durement. Puissamment... Sophie referma sa jambe autour de la sienne, montrant son désir évident, et quand sa main frôla son membre, il hurla presque.

Mais Coco et Boris levèrent les yeux, reniflant l'air mêlé de luxure, et Chase se renfrogna. Il ne voulait rien de plus que faire de Sophie sa compagne, cependant il préférait ne pas partager de moment intime en présence de ces nouveaux copains.

— Attends, murmura-t-il, poussant Sophie à se relever.

Les chiens s'éparpillèrent, sauf Darcy qui leva le nez de son oreiller confortable avec un air perplexe.

Chase ne s'arrêta pas pour le corriger. Oui, Sophie et lui allaient encore faire l'amour. Mais ça n'aurait rien à voir avec ce qu'ils avaient vécu auparavant, et il le savait. Par chance, ils étaient déjà nus, donc tout ce dont ils avaient besoin, c'était un peu d'espace.

— Là-haut.

Il dirigea Sophie vers la mezzanine.

Elle réprima un gloussement.

— Bonne idée.

Les chiens les regardèrent monter l'échelle, l'air mélancolique. Mais Chase ne comptait pas se sentir coupable de chercher un peu d'intimité pour le moment le plus important de sa vie.

Sophie semblait s'en ficher aussi. En fait, elle grimpa les marches escarpées plus vite que jamais, et quand elle arriva en haut, elle se tourna pour lui faire face.

— C'est tout nouveau pour moi, pourtant j'ai l'impression d'avoir entendu ça toute ma vie, murmura-t-elle, l'accueillant les bras ouverts.

Chase aurait aimé pouvoir répondre avec une bonne réplique, cependant il était trop occupé à l'embrasser et à la coucher sur le matelas. En quelques secondes, ils furent enroulés l'un autour de l'autre, haletant de besoin.

— C'est si bon, chuchota Sophie en penchant la tête sur le côté.

Il gémit presque en lui mordillant le cou. Un désir insatiable montait en lui, le faisait mordre plus fort. Ses canines commencèrent à pousser, ce que Sophie devait sentir, toutefois elle ne protesta pas.

— Oui... dit-elle en se cambrant contre lui.

Ses tétons durcirent et pointèrent sous ses doigts, et quand il descendit, touchant son entrejambe, elle gémit.

— Plus...

Sophie commença à se balancer contre sa main, et il ne put s'empêcher d'explorer son cou. Reniflant, mordillant, cherchant le bon endroit. Le monde autour de lui disparut jusqu'à ce qu'il ne puisse que voir, renifler ou sentir Sophie. Il suçota un point où son pouls battait plus près de la surface.

Là ! hurla son loup. *Juste là !*

Toute sa vie, il avait pensé à s'unir de manière abstraite ; la morsure semblait comme la partie la plus dure et dangereuse. Mais maintenant qu'il était arrivé à ce moment, l'instinct le guida, et cela lui parut simple. Tout ce qu'il avait à faire, c'était glisser délicatement ses dents, et Sophie serait sienne.

— Oui, siffla-t-elle, se cambrant contre son corps.

Tout semblait parfait, sauf pour ce petit détail qui le titillait. Il ratissa son esprit pour trouver ce que c'était.

Mords-la. Remplis-la, chanta son loup. *Fais-la tienne.*

Il ferma les yeux, puisant dans ses instincts de métamorphe les plus profonds. Qu'est-ce qui manquait ? Que faisait-il mal ?

— Chase, gémit Sophie, glissant entre ses doigts alors qu'il se déployait en elle.

Elle se tordit légèrement, et soudain, il sut naturellement ce dont il avait besoin.

— Tourne-toi, murmura-t-il, la guidant et la faisant rouler. Tourne-toi.

Pendant une seconde, Sophie le regarda, l'air surpris. Puis ses yeux brillèrent et elle s'exécuta, se mettant à quatre pattes.

Maintenant, gronda son loup. *Maintenant.*

Il s'agenouilla derrière elle et empoigna ses hanches. Il était en feu. Aveuglé. Affamé comme jamais.

Alors, prends-la, gronda une voix profonde dans son esprit.

Ils n'avaient pas de préservatifs, cependant ils n'en avaient pas besoin. Pas s'ils allaient être compagnons.

Sophie regarda par-dessus son épaule avec des yeux sombres et plein de désir.

Prends-moi ! criait juste tout son corps.

Dès qu'il se glissa en elle, de la lumière explosa devant ses yeux.

Oui, haleta son loup.

— Oui! cria Sophie en reculant.

Il tira ses hanches vers lui, la gardant toute proche, et s'enfonça plus profondément. Plus fort. Hurlant presque comme la voix dans son esprit.

Prends-la...

Il érafla son cou tout avec ses dents en se balançant en elle. Le sexe était brutal, cru et sauvage, néanmoins, étrangement, il en avait besoin de cette façon. Sophie aussi, apparemment, parce qu'elle se préparait et reculait, accueillant ses ruées.

— Chase... gémit-elle alors qu'il se rapprochait du point dans son cou.

Ses sens se réveillèrent, et il jura pouvoir entendre le sang affluer sous la peau de Sophie. Sous ses dents, en fait, alors qu'il les calait sur sa chair chaude, s'assurant qu'il ne se trompait pas. Il la pénétra alors plus fort, emmenant Sophie à la limite de l'extase. Et quand elle poussa un cri et se contracta autour de lui...

Maintenant! hurla son instinct.

Il plongea profondément ses dents. Une chaleur blanche et accablante ondula dans son corps. Son sexe palpita, et il jouit au même moment qu'elle. Quand il enfonça ses dents un peu plus loin encore, elle geignit d'euphorie.

Si bon...

Il aurait juré l'avoir entendue dans son esprit.

Plus loin, insista son loup.

Il planta ses dents plus profond, couvrant la zone de ses lèvres. Tenant alors que le goût de Sophie tourbillonnait sur sa langue. Sophie dansait sous lui tandis que son essence de métamorphe traversait ses veines.

Oui! cria-t-elle. *Oui...*

Chaque muscle du corps de Chase se raidit alors qu'il maintenait la morsure, avant de finalement relâcher dans un halètement. Pantelant durement, il passa une main dans le cou de Sophie. Pas une goutte de sang ne souillait sa peau soyeuse, et les marques de la morsure se refermèrent immédiatement. Sophie roucoula et murmura, semblant à peine le remarquer.

— Oh, oui...

Elle frissonna après coup puis se cala doucement dans ses bras.

Le cœur battant de Chase ralentit petit à petit. Ces dernières semaines, il avait eu peur de se rapprocher de Sophie, craignant que son loup ne devienne hors de contrôle. Mais il s'avérait qu'être un peu sauvage était exactement ce dont ils avaient eu besoin pour trouver un peu de paix véritable.

La route vers la paix était parsemée d'émotions cependant, et elles semblaient toutes se précipiter vers lui à la fois. Chase n'avait jamais pleuré de sa vie. Pas dans ses moments de grand chagrin ni dans les meilleurs de son existence. Mais maintenant...

Il ravala la boule dans sa gorge alors que quelques larmes lui échappèrent. Toute sa vie, quelque chose lui avait manqué. Pendant toutes ces années, il n'avait jamais vraiment trouvé sa place. Mais à présent, tout ça disparaissait, et il se sentait totalement, parfaitement, délicieusement satisfait.

— Sophie.

Il la tint près de lui alors qu'il se laissait tomber sur le matelas, complètement épuisé.

Il ne pouvait trouver d'autres mots que son nom, cependant il pouvait sentir ses pensées filer dans l'esprit de Sophie, lui disant à quel point il se sentait bien. Ressentait-elle la même chose ?

— Oui, murmura-t-elle, fondant dans ses bras. Oui, je ressens la même chose.

Chapitre 18

Sophie lissa sa chemise et vérifia son apparence pour la troisième fois. Sa tresse avait l'air bien, cependant ses mains ne cessaient de s'agiter nerveusement sur ses vêtements. Quand elle se surprit à renifler l'air, elle gloussa.

— Quoi ? demanda Chase, arrivant derrière elle.

Dès qu'il toucha son épaule, sa nervosité s'apaisa.

— Regarde-moi, à renifler l'air. Bientôt, je hurlerai à la lune.

Elle ne s'était toujours pas transformée, cependant elle avait senti un changement dès que Chase l'avait mordue. C'était arrivé trois jours plus tôt, et elle en avait encore des fourmillements. Bien sûr, ils avaient depuis couché ensemble comme des fous à n'importe quelle heure de la journée, et de la nuit.

— Hurler à la lune avec moi, murmura Chase, l'air ravi.

L'idée emballa sa pression artérielle, mais elle fronça le nez et se renfrogna.

— Beurk. On sent le sexe.

— On sent comme des compagnons, la corrigea Chase, calant son nez sur son épaule.

Cela ne fit qu'augmenter le parfum licencieux dans l'air, parce que le moindre contact avec lui l'excitait. C'était un autre effet du changement qui se déployait en elle : le désir constant pour son compagnon. Bien sûr, elle avait été folle de lui dès le départ, cependant ce besoin s'était intensifié. Elle ignorait comment elle avait résisté à l'envie de bondir au lit avec lui dès le début.

Malheureusement, ce n'était plus le moment. Le soleil plongeait à l'horizon, mettant fin à une nouvelle journée. Un jour qu'elle aurait été heureuse de terminer dans les bras de son compagnon, toutefois ils avaient une réunion à laquelle ils devaient assister.

— Quoi qu'il en soit, ajouta Chase, je trouve que tu sens bon.

— Toi aussi. Mais tous les autres...

Il secoua la tête.

— Hé, nous sommes des métamorphes. Personne ne jugera. Tout le monde est content pour nous.

Il l'étreignit, et elle ferma les yeux pour un autre moment où elle se demanda si tout ça n'était pas qu'un rêve qui durait depuis plusieurs jours. Elle recula ensuite parce que ses mains glissaient déjà sur les fesses parfaites de Chase, ce qui ne ferait que les détourner à nouveau du droit chemin.

— Bon. Réunion, on arrive.

— Oui.

Chase se décala pour s'accroupir aux côtés de Darcy.

— Prêt à prendre le relais ici, lieutenant ?

Le chien agita la queue et Sophie rayonna en le voyant. Son petit guerrier avait enfin accepté Chase comme faisant partie des gentils. Darcy avait assez récupéré pour parvenir à marcher un peu dehors, mais il passait encore la majorité de son temps sur l'oreiller. Ils l'avaient surpris en train de le traîner devant la porte la veille... Sophie supposa que c'était un meilleur endroit pour garder la maison. Non pas qu'il était en forme pour protéger quoi que ce soit, néanmoins il serait bientôt de nouveau sur pattes.

— Bon garçon, dit-elle en caressant le courageux petit roquet. Tu vas garder la maison pour nous ?

Darcy agita la queue, et elle sourit. Elle n'était pas la seule qui adorait leur nouvelle demeure. Les chiens s'étaient rapidement installés, se pavanant dans le jardin et explorant le domaine. Mais même une fois Darcy totalement guéri, Sophie avait le sentiment qu'il resterait près de la maison pour garder leur foyer.

Leur foyer.

Elle soupira. Cela faisait une éternité qu'elle n'avait pas considéré un endroit comme chez elle. À présent, un sentiment de satisfaction comme elle n'en avait jamais connu avait pris racine en elle.

— Notre foyer est là où notre cœur se trouve, murmura-t-elle en répétant la citation de sa tante.

Elle sourit ensuite et se rappela sa réplique.

« Vivre à Maui ne fait pas de mal non plus ».

Elle se leva, reniflant l'air qui soufflait par les portes d'entrée. L'arôme des fleurs tropicales, le roulement distant des vagues sur la plage. Le parfum musqué des bois, plus haut sur les collines.

Un foyer, murmura une voix éraillée dans son esprit.

La voix de sa louve intérieure devenait de plus en plus claire. Elle en était à la fois enthousiasmée et réconfortée. Son oncle Mike avait eu une mort horrible parce qu'il avait résisté à la bête émergeant en lui, cependant elle avait accepté la sienne dès le début.

Peut-être que Chase avait raison. Chaque humain avait un côté animal caché en lui, néanmoins elle était plus en contact avec la sienne que la plupart des gens.

— Bon. C'est toi qui commandes, annonça Chase à Darcy.

Il prit ensuite la main de Sophie et la guida vers la maison principale.

Elle laissa Darcy avec un dernier « bon garçon », ce qui le fit se redresser de fierté. Chase avait eu raison sur ce point aussi. Chaque chien avait une raison qui le faisait rester, et en ce qui concernait Darcy, il cherchait à récolter ses louanges.

Coco et Boris étaient pareils : ils sollicitaient l'approbation de Chase et le traitaient comme un dieu. D'une manière plus générale cependant, ils étaient plus simples, des êtres qui aimaient s'amuser, et ils adoraient se pourchasser à travers les fourrés alors qu'ils se promenaient avec Sophie et Chase.

Le temps venteux allait et venait, laissant Maui plus luxuriante et belle que jamais. La lumière du soleil couchant miroitait sur le médaillon de Sophie et faisait prendre aux collines de la plantation une lueur dorée.

— Bon, tous les deux. Assis, appela-t-elle alors qu'ils arrivaient à la maison principale.

Les chiens n'en firent rien, cependant dès que Chase gronda une simple syllabe, ils s'assirent sur leur arrière-train.

— Ouais ! Ils sont là !

Joey, le fils de Cynthia, dévala les escaliers du porche, fonçant droit vers les chiens.

Après quelques secondes, il courait en cercle après Coco et s'amusait comme un fou. Keiki, le chat calicot de la propriété voisine, siffla vers Boris depuis les marches. Le Greyhound cala sa queue entre les jambes et battit en retraite derrière Chase.

Ce dernier gloussa et murmura au chien :

— Pas de quoi avoir honte, mon pote. Ce chat a le cœur d'un tigre.

Keiki leva le nez et retourna vers les adultes sous le porche comme si elle était en train de se demander qui elle allait bien pouvoir autoriser à la caresser. Elle opta pour Dell et commença à ronronner sous sa main.

— Allez, Boris ! s'écria Joey. On joue au loup !

— Joey, poussin, calme-toi un peu, appela Cynthia.

Sophie sourit. Si on lui avait dit que le garçon qui jouait avec ses chiens était un dragon métamorphe, elle n'y aurait jamais cru. Maintenant, elle en savait assez sur les métamorphes pour ne pas s'inquiéter. Joey ne se transformerait pas avant l'adolescence, déjà, et ensuite il était vraiment très doux. Elle ne doutait pas que les dragons pouvaient être féroces comme tout, cependant Cynthia n'avait été qu'incroyablement gentille et accueillante.

— *Elle a une tendresse particulière pour Chase*, avait expliqué Anjali.

— *Ouais*, avait ajouté Dell. *C'est sa seule tendresse.*

Hailey avait ri.

— *Tout le monde a une tendresse particulière pour Chase.*

C'était une évidence alors qu'ils montaient les marches, main dans la main. Tout le monde les salua et les appela avec affection.

— Chase ! Sophie !

— Content de vous voir !

— Oui... enfin.

Dell leur fit un clin d'œil tout en faisant saluer son bébé.

Sophie rougit. Oui, ils avaient passé la majorité de ces trois derniers jours à faire l'amour dans la maison de Chase. Mais comme celui-ci le lui avait promis, personne ne les taquina. Tout le monde avait l'air surtout heureux pour eux. Heureux... et revivant leurs propres premiers jours ensemble. Sophie le devina en voyant les couples échanger des regards entendus.

Chase fut l'objet de plusieurs tapes dans le dos de la part des garçons, alors que les femmes étreignirent Sophie. C'était comme revenir dans une famille chaleureuse et aimante après un long moment loin de la maison. Elle eut un peu la gorge serrée jusqu'à ce que Chase passe un bras sur ses épaules et lui jette lui-même un regard entendu.

Sophie posa une main sur son médaillon. Koakea était tellement rempli d'amour. Pas étonnant qu'elle se sente chez elle.

Pourtant, elle sentait quelque chose de spécial la liant aux autres femmes présentes. Une légère impression qu'elle ne pouvait pas vraiment placer. Quelque chose au-delà du fait qu'elles avaient toutes subi les mêmes épreuves au moment de trouver leurs compagnons destinés. Sophie regarda autour d'elle, se demandant ce qui pouvait bien en être responsable.

Elle se tourna et vit Cynthia qui l'observait... non. Elle observait son médaillon ? Une seconde plus tard, la dragonne détourna le regard. Sophie fit la moue. Avait-elle lu de l'inquiétude dans ses yeux, ou s'imaginait-elle des choses ?

— Bon, tout le monde, commençons, annonça Cynthia.

Tout le monde prit sa place autour de la table. De l'anticipation sembla emplir l'atmosphère, et ça n'avait que peu de lien avec les boissons ou hors-d'œuvre qui avaient été posés.

— Oui, approuva Connor, le frère aîné de Chase. Il est temps de s'y mettre.

Sophie regarda autour d'elle. C'était tellement évident à présent... les liens familiaux, la hiérarchie subtile des métamorphes. Connor et Cynthia étaient co-alphas de leur meute. Les autres avaient tous un rôle particulier tout en soutenant leurs chefs, chacun coopérant pour le bien commun. D'une certaine façon, cela ressemblait au clan que son beau-père s'était efforcé de créer, avec une grande différence. C'était une communauté basée sur l'amour et la confiance, et ça se voyait.

Son médaillon se réchauffa, et à nouveau, elle sentit le regard de Cynthia sur elle. Cependant, Keiki attira son attention alors qu'elle s'équilibrait gracieusement sur la rambarde, frôlant le bougainvillier rose qui montait aussi haut que le toit.

— Donc, est-ce qu'on va porter un toast en leur honneur ? demanda Dell.

— Pas encore, annonça Cynthia.

— Roh, allez, Cynth.

— C'est Cynthia, dit-elle en soupirant.

Mais Dell continua comme si de rien n'était.

— On attend qu'ils se mettent ensemble depuis...

Il regarda l'horloge au mur.

— Disons, quelques années.

— Six mois, corrigea Tim en roulant ses épaules protubérantes d'ours.

Sophie n'était pas encore adepte de la communication par la pensée, pourtant à ce moment, son esprit lui apparut clairement.

Six mois, une semaine, deux jours et neuf heures.

Son corps palpita un peu plus fort en rappel du temps qu'ils avaient passé à se languir l'un de l'autre.

Anjali donna un petit coup de coude à Dell.

— Tu veux bien les laisser tranquilles ? Certaines choses prennent du temps.

Dell soupira de manière exagérée.

— Certaines choses prennent *une éternité*. Comme ce type.

Il cogna Chase à l'épaule.

— Comme le dîner. Quand va-t-on manger ? Quinn et moi avons passé un temps considérable à préparer ces super plats, et on est là, assis en rond. Pas vrai, poussin ? dit-il en chatouillant le bébé sur ses genoux.

Sophie se réchauffa. C'était une chose qu'elle aimait dans la famille étendue de Chase : l'humour. Les compromis. L'amour qui brillait à chaque mot, regard ou geste.

Bébé Quinn se tortilla, désignant Joey et les chiens.

— Chi. Chi.

— Chiens, répondit Dell alors qu'il se levait. Appelez-moi quand vous en serez à manger, les gars. Quinn et moi allons nous amuser.

Et il partit, fonçant dans le jardin comme un grand enfant. Anjali les regarda partir avec une lueur dans les yeux, et Sophie ne put s'empêcher de souhaiter que ça puisse être elle un jour… à contempler son propre compagnon alors qu'il jouait avec amour avec leurs propres enfants.

Elle jeta un coup d'œil à Chase et rougit immédiatement. Chaque chose en son temps, pas vrai ?

— Il faut clairement porter un toast, reprit Cynthia en souriant. Mais nous avons certaines choses à voir d'abord.

— C'est vrai, approuva Connor. Juste pour s'assurer que nous sommes tous sur la même longueur d'onde en ce qui concerne cette affaire. À commencer par David.

Sophie se renfrogna et regarda ses mains. Le corps de David était réapparu après des recherches intensives sur la côte, et la police avait déclaré sa mort comme accidentelle. Sophie ignorait ce que Connor et les autres avaient fait des cadavres des métamorphes, et elle s'en fichait. Elle voulait se concentrer sur l'avenir, pas le passé.

— Désolé d'aborder ce sujet, ajouta rapidement Connor. Mais nous avons trouvé des preuves qui pourraient connecter David à un… euh…

— À une de nos connaissances, termina Cynthia quand il chercha ses mots.

Connor hocha la tête.

— Et nous avons besoin de suivre cette piste.

Sophie hocha la tête. Elle leur devait la vie. Elle leur dirait tout ce qu'ils auraient besoin de savoir. Elle raconta alors tout depuis le début : pourquoi elle était partie de chez elle, que David l'avait suivi, d'abord depuis le Maine jusqu'au Vermont, avant de finir à Maui.

— Quand il s'est montré, j'ai cru qu'il était après moi, dit-elle. Mais il a commencé à m'interroger sur l'argent de ma tante…

Quand elle ne termina pas sa phrase, Hailey prit la parole d'une voix étouffée.

— Camille Carmichael. Ses photographies de paysage sont simplement éblouissantes. J'aurais adoré la rencontrer.

Une boule se coinça dans la gorge de Sophie. Sa tante aurait aimé Hailey aussi.

Anjali avait un air morose.

— Je n'arrive pas à croire que quelqu'un voudrait assassiner une fille avec qui il a grandi pour de l'argent.

Sophie fit une grimace. Elle n'arrivait pas à y croire non plus.

— Écoute, je n'aime pas poser la question, lança Connor, mais de quel montant on parle ?

Chase leva une main comme si son frère avait franchi une limite imaginaire, mais Cynthia reprit la parole en premier.

— Soyez indulgent avec nous, s'il vous plaît. Nous savons que David voulait se servir de cet agent pour étendre les activités de leur milice. Ce que nous essayons de comprendre, c'est s'il y avait encore plus en jeu que ça.

Sophie tripota la nappe. Elle avait du mal à imaginer pire que ce que David avait comploté. Y avait-il réellement un autre élément caché derrière ses tentatives de meurtre ?

— Deux millions cinq cent mille dollars, murmura-t-elle en regardant Chase.

Oui, elle l'avait enfin fait. Quelques jours plus tôt, elle avait rencontré le notaire de sa tante et avait appris tous les détails sur l'argent qui lui avait été confié. C'était bien trop pour qu'elle sache quoi en faire, néanmoins ni Connor ni Cynthia n'avaient l'air impressionnés.

— C'est tout ? dit-il.

Sophie cligna des yeux.

— Je te demande pardon ?

Chase gronda dans sa barbe.

— Ouais. Pardon ?

Connor leva les mains en l'air.

— Désolé, je ne voulais pas le dire ainsi. Mais…

Tim l'interrompit.

— Je dirais que c'est beaucoup d'argent. Assez pour sauver toute une meute de loups.

Sophie rayonna. Le dernier souhait de sa tante avait été de trouver une bonne cause à laquelle reverser l'argent, et grâce à Chase et Tim, c'était ce qu'elle avait fait.

Hailey tapota le large dos de Tim, rayonnant de fierté.

— Je suis si contente qu'on ait trouvé une solution.

Sophie était on ne peut plus d'accord. Elle avait été consternée d'apprendre le danger dans lequel était la meute d'origine de Chase. Mais les amis métamorphes ours de Tim étaient revenus avec des nouvelles. Bonnes... et mauvaises. La mauvaise était que le territoire naturel de la meute de loups occupait une énorme parcelle d'une propriété privée. Pire, les copains miliciens de David avaient déjà parcouru la zone, cherchant un domaine isolé sur lequel établir leur nouvelle base... braconnant à côté pour s'amuser. Sophie en avait eu la nausée, toutefois la bonne nouvelle était que les terres étaient à vendre, et que l'argent de sa tante était suffisant pour passer un marché.

— Les notaires ont-ils fini la paperasse ? demanda Jenna.

Sophie secoua la tête.

— Il faudra du temps, mais tout a l'air de bien se passer.

Chase posa ses deux mains sur les siennes, lui faisant savoir que c'était vraiment important pour lui. Tim lui lança également un regard reconnaissant. Le territoire serait mis en fidéicommis, et les amis métamorphes ours de Tim avaient joyeusement accepté de surveiller leur domaine en plus du leur.

— Tout le monde y gagne, conclut Hailey avec fierté.

— Plus personne ne peut leur faire du mal maintenant, renchérit Sophie en embrassant la main de Chase.

— Personne, répondit-il, ses yeux brillants de gratitude.

Sophie ferma les paupières. Elle n'avait jamais voulu d'argent pour elle, et elle était certaine que sa tante aurait adoré l'idée. Elle lui avait également laissé son bungalow, et cela avait plus d'importance pour Sophie que tout l'argent du monde. Ce serait un super endroit que Chase et elle pourraient utiliser le week-end, ou s'ils voulaient se rapprocher de la ville. Sa résidence principale resterait néanmoins la maison de Chase.

Pour toujours, entonna joyeusement sa louve intérieure.

La brise marine souffla sous le porche, agitant la nappe, cependant personne ne bougea vers la nourriture. Dell revint et remonta les escaliers avec Quinn, et même lui ne dit rien.

Connor reprit solennellement :

— Nous essayons encore de comprendre quelque chose. Les métamorphes qui sont venus aider David...

L'humeur de Sophie déclina à nouveau. L'obsession de David pour les métamorphes avait causé sa chute, tout comme son beau-père et son frère avant lui.

Tim eut l'air morose.

— Quelque chose me dit que tu as aussi une théorie à leur sujet.

Connor jeta un coup d'œil à Cynthia, qui lui fit signe de continuer.

— J'ai plus qu'une théorie. Chase a dit qu'ils avaient mentionné Moira, et nos sources viennent de nous recontacter avec de nouvelles informations.

Tout le monde se pencha, alors que Sophie se recroquevilla sur elle-même. Chase lui avait parlé de Moira, cette dragonne amère et sournoise qui était l'ennemie mortelle des métamorphes de Koakea et Koa Point.

Hailey et Anjali échangèrent des regards inquiets. Chase, Tim et Dell affichèrent un air franchement meurtrier. Cynthia resta assise très immobile, son visage ne dévoilant rien.

— Moira est mêlée à tout ça ? Pourquoi ? Comment ? demanda Dell.

Tim fronça les sourcils.

— Que cherche-t-elle maintenant ?

— Ce qu'elle a toujours cherché, répliqua Connor avec amertume. Nous. Les problèmes. Ça résume à peu près tout.

— Mais quel est le rapport avec David ? demanda Chase.

— Oui, s'enquit Tim. Deux millions, c'est de la petite monnaie pour Moira. Pourquoi se soucierait-elle de lui ?

Connor se gratta le menton.

— Je me suis posé la même question. C'est normal que David ait attiré son attention vu son intérêt pour les métamorphes, cependant qu'est-ce qu'elle y gagnerait ?

— Il y a toujours quelque chose à gagner pour elle, marmonna Cynthia.

Sophie essaya de ne pas la dévisager. Jusqu'où remontait son histoire avec Moira ?

— De ce qu'on a pu apprendre, Moira et David ont passé un marché, expliqua Connor. Elle lui a promis qu'elle l'aiderait à devenir un métamorphe...

Sophie ne put s'empêcher de le couper.

— Mais je pensais que ça ne marchait pas pour les hommes.

Cynthia fit la grimace.

— C'est rare que ça fonctionne, néanmoins rien n'empêche Moira de faire de fausses promesses.

Sophie ferma les yeux. C'était déjà assez terrible de passer un marché avec David, mais Moira avait l'air à un tout autre niveau de dangerosité.

— Je ne comprends pas, intervint Anjali. Moira est riche. Elle s'est entourée des meilleurs gardes du corps métamorphes, et elle étend son empire commercial. En quoi aurait-elle besoin de David ?

Connor marmonna un seul mot, et un silence mortel s'abattit sur la pièce.

— Nous.

Sophie observa toutes les personnes rassemblées sous le porche. Ils étaient tous de puissants métamorphes à part entière, pourtant ils avaient tous l'air troublés.

— Comment ça, nous ? demanda Tim.

— David était le moyen de Moira pour atteindre Sophie, et Sophie était le moyen de nous atteindre.

La concernée resta bouche bée et blêmit. Elle préférerait mourir que de causer des problèmes à la famille de Chase. Qu'avait-elle fait ?

— Mais... mais... bredouilla-t-elle, se sentant malade.

— Ce n'est pas ta faute, lui assura Cynthia. C'est du Moira tout craché.

— Il y a plus d'un an, elle est venue ici pour essayer de tuer Silas, raconta Connor en désignant le nord du pouce, vers le domaine voisin.

L'esprit de Sophie tourna à vive allure. Silas était le propriétaire des deux domaines, et aussi un dragon métamorphe. Chase le lui avait expliqué quand ils avaient passé en revue les métamorphes du coin.

— Silas et sa compagne Cassandra ont été capables de repousser son attaque, continua Connor. Mais Moira nous surveille depuis. Cherchant un moyen de nous attaquer... ou au moins de bouleverser nos vies.

Tim se frotta le menton.

— Donc, elle aurait été au courant pour Chase et Sophie.

Les joues de cette dernière devinrent écarlates. Le monde entier avait-il suivi l'épanouissement de leur romance ?

Connor lui lança un regard désolé.

— Hé, nous vous avons soutenu. Mais Moira a dû voir ça comme une opportunité. Tu sais, en cherchant le maillon faible.

Chase grommela.

— Le maillon faible ?

— On n'a pas de maillot faible, gronda Tim.

— Et ce n'est certainement pas Sophie, ricana Jenna.

Connor leva les mains.

— C'est ce que Moira a dû penser, pas moi. Elle s'est probablement dit qu'une attaque sur Sophie détournerait l'attention de Chase. En théorie, cela affaiblirait nos défenses...

— Ou pas, gronda Chase.

Connor grimaça.

— J'ai dit « en théorie », d'accord ? Et puis, hé. J'admets être moi-même un peu distrait quand ma compagne est en danger.

Dell leva les yeux au ciel.

— « Un peu » distrait ?

Connor lui jeta un de ces regards d'avertissement que Sophie commençait à reconnaître.

— Bref, voilà l'idée générale. David était juste un autre pion dans un des jeux de Moira. Elle n'avait aucune intention de l'aider à devenir métamorphe.

Sophie en eut le ventre retourné. Elle avait quitté sa maison en espérant ne jamais revoir David, cependant elle n'avait jamais souhaité sa mort.

Dell s'affaissa dans son siège, secouant la tête.

— C'est si tordu que ça correspondrait parfaitement à Moira, ce genre de conneries.

Anjali lui lança un regard vif et couvrit les oreilles de Quinn.

— Désolée, chérie, mais c'est vrai, dit-il.

— Je sais, répondit-elle dans un soupir.

Tout le monde se tut un moment, réfléchissant à la nouvelle. Sophie prit plusieurs profondes inspirations, trouvant du réconfort dans la présence solide de Chase. Il disait que le destin était responsable de leur rencontre, et elle le croyait. Mais, mince. Le destin avait vraiment le don de mettre le bazar dans la vie des gens.

Chase secoua la tête, lisant dans ses pensées.

La mort de David n'est pas de ta faute, murmura-t-il dans son esprit. *En plus, j'ai le sentiment que tout n'était pas dû au destin. Parfois, les gens font de mauvais choix, et le destin les laisse récolter ce qu'ils méritent.*

Sophie toucha son médaillon. Elle avait eu l'impression qu'il l'avait guidée tellement de fois. Était-ce l'œuvre du destin ou d'autre chose? Ses yeux dérivèrent vers la rangée de palmiers qui tanguaient sur la plage, puis vers la mer scintillante.

— C'est vrai, déclara Cynthia.

Sophie s'attendait à ce qu'elle parle d'autre chose, mais Cynthia conserva un air sérieux, son regard se posant directement sur son médaillon.

— Je me demande en revanche si Moira ne visait pas une tout autre récompense.

Cinq secondes défilèrent, puis cinq autres. Sophie fut frappée du besoin de dissimuler son bijou, toutefois elle se força à le prendre dans sa main à la place.

— Ça? demanda-t-elle d'une voix tremblante.

Cynthia hocha la tête.
— Ça.
— Mais ce n'est qu'un médaillon, protesta-t-elle.
Cynthia leva un sourcil.
— Tu en es sûre ?

Chapitre 19

Sophie regarda autour d'elle, éberluée. Chase avait l'air prêt à gronder sur Cynthia, cependant le visage de cette dernière montrait une profonde inquiétude.

— Comment ça ?

Sophie tourna le médaillon en forme de cœur quelques fois pour prouver qu'il était ordinaire. En tant que souvenir sentimental, le bijou était inestimable, néanmoins il n'avait rien de particulier.

Rien ne bougeait à part le bougainvillier sous le porche qui s'agitait sous la brise marine, et personne ne prononça un mot. Ce fut Cynthia qui leva finalement le menton vers le médaillon et reprit la parole.

— Je soupçonne Moira d'avoir voulu que David le récupère pour elle. Je peux te demander ce qu'il y a à l'intérieur ?

Sophie l'ouvrit pour montrer son contenu inoffensif.

— Ce n'est rien, vraiment. Juste ça.

Elle rit en le disant, puis s'immobilisa. Pourquoi tout le monde la dévisageait-il ?

— Waouh, marmonna Connor, pris par surprise.

— Oh, souffla Hailey en levant les sourcils.

— Bordel de Dieu, jura Dell en faisant traîner les syllabes.

Sophie se tourna vers Chase, qui était lui aussi bouche bée.

Qu'y avait-il de spécial avec une simple perle ? Sophie se renfrogna et se dépêcha d'expliquer.

— Elle ne vaut rien, dit-elle en désignant la petite boule blanche protégée dans un carré de soie. Du moins, elle n'a pas de valeur marchande.

Plus personne ne l'écoutait, car ils étaient tous encore abasourdis.

— Où as-tu trouvé ça ? demande Cynthia d'une voix crispée.

Sophie ferma et ouvrit le médaillon quelques fois dans une bataille perdue pour convaincre tout le monde que ce n'était rien de spécial. Pas vrai ?

Elle l'examina de près. Il n'y avait pas d'inscription, juste la perle, cependant sa tante avait toujours eu une affinité particulière pour ce bijou. Il aurait pu tout aussi bien être une relique sainte, vu comment elle en parlait.

« Fais-lui confiance. Fais-toi confiance. Il t'aidera à trouver l'amour. »

Un petit frisson parcourut la colonne vertébrale de Sophie, mais elle le chassa. Sa tante avait cru à beaucoup de choses folles. Ça ne signifiait pas que tout était réel, pas vrai ?

— Ma tante me l'a donnée, dit-elle en résumant beaucoup en peu de mots.

Elle avait été mourante sur le moment, cependant elle avait paru en paix. C'était là la profondeur de sa confiance en l'amour et en la beauté de l'univers.

— Et comment l'a-t-elle obtenue ? demanda Cynthia en ayant du mal à ne pas la presser.

— De son conjoint... L'homme dont elle est tombée amoureuse et pour qui elle a déménagé à Maui, il y a des années. Lionel Mahelona.

— L'artiste ? s'étonna Hailey.

Sophie hocha la tête.

— Lionel était peintre, et ma mère était photographe. Elle avait juste prévu d'être de passage à Maui pour prendre le paysage en photos, et puis elle a rencontré Lionel et n'est jamais partie.

— On dirait une sacrée histoire d'amour, murmura Hailey.

Sophie hocha la tête.

— C'était le cas. Ils n'ont jamais passé un jour l'un sans l'autre. Quand Lionel est mort il y a deux ans, ma tante disait qu'une partie d'elle était morte aussi.

Elle inspira ensuite, se ressaisissant.

— Aucun n'a vraiment eu de succès avant de se rencontrer, néanmoins quand ils se sont mis ensemble, leurs carrières ont décollé.

Elle afficha un petit sourire.

— Mais l'argent et l'attention n'étaient pas importants pour eux. Tout ce que ma tante voulait vraiment, c'était trouver l'amour. Elle disait que Lionel et elle étaient des âmes sœurs.

— Le destin, murmura Hailey, regardant profondément dans les yeux de Tim.

Sophie retourna le médaillon. Elle avait été si préoccupée qu'elle n'avait pas trop songé au bijou ni à la perle à l'intérieur.

— Vous pensez qu'il est important d'une façon ou d'une autre ? demanda-t-elle.

Cynthia pinça les lèvres et Sophie eut l'impression claire qu'elle avait lâché un euphémisme.

— Oui, murmura la dragonne. Je crois que oui.

Sophie ne savait pas à quoi s'attendre ensuite, cependant quand Cynthia se tourna vers les autres femmes, elle fut encore plus perdue.

— Montrez-lui, suggéra-t-elle. S'il vous plaît.

Sophie chercha autour d'elle. Lui montrer quoi ?

Jenna regarda Connor puis mit la main dans sa poche. Sophie resta bouche bée quand elle en sortit une belle perle noire avec une nuance dorée. Hailey fit de même en récupérant sa propre perle, rose. Anjali dégagea ensuite un collier de sa chemise, exposant une perle marron.

Sophie scruta chacune des trois perles, puis celle dans sa main. Les autres avaient toutes des couleurs exotiques, alors que la sienne était d'un blanc coquille d'œuf pur. Elle était en général terne, avec une finition mate. Mais là, sa perle prenait vie, illuminée presque comme si elle luisait de l'intérieur.

— Une des perles du désir, chuchota Anjali.

Les perles du quoi ? manqua-t-elle de s'étouffer.

Les autres perles brillaient aussi, se répondant presque à la façon dont le soleil rebondissait de l'une à l'autre. Mais ils étaient sous l'ombre du porche, donc ça ne pouvait pas être le soleil.

— Waouh, souffla Jenna. Une autre.

Chase était absolument sans voix.

— Une autre ? bredouilla Sophie.

— Une autre des perles du désir, expliqua Cynthia.

Chase serra la main de Sophie, lui assurant que ce n'était pas une mauvaise chose.

— C'est une légende, dit-il, aussi enroué qu'il l'avait été durant les premiers jours après le combat.

— Ce n'est pas juste une légende, répliqua fermement Anjali.

Sophie regarda la perle de cette dernière, interdite.

— Est-ce qu'elle devient chaude ? demanda Jenna.

Alors que Sophie avait eu enfin l'impression que sa mâchoire s'était réalignée, elle la rouvrit.

— Eh bien, oui, mais c'est juste...

Le regard de Jenna disait que ce n'était pas « juste » quelque chose...

— Est-ce qu'elle t'encourage quand tu as le moral à zéro ? demanda Hailey. Je sais que ça paraît dingue, mais je le pense vraiment. La mienne fait ça. Toutes les fois où je me suis sentie seule...

Elle noua ses doigts avec ceux de Tim et lui lança un regard reconnaissant qui disait que cette époque était révolue.

— Est-ce qu'elle te donne de la force ? demanda Anjali.

Sophie toucha la perle d'un doigt.

— Parfois, le simple fait de l'avoir avec moi me fait sentir... plus forte qu'avant.

Elle leva les yeux, certaine qu'ils allaient se moquer d'elle, pourtant chaque femme hocha la tête comme si elle savait exactement ce que Sophie ressentait. Lentement, elle reprit :

— Et durant le combat...

Elle ne termina pas sa phrase. Ce devait être son imagination qui déformait ses souvenirs, pas vrai ? Mais ces cailloux qu'elle avait lancés sur le grizzly... avaient réellement touché l'animal. Et la fois où elle avait pu repousser David dans ce moment de quitte ou double...

— Sophie n'est pas une chiffe molle.

Chase passa un bras sur ses épaules.

Elle aurait pu l'embrasser pour avoir tant de foi en elle, plus qu'elle n'en avait elle-même. Mais plus elle y pensait, plus elle sentait que quelque chose d'autre était impliqué.

Anjali sourit.

— Bien sûr que Sophie n'est pas un paillasson. Mais même les meilleurs d'entre nous ont besoin d'un petit coup de boost au pire des moments.

Elle parlait comme si elle savait ce que ça faisait de regarder la mort en face et de survivre, et Sophie hocha la tête.

— C'était ça. Exactement comme tu l'as dit.

— Ce n'est pas qu'une légende, acquiesça Jenna.

Sophie prit le médaillon dans une main et la perle dans l'autre, faisant la moue.

— Waouh.

— Tu le sens ? demanda Anjali, les yeux brillants.

Sophie leva la main avec la perle.

— J'ai toujours pensé que c'était juste le médaillon qui restituait ma chaleur corporelle. Je n'ai jamais pensé que c'était la perle.

Elle leva ensuite les yeux.

— Que raconte la légende ?

Cynthia se leva sans un mot et entra dans la maison, alors que les autres femmes se regardaient, décidant qui devrait parler en premier.

— Nanalani, murmura Chase dans le silence qui suivit.

Sophie inclina la tête vers lui. Nana quoi ?

Jenna acquiesça et prit la suite.

— C'est une légende hawaïenne… Celle de Nanalani, la fille du roi requin.

Sophie en eut le souffle coupé. Elle venait tout juste d'accepter l'idée des métamorphes loups, ours et lion. Les dragons étaient encore un peu effrayants, mais beurk… des requins aussi ?

Cynthia revint avec un livre épais relié de cuir qui avait l'air d'avoir des siècles, et Connor fit de l'espace sur la table.

— Tant pis pour le dîner, soupira Dell.

Anjali le fit taire d'un regard ferme.

Cynthia parcourut quelques pages puis tourna l'ouvrage pour que Sophie puisse voir. La majorité de la page était recouverte d'une écriture tourbillonnante et décorative, cependant le bas était illustré d'une scène d'île tropicale.

— C'est Maui ? demanda Sophie en étudiant la cascade, les montagnes anguleuses et les bandes dorées de sable.

Cynthia hocha la tête.

— On pense que oui. Quelque part à Hawaï, c'est certain.

Sophie se pencha plus près pour examiner le reste. Une femme se tenait dans l'océan jusqu'à la taille, se fichant du requin qui tournait non loin. Elle était totalement concentrée sur le coquillage entre ses mains... un coquillage rempli de perles.

— Nanalani était terrifiée que son côté requin émerge et blesse ses compagnons humains, expliqua Jenna. Donc elle s'est isolée en s'exilant dans une grotte.

Sophie eut mal au cœur. Ouais, elle pouvait s'identifier à ça. Pendant des années, elle avait eu peur de se rapprocher de qui que ce soit. Sa famille de fous l'avait menacée, et s'ils avaient fait du mal à ses amis ?

Jenna désigna un passage dans le texte :

— *Nanalani vécut recluse dans une grotte pendant des années. Enfin, dans sa solitude et sa tristesse, elle invoqua l'esprit de la mer et jeta un sort à ses perles : les perles du désir. Ses trésors lui permettaient de prendre forme humaine en toute sécurité et d'aimer un homme qu'elle avait admiré de loin. Au fil des années, Nanalani eut de nombreux amants, mais elle ne trouva jamais son compagnon.*

Jenna releva des yeux brillants.

— C'est le passage important. Prête ?

Sophie ne savait pas si elle était prête pour quoi que ce soit, mais quand Chase empoigna sa main, elle hocha la tête. Avec lui, elle pouvait endurer presque tout.

Jenna passa le doigt sur la section suivante du texte :

— *Avec le temps, elle vit ses amants mourir. Nanalani rendit alors ses perles à l'océan, une à une. « Je suis désormais seule à nouveau », soupira-t-elle à l'intention du dieu de la mer. « Je vous confie mes perles, non pas pour que vous les utilisiez, mais pour que vous les gardiez pour d'autres amants qui en seraient dignes et qui pourraient, un jour, avoir besoin de leurs pouvoirs magiques. »*

Jenna leva les yeux et désigna Sophie.

— C'est toi.

Sophie écarquilla les yeux.

— Moi ?

— C'était chacune d'entre nous, à un moment, précisa Anjali.

Quand elle contempla Dell avec un regard amoureux, Sophie aurait pu soupirer. Mais Chase la fixait exactement de la même manière et son âme s'envola. Pendant des années, elle avait craint que l'amour soit quelque chose dont elle ne serait qu'un témoin extérieur. Mais son tour était enfin venu.

L'amour ne se dissipera jamais, murmura une petite voix dans son esprit.

Chase hocha la tête et embrassa ses mains. L'avait-il entendue aussi ?

Sophie ferma les yeux un instant trop tard, ne parvenant pas à rattraper la larme qui glissa sur sa joue. Elle la chassa, se sentant stupide. Un regard furtif lui montra cependant que les autres avaient un peu les yeux humides également, même les mecs durs à cuire. Connor admirait Jenna comme s'il était sur le point de réciter de la poésie, même si ce n'était pas vraiment son genre. Tim contemplait Hailey comme si elle était son soleil, sa lune... son univers entier. Dell rapprocha Anjali de lui pour former un petit groupe autour de la petite Quinn, et Cynthia...

Sophie se mordilla la lèvre, parce que Cynthia regardait l'océan, seule. Un rocher solitaire au milieu d'une mer de joie, une île stérile et isolée.

Sophie tortilla ses mains sur ses genoux et s'appuya contre Chase. Elle ne s'était jamais sentie aussi chanceuse dans sa vie, cependant la culpabilité la rongeait. Cynthia ne méritait-elle pas la même chose ?

Elle repéra alors Hailey qui observait Jenna et Anjali, qui hochaient la tête dans un mouvement imperceptible. Elles étaient passées de « étourdies par l'amour » à « déterminées » en un clin d'œil, et Sophie se demandait pourquoi. Soudain, elle comprit. Ces femmes avaient tout donné pour l'aider à ce qu'elle soit avec Chase. Utiliseraient-elles leurs capacités d'entremetteuses sur Cynthia ensuite ?

Sophie capta les yeux d'Hailey et fit de son mieux pour lui faire savoir qu'elle les suivrait.

— Et tu as dit que ta tante a hérité la perle de son conjoint ? demanda Cynthia, sérieuse à nouveau.

Sophie se frotta les joues, essayant de changer de sujet.

— C'est ça. De Lionel.

— Un insulaire ? s'enquit-elle, se penchant.

— Oui. Ses racines à Maui remontent à loin, et ses neveux et nièces ont hérité de ses tableaux et de son studio.

Elle haleta soudain.

— Une seconde. Lionel peignait des perles. Enfin, il peignait beaucoup sur le thème des îles. Mais il dissimulait toujours une perle dans un tableau quand il voulait représenter l'amour.

— A-t-il déjà parlé de la légende ?

Sophie secoua la tête.

— Non, mais il prétendait qu'il y avait certaines choses que seuls les insulaires devaient savoir. Il le disait toujours avec gentillesse, cependant.

Son esprit dériva dans ses souvenirs. Quand elle lui rendait visite, petite, Lionel s'était montré amical, mais occupé par son art, et sa tante lui avait surtout parlé d'histoires pour enfants.

Elle ferma les yeux, souffrant de la perte de ces deux personnes spéciales.

— C'était vraiment le grand amour, murmura-t-elle pour elle-même.

Elle regarda ensuite Chase et prit ses deux mains.

Le grand amour, dit-il. *Le destin.*

Elle cala sa tête contre la sienne. Sa tante avait souvent dit qu'elle n'avait aucun regret, et Sophie pouvait la comprendre. Qu'elle vive dix, vingt ou cinquante ans auprès de Chase, elle se délecterait de chaque moment d'amour qu'ils partageraient.

Les perles brillèrent l'une vers l'autre autour de la table. Cynthia en portait tout un collier et pendant une seconde, Sophie crut voir l'une d'elles scintiller aussi.

— Est-ce que c'en est une ? se hasarda-t-elle.

Cynthia plissa les lèvres et toucha son collier.

— Les miennes sont classiques, je le crains. Un cadeau de ma mère.

— Oh, dit Sophie, se sentant stupide.

Mais celle du milieu semblait vraiment briller. Elle regarda le livre, prête à changer de sujet.

— Donc, il y en a cinq ?

Jenna hocha la tête.

— Apparemment. Et entre nous toutes, nous en avons quatre.

Sophie regarda autour d'elle. Chaque perle correspondait à l'illustration. Il en restait donc une avec une nuance bleue, si le dessin dans le livre était correct.

— Moira adorerait mettre la main sur une, songea Dell.

Puis il claqua Chase dans le dos.

— Bien joué, tu as réussi à la tenir à l'écart. Toi aussi, Sophie. Bien joué.

Chase avait l'air de préférer ne pas y penser, cependant Sophie ne put s'empêcher de demander :

— Que ferait Moira si elle en avait une ?

Personne ne sembla pressé de lui répondre. Connor finit par parler dans un grognement.

— C'est ce qui nous inquiète. Moira pourrait essayer de détourner le pouvoir des perles.

— Mais, le désir...

Sophie rougit alors que des images torrides traversaient son esprit. Jenna afficha un rapide sourire.

— Ça peut vouloir dire ça, oui. Mais le désir peut signifier beaucoup de choses.

— Comme l'avarice, se renfrogna Connor. Le pouvoir.

Les mains de Sophie auraient tremblé s'il n'y avait pas eu Chase avec elle. Elle ne voulait pas imaginer ce qu'une dragonne vindicative pourrait faire dans sa quête de pouvoir.

— Mais il y a le bon désir aussi, fit remarquer Dell. L'amour. La luxure. Pas vrai, chérie ?

Anjali lui jeta un de ces regards désapprobateurs.

— Appelons ça la passion, d'accord ?

Dell lança un sourire malicieux.

— La passion. J'aime ça.

— L'engagement, poursuivit Hailey en rivant son regard à celui de Tim.

L'envie, murmura Chase à l'esprit de Sophie.

Elle ravala sa tristesse. Tout ça faisait partie du passé. Maintenant, elle ne ressentait que de l'amour.

— La joie, répondit-elle.

— L'amour éternel, chuchota Cynthia en regardant vers le soleil qui miroitait sur le Pacifique.

Sophie suivit ses yeux. Tout cet espace. Tout ce vide.

Soudain elle secoua la tête et se corrigea. Le monde était rempli d'amour et de beauté, et un jour, elle aiderait Cynthia à le voir aussi.

— Et puis, il y a cette partie, reprit Jenna en désignant le livre. *C'est ainsi que les perles du désir, une pour chacun des désirs connus de l'humanité, furent perdues. La légende veut cependant qu'elles soient endormies sous la surface de l'océan, attendant d'être réveillées pour inspirer à nouveau de grands actes d'amour.*

— Amen, répliqua Dell. Espérons que l'amour l'emporte à la fin.

Sophie l'espérait, oui. Et si elle trouvait le moyen d'aider ses amis à obtenir la dernière perle, elle le ferait.

— Tu connais la signification d'une perle blanche, n'est-ce pas ? demanda Cynthia en souriant.

Sophie leva les yeux, heureuse d'aborder un sujet plus léger.

— Je ne sais pas grand-chose sur les perles, je dois l'avouer.

Le sourire de Cynthia s'étira.

— Peut-être que c'est pour ça qu'elle t'a choisie. Le blanc signifie l'innocence. La beauté. La pureté.

Tout le monde hocha la tête comme s'ils étaient d'accord, et Sophie était sur le point de fondre dans son siège. Parlaient-ils vraiment d'elle ?

Chase l'embrassa.

Oui.

— Et les nouveaux commencements, ajouta Cynthia. Je dirais que ta perle a trouvé la personne parfaite, tu ne crois pas ?

Sophie hocha la tête, la gorge trop serrée pour répondre quoi que ce soit. Maintenant, elle comprenait pourquoi elle se sentait si proche des autres femmes et se sentait autant chez elle ici. La perle l'avait conduite au foyer idéal.

Notre foyer, répéta Chase dans son esprit.

Dell toqua sur la table, attirant l'attention de tout le monde.

— Je dirais que ça nous ramène au toast… enfin. Prêts ?

Tout le monde prit son verre et sourit.

— Viens vite, chéri, appela Cynthia vers Joey qui se précipitait pour se tenir à ses côtés, son verre *Star Wars* rempli de jus de fruit.

— Ouais, un toast ! s'exclama-t-il.

Cynthia leva son verre.

— À de nouveaux commencements.

— À Chase et Sophie, ajouta Anjali en souriant.

— À l'amour, murmura Chase levant son propre verre.

Sophie se dépêcha de suivre, et tout le monde trinqua.

— À nous.

Dell lança une nouvelle série de tintements.

— Je veux dire, chacun d'entre nous. Je dois le dire, on forme une sacrée équipe.

— Ça, c'est clair, acquiesça Connor.

Tout le monde poussa des acclamations.

Sophie ne put s'empêcher de sourire pendant l'heure qui suivit, tandis que les toasts se transformaient en discussions animées et enfin en mastications joyeuses alors qu'ils commençaient enfin le repas. Son premier dîner en tant que membre de la famille de Koakea, et il fut mémorable. Les étoiles apparurent une à une, et les rugissements de rires ponctuèrent les gazouillis des criquets qui emplissaient la nuit. L'océan murmurait sur la côte non loin, et les chiens reniflaient le jardin, parfaitement ravis. Joey devenait trop grand pour se lover dans les bras de sa mère, mais il le faisait quand même, et Quinn bâillait dans ceux de son père.

Sophie se cala plus près de Chase, s'imprégnant de tout. Son foyer. L'amour. La beauté. Comment pouvait-elle être si chanceuse ?

Le destin, entonna son loup intérieur.

Elle soupira. Elle aurait pu rester là pour toujours sans une seule chose. Sa louve commençait à faire les cent pas, en ébullition.

Quoi ? voulait demander Sophie. *Qu'est-ce que tu veux ?*

Mon compagnon, répondit un grondement licencieux. *Veux mon compagnon.*

Et aussi facilement que ça, ce sentiment paresseux de satisfaction dans lequel Sophie se baignait devint un besoin brûlant. Elle se tortilla contre Chase, dont les mains glissèrent sur ses jambes, hors de vue, sous la nappe. Apparemment, son loup lui avait parlé aussi de la même manière.

Elle passa sa jambe sur la sienne, se demandant s'ils pouvaient faire une sortie discrète. Par chance, Dell résolut ce problème pour elle.

— Eh bien, annonça-t-il en se levant rapidement, sa chaise crissant sur le sol. Je crois que Quinn a besoin de son biberon.

— Elle dort, fit remarquer Cynthia d'un ton sec.

Anjali bondit aussi, pratiquement collée au flanc de Dell.

— Il veut dire qu'il faut lui changer sa couche.

— Elle a clairement besoin qu'on la change.

Dell glissa sa main le long de sa hanche.

Jenna se leva ensuite, le visage rougi.

— Ouais, on doit y aller aussi. Tu sais, pour... euh...

— Vérifier le périmètre, termina Connor.

Ses yeux parcoururent le corps de sa compagne, indiquant quel périmètre il avait vraiment l'intention de vérifier.

— Exactement, confirma-t-elle, le regard chargé de désir.

Hailey prétendit bâiller, et Tim l'aide à se relever comme s'il n'était pas pressé. Sa voix était un peu tendue, cependant.

— Eh bien, on va aller se coucher, alors.

— Je n'en doute pas, oui, dit Cynthia en soupirant.

— C'est l'heure de mon histoire, maman ? demanda Joey en se tortillant sur ses genoux.

— Oui, poussin.

Chase se leva, gardant Sophie près de lui, là où elle pouvait sentir chaque muscle dur de son corps.

— Tu veux qu'on range ? demanda-t-il d'une voix qui la suppliait de refuser.

— On fera ça demain, répondit Cynthia en agitant mollement la main.

— Waouh, s'étonna Dell. Qui êtes-vous et qu'avez-vous fait de Cynth ?

— Bonne nuit, monsieur O'Roarke, ordonna-t-elle.

Sophie sourit. Malgré les taquineries, l'amour brillait dans cette meute. De toutes les sortes, que ce soit l'amitié fraternelle au respect mérité, en passant par l'amour dans leurs couples dévoués.

N'oublie pas la luxure, murmura Chase dans son esprit alors qu'il bougeait vivement vers les marches.

Sophie gloussa. Tant pis pour le compagnon soi-disant timide et effacé.

— Je ne peux pas m'en empêcher.

Il passa une main sur ses fesses.

— Pas quand tu es là.

Boris et Coco se précipitèrent vers eux, le faisant presque trébucher, et il soupira.

— Encore vous.

Sophie rit et se rapprocha de l'oreille de Chase, pressant sa poitrine contre lui pour qu'il ne perde pas le fil de ce qu'ils étaient sur le point de faire.

Pas un grand danger, gloussa sa louve, la faisant se frotter contre la zone dure de son jean.

— C'est une bonne chose que nous ayons cette mezzanine.

Elle envoya des images coquines dans son esprit alors qu'ils marchaient.

Soudain, une pensée la frappa et elle jeta un regard en biais.

— Une seconde. Tu as dit avoir construit ce loft il y a des mois. Avais-tu deviné à quel point il serait pratique ?

Chase sourit et s'arrêta pour l'embrasser à pleine bouche. Un baiser long et puissant qui promettait une suite rigoureuse une fois qu'ils seraient au lit.

— Comme j'ai dit, dit-il en souriant. C'était le destin.

Épilogue

Deux semaines plus tard...

Chase marchait vers la plage, reniflant la brise. La terre était fraîche sous ses pattes et le parfum des fleurs *pikake* emplit son nez. La lumière de la lune projetait des ombres alors que les palmiers ondulaient sous l'air marin.

— Tant d'étoiles... murmura Sophie alors qu'ils marchaient. C'est beau.

Il hocha la tête et lui sourit. Il la leva bien haut, parce qu'il était à quatre pattes en forme de loup et que Sophie était toujours humaine à côté de lui. Ils descendirent la longue pente qui partait de la grange retapée, derrière le jardin potager que Sophie et lui avaient commencé à creuser, et derrière la maison de Dell côté ruisseau, où tout le monde semblait profondément endormi. Le monde entier paraissait plongé dans le sommeil, leur offrant, à Sophie et lui, tout Maui rien que pour eux.

Cela faisait deux semaines depuis la morsure d'union, et elle ne s'était pas encore transformée, cependant elle avait eu beaucoup de rêves de loups. Des bons, merci Seigneur, desquels elle se réveillait avec de grands yeux fascinés.

— Je l'ai senti ! Je courais à quatre pattes ! avait-elle lancé une fois, emballée et le souffle coupé.

Il avait été emballé aussi, l'observant se mettre à l'écoute de son côté animal.

Une autre fois, elle avait rêvé de hurlements, et une autre, elle avait creusé avec ses pattes.

Il avait ri.

— Creusé pour quoi ?

Elle avait haussé les épaules.

— Je ne sais pas. Tu sais comment sont les rêves. Tout semble important quand tu rêves, même si ce n'est rien. Mais c'était si drôle ! Toute cette terre qui volait. Maintenant je sais pourquoi Boris le fait.

Ils avaient bien ri, et le jour suivant, Chase était parti creuser lui-même, comme il faisait quand il était louveteau. Les pattes avant pelletant la terre, celles de derrière assez éloignées pour donner des coups dans la poussière. Il avait noté mentalement de lui apprendre les joies de creuser dans l'eau peu profonde, parce que les éclaboussures étaient encore plus amusantes.

Il avait passé toute la journée suivante en souriant, se sentant bien. Pendant des années, il avait douloureusement caché son côté loup au monde humain. C'était étrangement libérateur d'être capable de partager toute cette joie avec Sophie... des sensations fortes aux petites excentricités qu'il n'avait jamais appréciées auparavant. Comme se gratter l'oreille avec la patte arrière. Tourner trois fois avant de se rouler en boule pour dormir. Et surtout, s'étirer de tout son long comme un chien avant de commencer sa journée.

— Pas étonnant qu'ils appellent ça la posture du chien tête en bas, avait ri Sophie en le regardant faire.

Pendant la majorité de sa vie, il ne s'était jamais vraiment senti à sa place. Que ce soit dans la meute de loups ou dans le monde humain. Un rebelle involontaire, comme ses frères avaient dit en plaisantant une fois. Mais là, il était absolument et clairement content d'être qui il était. Vraiment en paix.

Et Sophie, Dieu merci, était pareille, malgré les changements qu'elle avait vécus. Elle semblait excitée, même empressée, de se transformer, et entendait son loup interne de plus en plus distinctement à chaque fois. Elle faisait même des rêves de loup cochons, l'avouant en prenant une teinte rouge écarlate.

— Des bons, j'espère ? avait-il demandé.

Elle avait rapidement hoché la tête.

— Merveilleux, même. Il me tarde.

Franchement, il lui tardait à lui aussi. Mais d'un autre côté, il était aussi satisfait des choses telles qu'elles étaient. S'installer dans une nouvelle vie avec une nouvelle compagne, appréciant les promenades de nuit comme celles-ci... surtout quand Sophie posait sa main légèrement dans son dos alors qu'elle marchait à ses côtés.

— Écoute.

Elle désigna la gauche.

Ses sens devenaient de plus en plus affûtés, en particulier pour les odeurs et le bruit.

Bien joué, dit-il dans son esprit alors que Buzz, leur tout nouveau chien, arrivait en courant depuis les fourrés.

Sophie avait repéré ce chien errant maigrichon qui frissonnait sous un banc public après une pluie torrentielle. Ni la police ni le refuge n'avait de signalement d'animal perdu qui correspondait, donc ils l'avaient accueilli chez eux ; un bâtard en partie corgi, en partie terrier, et en partie Dieu seul savait quoi.

— Votre famille s'agrandit vite, avait commenté Dell.

Chase n'avait pas répondu, de peur de révéler quoi que ce soit. Il espérait avoir beaucoup d'enfants un jour avec Sophie, mais pour l'instant... Eh bien, les chiens étaient amusants aussi. Sa propre petite meute. Et Sophie avait raison : plus ils partageaient de l'amour, et plus de joie emplissait leurs journées. Ce qui n'aurait pas dû être possible, mais il apprenait là que le bonheur n'avait pas de limite, comme Buzz le démontrait en dévalant vers eux et en leur tournant autour trois fois, avant de repartir en courant. Le chien avait été enfermé à l'intérieur la plupart de ses journées avant que son propriétaire ne l'abandonne. Du moins, c'était ce qu'ils avaient compris de ses souvenirs épars qui avait filtré dans son esprit. Dernièrement, cependant, Buzz n'avait que de bonnes choses à rapporter.

Waouh, waouh, waouh, jappa-t-il vers les autres chiens. *Caca puant d'ours là-bas !*

Et *zoum* ! Les quatre chiens partirent enquêter, laissant Chase et Sophie en paix. Même Darcy galopa après eux, laissant la gentille dame entre les mains de Chase. Sophie et lui continuèrent à marcher vers la plage, et quand ils tournèrent au coin du sentier sinueux, Sophie soupira en la voyant.

— Si beau.

Chase agita la queue si fort qu'il fouetta ses jambes, cependant elle semblait s'en ficher. C'était vraiment beau. La lune quasiment pleine était presque couchée, avec quelques heures encore avant le lever du soleil. Ils s'étaient réveillés tôt parce que Sophie avait été trop agitée pour rester au lit.

— Toute ma vie, voir ce genre de choses m'a manqué, murmura-t-elle en levant les yeux vers le ciel animé d'étoiles scintillant joyeusement.

Chase l'accompagna jusqu'au bord de l'eau et balança la queue pour montrer son accord. La plupart des humains étaient coincés aux heures du jour régulières, et c'était bien dommage. Combien de levers et couchers de lune un humain moyen voyait-il dans sa vie ? Combien d'étoiles filantes ?

Sophie s'assit dans le sable et il fit de même, gardant son flanc au chaud avec son énorme corps de loup. Elle referma un bras sur son dos et lui caressa les oreilles d'un air absent, le faisant bourdonner de plaisir alors qu'ils levaient la tête vers la Voie lactée.

— Un jour, quand je pourrai me transformer... murmura-t-elle.

Chase cala son nez contre elle, essayant d'avoir l'air affligé alors qu'il était secrètement ravi de son impatience.

Prends tout le temps nécessaire. Je t'aimerai toujours, même si tu ne te transformes pas... mais je sais que ça arrivera bientôt, se hâta-t-il d'ajouter face à son regard inquiet.

— Je me sens prête.

Elle soupira et ramassa une poignée de sable avant de laisser les grains se déverser lentement entre ses doigts, comme avec un sablier.

— Mais pourtant, rien ne se passe.

Il ne savait pas quoi dire, n'ayant jamais été dans cette position, néanmoins il se cala bien contre elle, ce qui sembla aider. Il bascula ensuite la tête en arrière et poussa un long appel bourdonnant, échauffant sa voix.

Sophie sourit à côté de lui.

— J'aime t'écouter chanter.

Elle resta assise en silence comme si elle assistait au spectacle d'un orchestre chic. Et d'une certaine façon, c'était ça. L'eau lapant la côte créait une basse régulière, la stridulation des criquets jouait à un rythme rapide. Les feuilles des palmiers bruissaient comme autant d'instruments à cordes. Il ne manquait qu'une seule chose : l'appel d'un loup.

Chase ferma les yeux, prit une profonde inspiration et hurla, tenant la note autant qu'il pouvait. *Ahouuuuu...*

Tout ce son résonnant dans sa poitrine était agréable, donc il recommença. Il s'assura que les notes soient lentes et lourdes, juste comme on lui avait appris quand il était petit. À l'époque, il avait été envieux de la façon dont les loups plus âgés et grisonnants étaient capables d'étendre leurs hurlements, créant un écho dans les collines. Aujourd'hui, il était assez doué lui-même, même si pas aussi expert qu'eux.

Il avala une note, souriant à lui-même. Un jour, il serait également un vieux loup grisonnant, avec plein de souvenirs sur lesquels revenir... en particulier les bons.

Soudain, il commença une nouvelle note, et ce fut la meilleure jusqu'à présent : belle, ronde, corsée, si un son pouvait être ainsi. Plus il hurlait, plus il se sentait satisfait, et il pouvait aussi capter le soupir de contentement de Sophie.

La première fois qu'elle l'avait écouté hurler, ses yeux s'étaient emplis de larmes.

— Ça a l'air si triste.

Il avait repris sa forme humaine pour expliquer.

— Les hurlements de loups sont comme des ballades : il y a toujours quelque chose de triste. Mais c'est seulement pour commencer. Ensuite, tu chantes sur toutes les choses bien.

— Comme quoi ? avait-elle demandé, pressée d'apprendre, comme toujours.

— Comme toi.

Ça l'avait fait sourire, et lui aussi.

Depuis, il était sorti régulièrement pour hurler, juste pour la joie que ça lui procurait. Comme à ce moment précis : il célébrait la fin d'une autre journée géniale avec Sophie, ainsi que le début d'une nouvelle, avec plein d'autres à venir.

La rangée de falaises où Connor et Jenna avaient leur tanière de dragons se dressait juste au sud de la plage, absorbant le gros du son, donc il n'avait pas à craindre que les voisins l'entendent. Et, quoi qu'il en soit, les voisins les plus proches étaient les métamorphes de Koa Point, qui émettaient leur propre part de hurlements, miaulements et feulements.

Donc, il continua à chanter, plus heureux que jamais, rêvant du jour où Sophie pourrait le rejoindre. Il serra les yeux encore plus fort et imagina ce que pourrait être sa voix. Plus aiguë que la sienne, plus douce, supposa-t-il. Un peu comme sa façon de marmonner à cet instant. Son imagination transforma lentement ce marmonnement et le magnifia jusqu'à ce qu'il devienne un vrai hurlement.

Ahouuuuu, chanterait-il.

Ahouuuuu, répondrait-elle.

S'il s'imaginait assez fort, il pouvait entendre leurs voix se mêler et porter vers l'océan. Leur chanson atteindrait la lune, les vagues ondoyantes et les étoiles, ajoutant une toute nouvelle couche de beauté au paysage.

Un par un, les chiens trottèrent jusqu'à eux et s'assirent tout autour. Chase n'arrêta pas de hurler pour regarder, cependant il pouvait les sentir se bousculer pour s'installer. Il y eut quelques grognements et coups, néanmoins il ignora tout et continua. Quand un loup hurlait, c'était avec son esprit, son corps et son âme, donc c'était difficile de ne pas être emporté dans le son. Si emporté, en fait, que son imagination l'entraîna de plus en plus. Il imagina la voix de Sophie rejoindre la sienne, doucement au début, puis plus fort. Assez distincte pour qu'elle semble réelle.

Il ouvrit vivement les yeux et tourna la tête. Son hurlement disparut, pourtant une voix continua à résonner au-dessus de la mer.

La voix de Sophie. Le hurlement de Sophie.

Il cligna plusieurs fois des yeux juste pour s'assurer qu'il ne rêvait pas. S'était-elle réellement transformée en louve ?

Elle était assise là, avec ses pattes avant posées gracieusement devant son corps fin et canin, son museau délicat relevé.

Il retint son souffle. Elle était la louve la plus belle qu'il ait jamais vue. Son hurlement était divin, avec les mêmes syllabes douces et claires qu'elle avait quand elle parlait. Sa fourrure était de la même nuance marron brillant que ses cheveux... Une couleur si distinctive qu'il aurait pu la remarquer au milieu d'une foule d'un seul regard.

Mais... mais... bredouilla-t-il.

Mais quoi ? sembla dire Darcy. *Ma gentille dame sait tout faire.*

Sophie tint sa dernière note puis la coupa doucement, écoutant le son dériver au loin avec le vent. Soudain elle ouvrit les yeux, révélant son vert forêt magnifique, et le regarda.

Waouh. Il assimila son murmure dans son esprit. *Tu as raison. C'est si bon.*

Elle leva ensuite sa patte et la contempla.

Et, oh mon Dieu. Regarde-moi. Je suis vraiment un loup.

Il hocha la tête avec empressement.

Tu l'es. Et tu l'as fait toute seule.

Elle se tourna d'un côté et de l'autre, examinant son nouveau corps.

J'étais en train de chantonner, souhaitant pouvoir te rejoindre, et tout à coup, je hurlais. C'est juste arrivé.

Elle avait l'air interloquée.

Ça n'a même pas fait mal.

Il y avait tellement de choses qu'il voulait dire, demander et faire. Mais il aurait du temps pour tout ça plus tard. La lune chutait lentement à l'horizon, et son instinct de loup l'emportait sur la pulsion de l'interroger. Il leva donc lentement la tête, regardant pour voir si Sophie faisait la même chose. Quand ce fut le cas, il ferma les yeux, prit une profonde inspiration et hurla à nouveau. Le hurlement le plus heureux et fier qu'il ait jamais fait.

Ahouuuuuu...

Sophie n'eut même pas à attendre quelques notes pour trouver son chemin dans sa chanson. Sa voix se glissa avec la sienne, et ensemble, ils chantèrent leur sérénade aux étoiles. Leurs voix montèrent, descendirent et montèrent à nouveau, avec son doux alto, une octave au-dessus de lui. Le cœur de

Chase tambourinait bruyamment et régulièrement, semblable à un métronome. Et quand il fut enfin au diapason, il put sentir le cœur de Sophie battre également. Il s'appuya doucement contre son flanc, ayant l'impression d'être plus que jamais enraciné.

Un par un, les chiens les rejoignirent, plus ou moins en harmonie. Malgré tout, ça paraissait génial. Juste comme à l'époque, dans la meute de sa mère, où tout le monde se réunissait et se regroupait pour hurler ensemble. Une grande et heureuse famille, même si morcelée.

Chase avait vu des humains aller à l'église, se tenir les mains, dire « Amen ». Hurler était un peu comme ça, d'une certaine façon. Une célébration de la vie, de l'amour, des valeurs. Un jour pour s'émerveiller de la magie de l'univers. Une façon de renforcer les liens mutuels.

Donc il hurla de tout son cœur jusqu'à en avoir la voix rauque. Même là, il continua à chanter, parce qu'il ne supportait pas de s'arrêter. Sophie chanta de tout son cœur aussi, suivant son instinct pour la guider alors qu'ils faisaient leur duo.

C'était beau. Parfait. Intemporel. Peut-être le meilleur moment de toute sa vie, même s'il savait qu'il y avait des problèmes qui se tramaient dans le monde métamorphe. Moira était toujours là quelque part, et la rumeur sur le mystérieux tueur de dragons était toujours d'actualité. Tôt ou tard, il devrait abandonner sa nouvelle bulle de bonheur et affronter à nouveau le monde extérieur. Mais pour l'instant...

Chase hurla au loin, plus heureux que jamais en loup. La lune toucha l'horizon puis glissa plus bas jusqu'à ce que seulement la partie haute brillante soit visible. Après une profonde inspiration, Sophie et lui hurlèrent une dernière fois. Une note longue et grave. Ils la libérèrent comme un enfant soufflerait une bulle de savon avant de la laisser dériver au vent. Ils s'appuyèrent ensuite l'un contre l'autre et écoutèrent le son être emporté vers l'océan avant de se dissiper. Mais il ne disparut pas vraiment, il fusionna avec les autres sons là dehors.

De la magie, murmura Sophie dans son esprit. *Nous avons créé de la magie.*

Chase se tourna et se cala contre son cou.
Oui, c'est vrai.
Elle soupira, l'air triste, avant de s'illuminer à nouveau.
Est-ce qu'on pourra recommencer demain soir ?
Il rit et se pelotonna plus près.
On pourra le faire pour toujours, ma compagne.

Aperçu: Cœur rebelle

Tout ce que Cynthia avait prévu pour le week-end, c'était échapper brièvement à l'université pour un séjour à la campagne, où sa dragonne intérieure pourrait étirer ses ailes. Elle n'avait pas imaginé qu'un beau loup métamorphe énigmatique viendrait lui faire tourner la tête. En peu de temps, elle se retrouve à prendre des décisions irréfléchies et irresponsables, emmenant Cal pour un petit voyage privé en tête-à-tête, illuminé par les étoiles. Est-ce à cause de lui qu'elle jouait les têtes brûlées... ou à cause du destin?

Cette histoire courte révèle le passé de Cynthia et prend place dix ans avant les évènements qui l'ont conduite à Maui. Son histoire d'amour connaîtra son point culminant dans le tome 6, *Alpha rebelle,* un roman complet qui se termine en une fin heureuse bien méritée.

Par Anna Lowe

Aloha Shifters : Les Perles du désir

Dragon rebelle (Tome 1)

Ours rebelle (Tome 2)

Lion rebelle (Tome 3)

Loup rebelle (Tome 4)

Cœur rebelle (Tome 5)

Alpha rebelle (Tome 6)

Aloha Shifters : Les Joyaux du cœur

L'appel du dragon (Tome 1)

L'appel du loup (Tome 2)

L'appel de l'ours (Tome 3)

L'appel du tigre (Tome 4)

L'amour du dragon (Tome 5)

L'appel du renard (Tome 6)

Les Veilleuses du feu : Milliardaires et Gardiens

Les Veilleuses du feu : Paris (Tome 1)

Les Veilleuses du feu : Londres (Tome 2)

Les Veilleuses du feu : Rome (Tome 3)

Les Veilleuses du feu : Portugal (Tome 4)

Les Veilleuses du feu : Irlande (Tome 5)

Les Veilleuses du feu : Écosse (Tome 6)

Les Veilleuses du feu : Venise (Tome 7)

Les Veilleuses du feu : Grèce (Tome 8)

Les Veilleuses du feu : Suisse (Tome 9)

Les Loups de Twin Moon Ranch

Desert Hunt (Tome 1)

Desert Moon (Tome 2)

Desert Blood (Tome 3)

Desert Fate (Tome 4)

Desert Yule (Tome 5)

Desert Heart (Tome 6)

Desert Rose (Tome 7)

Desert Roots (Tome 8)

Sasquatch Surprise (Tome 9)

Blue Moon Saloon

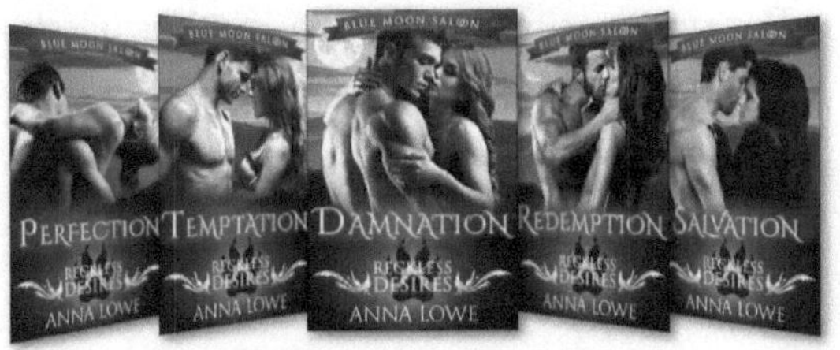

Perfection (Tome 0)

Damnation (Tome 1)

Temptation (Tome 2)

Redemption (Tome 3)

Salvation (Tome 4)

Deception (Tome 5)

Celebration (Tome 6)

Shifters in Vegas

Paranormal romance with a zany twist

Gambling on Trouble

Gambling on Her Dragon

Gambling on Her Bear

Gambling on Her Panther

Serendipity Adventure Romance

Off the Charts

Uncharted

Entangled

Windswept

Adrift

Travel Romance

Veiled Fantasies

Island Fantasies

www.annalowe.fr

À propos d'Anna Lowe

Anna Lowe, auteure de best-sellers aux classements USA Today et Amazon, adore rappeler que les héroïnes sont des héros au féminin et faire naître des histoires d'amour passionnées dans des décors enchanteurs. Elle aime les chiens, le sport et les voyages – où elle puise ses inspirations. Si elle n'est pas concentrée sur son ordinateur, à travailler sur sa toute dernière histoire, vous la trouverez en randonnée dans les montagnes ou à vélo sur les routes de campagne. Et sa journée se terminera toujours par un carré de chocolat noir et une bonne lecture.

Visitez **www.annalowe.fr**.